SV

Uwe Johnson
Ingrid Babendererde

Reifeprüfung 1953

Mit einem Nachwort von
Siegfried Unseld

Suhrkamp

Erste Auflage 1985

Satz: IBV Satz- und Datentechnik GmbH, Berlin
Druck: May + Co, Darmstadt
Printed in Germany

Ingrid Babendererde

I

A**NDERERSEITS** *lief der Schnellzug D16 am Sonnabend wie üblich seit Mitternacht durch die sogenannte norddeutsche Tiefebene; der Bahnhof Rostock hatte Platzkarten verkauft und in Teterow wurden die Laufgänge mit Koffern und Fahrgästen verstopft vorgefunden. Die Benutzung von Zügen nach Berlin war gestattet nur für amtliches Gutachten; Klaus indessen konnte mehr als nur seinen Namen schreiben.*

Vor dem Speisewagen des D16 standen unablässig Wartende, aber der Kellner liess Ingrid mit Klaus sitzen bei einer halben Flasche Oedenburger Rotweins fast drei Stunden lang. Er kam zu ihnen nur um einzuschenken, und Ingrid bedankte sich, und er nahm sich die Zeit sie anzusehen und zu nicken. Ihr Kopf lehnte überlegsam an dem hellen sauberen Stoff ihres Mantels, und Klaus hatte ihr die Geschichte von Ali Baba und den vierzig Räubern zur Hälfte erzählt, als der Kellner sie bat den Speisewagen zu verlassen: indem die Polizei dies nun so vorschreibe.

Im Laufgang des dritten Wagens sass Ingrid auf dem Koffer eines fremden Herrn, neben ihr stand Klaus gelassen auf einem Bein zwischen zwei anderen Koffern und überlegte was er ihr nun noch erzählen könnte; draussen war es schon hell. Der Zug hielt der Polizei wegen zwischen Zäunen in einem weiten nebligen Flachland; Lautsprecher verboten den Zug zu verlassen. Klaus nahm Papier aus seiner Jacke und tat dies an einen anderen Ort; der fremde Herr erzählte Ingrid: vorn habe eine sechsköpfige Bauernfamilie aussteigen müssen, diese sitze jetzt neben dem Zug auf ihren insgesamt sieben Koffern. Die Kontrolle billigte das Schriftstück mit dem Stempel der Gustav Adolf-Oberschule. Der Polizist gab es Ingrid zurück und sagte danke, bevor er weiterkletterte, und Ingrid nickte. Der Zug fuhr von neuem. Das Land war unendlich aufgeteilt an Zäune und Gartenhäuser. Die Fahrgäste in den Abteilen schliefen schon wieder. Klaus redete von der Sklavin Mardshanah. Denn sie war ein Mädchen von scharfem Verstand und grosser Einsicht, wie du wohl weisst: sagte Klaus, und Ingrid antwortete: Wie ich wohl weiss. Und sie liess Ali Baba schlafen die ganze Nacht, erst morgens, nachdem er gebadet hatte, erfuhr er von der Bedrohnis... Klaus verbeugte seinen Hals und ergänzte: Die auf ihn zugekommen: wie du wohl weisst. Ingrid sah ihm zu und lächelte heimlich in ihren Augenecken. Neben ihr auf der anderen Ecke des Koffers sass eine Frau schon seit Güstrow, und ihr wurde übel wegen der raschen Fahrt bei geschlossenen Fenstern, und sie gurgelte in ihrem Hals und hatte keine Besinnung; sie kam erst zu sich, als der Zug hielt im Ostbahnhof von Berlin.

Ingrid stand in der grossen lauten Halle früh am Morgen neben ihren Aktentaschen und wartete. Sie legte den Mantelkragen ordentlich um ihren Hals und betrachtete den leeren übernächtigen D 16. – Wann hat Mecklenburg eigentlich aufgehört? fragte sie den zurückgekehrten Klaus. Klaus sagte: Hinter dem Bahnhof von Fürstenberg war eine Brücke. Da war die Havel schon brandenburgisch. Ingrid fröstelte in ihrem dünnen Mantel. Sie sah auf das Schild »Warnemünde – Berlin« und sagte bedenklich: Also empfing Ali Baba den Ölhändler mit vieler Höflichkeit und Güte – da war es doch?

– Wenn du das so nennen willst: sagte Klaus.

I

Einerseits kam am Dienstag kurz vor Mittag ein langes graues Motorboot auf dem Fluss aus dem kühlen Weitendorfer Wald unter die Sonne. Das harte unermessliche Licht brachte das Grau zum Glitzern und der Wald warf den eingeschluckten Lärm hinterher in die Windstille der Uferbüsche und Knicks. Das Boot lief in beständiger Eile zwischen den Wiesen weiter zur Stadt, die weitab vor einem langen Waldbuckel war. Über dem Grasrand des niedrigen Ufers scheitelte sich der rote grobkantige Domturm stumpf gegen den Himmel vor dem Grossen Eichholz, darüber im tiefen Blau räkelte sich kleines rundliches Gewölk. Um den Turm lag ein breites unebenes Feld von Dächern, das sprühte Licht in seinen vielen Schrägen. Allmählich wurden die Häuser deutlich, die waren bunt und trocken in der Hitze des Mittags. Die Sonne stand sehr hoch über den Wiesen. Die Knicks rührten sich kaum und waren ohne Schatten. Knicks sind Buschhecken, die eigentlich den Zaun ersetzen sollen, aber es waren Lücken zwischen den kleinen Weiden und Erlensträuchern, und da standen doch lahme Drahtzäune neben ihnen. Durch die weite Mulde vor der Stadt krümmte sich eine Reihe alter grossköpfiger Weiden und zog sich mühsam empor an dem Weitendorfer Berg. Neben ihnen schwankte ein Pferdewagen in einer langsamen Staubwolke.

Durch diese freundliche weitgeschwungene Landschaft zog das Boot seinen ebenmässigen scharfen Lärm auf dem Fluss, die Kielwellen quollen gewaltsam auf und rutschten heftig in das dürre Schilf, das sich hastig vor ihnen verbeugte. Indessen schlugen die Birken auf dem rechten Ufer sich zur Seite, die grasige Böschung ging über in die sehr zarten hellgrünen Farben des kleinen Eichholzes, nach einer langen Biegung standen schwarz und klar die Schleu-

sentore zwischen den Ufern. Der Motor hustete auf und verstummte plötzlich, das Boot lief langsam zu auf den breiten Steg vor der Schleuse über kleine schnelle Wellen, es war ganz still. Durch das zierliche Gehölz flirrte ein leichter Wind.
Oberhalb des Stegs kniete ein Junge auf dem Boden eines umgedrehten Kahns, der hatte nur eine Turnhose an sich und war mit grosser Andacht beim Kalfatern. Aber nun schabte er das Werg von seinen Fingern, legte das Messer weg und richtete sich auf. Sein Gesicht war völlig klar von seinen weissen Haaren und von der Sonne, er sah aus engen lustigen Augen hinunter auf das Boot der Wasserschutzpolizei und sagte höflich mit seiner frechen rostigen Stimme: Guten Tag. Auf dem hohen Vordeck lag bäuchlings der Polizist Heini Holtz und rauchte, der Polizist Franz hielt sich achtern über das Steuer gelehnt und eben stieg ein Mann in Hemdsärmeln aus dem Kajütraum hoch. Die anderen schwitzten sehr unter dem schweren Tuch ihrer Uniformen. Heini Holtz stützte sich auf seine Ellenbogen und sagte gelassen: Na, Günter? Der Mann in Hemdsärmeln liess sich neben Franz nieder, er hielt eine zusammengefaltete Zeitung vor seinen Mund und gähnte.
– Na? antwortete der Junge. Dabei kamen Falten in seine Stirn vor Lustigkeit, die im Boot sahen ihn freundlich an. Sie warteten eine Weile.
– Und was meinst du so? fragte Franz. Er war aufgestanden, hatte seine Hände in den Hosentaschen und wollte es nun wohl alles mit der Ruhe angehen lassen bei solcher Hitze.
– Ja-a: sagte Günter: Sie wollen nach oben mein ich. Aber wenn Sie ne halbe Stunde warten? Da kommt die »Schwanhavel«, das ist denn ein Durchgang.
– Wir wollen nicht warten: sagte der Mann, der jetzt seine Hemdsärmel nach unten krempelte. Günter sah Heini

Holtz an und verzog also seinen Mund auf die gleiche geschwinde Weise wie der.

– Ja –: sagte er mithin und hob seine Schultern an und wandte sich gleichmütigen Gesichtes zur Torwinde. Der Atem wurde ihm ein wenig knapp bei der Arbeit, denn das Drehen war zu schwer noch für seine Arme und er warf sich ruckweise gegen die Kurbel. Als Franz aber an Land kommen wollte, schüttelte Günter seinen Kopf. Franz drückte das mächtige graue Boot mit dem Enterhaken vom Steg ab und durch das geöffnete Tor ins Schleusenbecken, vorn zog Heini Holtz sich an den eingemauerten Ringen vorwärts. Während Günter den Torflügel wieder herandrehte und die Schotten schloss, betrachtete er aufmerksam den Mann unter ihm im Achterraum, der auf dem Rand seiner Zeitung etwas ausrechnete. Der Junge erhob schweigend seine Augenbrauen und ging auf der Beckenkante entlang zum oberen Ende.

Auch als er die Schotten aus den oberen Toren hochzog und gegen die Gewalt der Winde an auf dem Laufsteg herumhüpfte mit seinen langen Beinen in der Sonne, sah er gelegentlich hin zu dem Boot. Die Polizei mit dem Finanzamt waren in Weitendorf gewesen um dort einen verlassenen Hof zu beschlagnahmen. Der Bauer war vor Pfingsten nach Berlin gefahren und inzwischen nicht zurückgekommen. Die Polizei hatte das Vieh der Genossenschaft übergeben, die Hinterlassenschaft gezählt, Haus und Ställe versiegelt. Seit die Genossenschaften gegründet wurden, war Franz viel unterwegs. Durch die windige Stille des Schleusengeländes und das murmelnde Gespräch im Boot klikkerte das Drehen am oberen Ende, brach ab. Franz stand auf dem Heck neben der niedrigen schlaff hängenden Fahne, stützte sich auf den Enterhaken und liess sich vom sitzenden Finanzamt etwas erklären, aber das Heck trieb ab. – Eee-i: rief Günter. Franz sah auf und zog sich an die Mauer zurück. Am oberen Ende quoll das Wasser unter

Günter in das Becken hoch, gurgelte in weissen quirlenden Aufsprüngen, schaukelte das Boot mit den müden verdrossenen Männern allmählich höher zwischen den kühlen triefenden Wänden. Heini Holtz lag wieder längelang, liess den Rauch seiner Zigarette in Fetzen vor seinem Gesicht auseinanderziehen und betrachtete das Haus, das langsam über dem Rand des Beckens erschien: das breite Ziegeldach, offene weissrahmige Fenster zwischen sauberen roten Steinen, endlich den Blumengarten vor allem. Auf den Flursteinen klapperten Holzpantoffeln.

Als die alte Frau Niebuhr mit Teller und Handtuch in den Händen an das Becken trat, sah sie erstaunt auf Heini Holtz und sagte: Se sünd sche woll nich de »Schwanhavel«? Goden Dag ok: setzte sie hinzu. Günter war jetzt zurückgekommen und stand neben ihr. Heini Holtz richtete sich bis zum Sitzen auf und sagte dass sie nicht die »Schwanhavel« seien. – Wat sünd wi schuldich? fragte Heini Holtz grossartig. Die alte Frau griente auch in ihrem verschmitzten altershellen Gesicht, ernsthaft sagte sie: Von Se kriegn wi niks. Sie nickte ihm und Franz zu und ging zurück ins Haus; beiläufig sah sie in Günters aufmerksames Gesicht und fuhr mit der freien Hand durch seine Haare, als sie fragte: Wo is Onkel Martin? Günter bog seinen Kopf unwillig weg, – Bi de Immen: antwortete er.

Günter ging neben dem träg aufbrummenden Motorboot her nach oben. – Kannst aber man fein schleusen: sagte Franz. – Natürlich: sagte der Junge höflich. Die Polizei solle doch mal sagen, ob sie sich schlecht bedient vorkomme, sei das so? Er sprang vom Torsteg gefährlich auf die Mole, als die Polizei in die Ausfahrt kam. Nein: sagte die Polizei: so sei das nicht. Sie komme sich vorzüglich bedient vor. Und was sei das mit der »Schwanhavel«? fragte Heini Holtz den Jungen, der auf der Mole neben dem langsam fahrenden Boot mitging. Mit der »Schwanhavel« sei

nichts weiter: sagte Günter. Aber er würde nun die ganze Schleuse wieder umfüllen müssen, und er lachte auch, als Franz und Heini Holtz nicht mehr an sich halten konnten. Das Finanzamt würgte ein Band unter seinen Hemdkragen und verknotete das vorn mit grosser Kraft, nun war es am Halse etwas eng. Da war nichts zu lachen.
Günter stand am Tor und sah zu wie das Boot zwischen den Molen hinaus und quer über den Unteren See auf die Stadt zu ging. Über der Baumzeile am Stadtufer und Dächern stand sehr gross und breit der Dom gegen den Himmel, mit der Schattenseite zum See. Hinter dem Dom hob sich ein grosser Wald auf lang ausschwingendem Hügel um den rechten Bogen der Bucht herum: das war das Grosse Eichholz. Dessen blauschwarze sonnenfleckige Kuppe war ganz scharf, weil der Himmel so klar und hart strahlte; über ihm trieb sich geringfügiges Gewölk umher. Das Grosse Eichholz lief bis zum Ufer aus, dort standen nur einzelne Häuser zwischen dem dichten Baumgrün. Vor ihnen entlang bog sich eine lange Reihe von Bootshäusern mit breiten Stegplattformen im Wasser, aber das Polizeiboot hielt auf die Dampferbrücke zu, wo die Lücke zwischen den Bäumen war unterhalb des Doms. Günter stand achtsam aufgerichtet da und liess sich gerben von der Sonne. In seinen Haaren flackerte der Wind, der sich an den Fliederbüschen der Schleuse verfing. Der Tag roch nach jungem Gras in der Sonne.

2

Am südlichen Rand der Stadt hielt sich der dunkle grüne Bogen des alten Walls um die weite freie Fläche eines Platzes, auf dem der Dom breit und zuverlässig lagerte in seinem grossen ausgetrockneten Rot. Über die Bäume am Mittelschiff hob sich der Turm in den Himmel, seine gro-

ben Kanten zitterten im Licht. Die goldenen Ziffern und Zeiger auf der grossen schwarzen Uhrplatte wiesen wenige Minuten vor ein Uhr.
Die Schulstrasse lief längs des Domplatzes neben niedrigen hitzeharten Häusern, überbrückte den hier ziemlich breiten Stadtgraben und hielt am Wall an vor einem tüchtigen ordentlichen Gebäude mit drei Fensterreihen übereinander und zwei leeren Fahnenstangen vor einem grossen Eingang. Der lange Streifen Sandsteins in dem endlosen tiefroten Gemäuer sagte dies sei die Gustav Adolf-Oberschule. An der dem Domplatz zugekehrten Schmalseite des Hauses standen die Fenster offen. Aus dem ersten Stock redete eine unnachsichtige Stimme etwas offenbar Unzweifelhaftes. Darüber war es still.
Der Klassenraum war ein staubig strahlender Hohlwürfel, der in seinen Kanten zitterte. Durch seine Fenster fielen breite Bahnen Sonne und schoben sich unmerklich weiter: über zerkratzte Tische und Hände und Hefte und Mappen und Gesichter und stumpf glänzendes Linoleum: dies war tröstlich als ein Zeichen dass die Zeit nicht stehen bleibe.
Ähnst stand müde an die Tafel gelehnt und sprach zögernd vor sich hin. Dabei hielten seine Augen sich fest an einem Stück Papier, das unordentlich auf dem Fussboden lag vor dem Schuh der Schülerin Stuht. Ähnst hiess eigentlich Herr Dr. Ernst Kollmorgen, und er sprach ein Wort wie »Erde« als »Ähde«: er hatte also Ähnst geheissen von jeher. Und Ähnst berichtete mit ebensolcher Aussprache über die grossartige Umgestaltung, die die Natur erfahren hatte in der Sowjetunion.
Seine elf Zuhörer sassen hinter ihren Tischen und schrieben, sahen vor sich hin oder aus den Fenstern. Sie starrten in ein Nichts, das sich unmittelbar neben Ähnsts Brille befand, ruckten mitunter vorsichtig auf ihren Stühlen, schwiegen. Was sie schwiegen war dies: noch neun Minuten.

Ähnst überzeugte sich mit flüchtigem Aufblicken: das Benehmen seiner Schüler lasse sich auffassen als Aufmerksamkeit. Er begann von neuem. Die Gründe für die bisher ungenügende Ausnutzung der Naturkräfte, man hat da Westeuropa im Auge, liegen im System des Privateigentums.

Klaus sass in der Ecke am hinteren Fenster (rechts); Ähnst sah von ihm nur die weissen Haare, wirr unter der Sonne, und dass er seinen braungebrannten Kopf in einer nachdenklichen Art über den Tisch hielt; und Klaus war der Schüler Niebuhr. Der Schüler Niebuhr spitzte diesen Bleistift an seit Beginn der Stunde. Die Graphitmine war aber vielmals zerbrochen, so wurde es eine Beschäftigung mit nachdenklichem Aussehen. Klausens Gesicht war reglos über seine Hände mit dem Taschenmesser gebeugt und so schien er zu warten wie alle anderen auch: dass es eine Minute weniger werde.

Diese Bemerkung über das private Eigentum war ihm übrigens durchaus neu; eigentlich sollte er das aufschreiben. Vielleicht hätte er so getan: nur um herauszukommen aus diesem sinnlosen Warten, solcher endlos verlängerten Albernheit (so dachte er). Aber ihm stiess in eben diesem Augenblick etwas zu: eine Entdeckung sozusagen. Er liess plötzlich die Hände auf seine Knie sinken, lehnte sich überrascht zurück. Er besichtigte den verlegenen Herrn Kollmorgen und die versperrten Köpfe vor ihm mit einem Erstaunen als habe er dies noch nie gesehen; er lächelte vorsichtig und aufrichtig: dies war sehr komisch.

Er vergass dass er etwas hatte aufschreiben wollen; unverhofft und beglückend war ihm ein Widerspruch erschienen in solcher Erdkunde-Stunde und ihren Umständen, der sah so aus, komisch: da vorn stand dieser wohlerzogene und gebildete und durchaus würdige Herr…, der sagte Dinge, die zu sagen ihm wirklich unangenehm war, weil er sicherlich meinte sie seien unwürdig und ungezogen … Dinge, an denen obendrein keinem seiner Zuhörer gelegen war (mit einer Ausnahme). Ja. Und ihm gegenüber sassen elf Abiturienten, fünf Mädchen und sechs Jungen, die hielten es für immerhin nützlich ihm zuzuhören, aber ausser dem Schüler Petersen fühlten sie sich alle gestört und belästigt. Und jenem Jungen, dessen schmaler langer Kopf mit den weissen Haaren überraschend gegen die Klasse gehalten war, während seine Augen zurückhaltenden Spott ausgaben nach allen Seiten, dem Schüler Niebuhr erschien es unerhört komisch dass sie hier etwas begingen in ernsthafter Arbeitsgemeinschaft, was ihnen im Grunde nicht gefiel.

Klaus starrte Ähnst begeistert an, er hatte arg zu tun seine aufmerksame Haltung zu verteidigen gegen eine stille ungebärdige Heiterkeit: und weil er jedenfalls nicht mehr sich unbeweglich halten konnte, sah er schnell mal zu Hannes hin. Er wusste währenddessen dass er dies hätte unterlassen sollen. Hannes sass neben ihm mit seinem treuherzig gelangweilten Gesicht und bog sein Lineal zu verzweifelten Spannungen, blinzelte gegen die Sonne und zog seinen linken Mundwinkel zu einer Figur, die ungefähr bedeutete: Hähä.

Klaus grinste zurück als ergebe er sich in gemütlichen Stumpfsinn, und während er neben Hannes Jürgens zusammengefasstes Gesicht wahrnahm, fühlte er seine Begeisterung weggleiten und ebenfalls albern werden. Er kehrte sich zurück in sein nachdenklich vertieftes Dasitzen und kratzte weiter mit seinem Messer an dem Bleistift.

Dabei aber begann er zu reden zu dem Mädchen, das vor ihm sass, schweigend, Ingrid hörte ihn nicht. Sie sass überhaupt da, als höre sie gar nichts, sie hatte ihren Arm auf dem Fensterbrett liegen und sah wohl immerzu auf den Domplatz. Von hier sah er ja nur ihren schmalen gebeugten Nacken und ihre Haare unter der Sonne und ein weniges Schläfe, dazu redete Klaus so in seinen Gedanken:

Lieben Ingrid, dies ist nun gleich zu Ende. Noch sechs Minuten: sagte er, und er sagte auch: nach diesen sechs Minuten werde der Tag tatsächlich anfangen, und plötzlich war in seinen Fingern der ganze Nachmittag mit Segel und mit viel Wind und mit seiner aufregenden Wichtigkeit, dass er erschrak bei dem Gedanken: Ingrid könne es vergessen haben, oh Gott: dachte er. Hat Gott gar nichts mit zu tun: wies er sich zurecht. Dann fiel ihm auf dass dieser Bleistift jetzt zum – warten Sie mal: achten Male abgebrochen war. Aber die Stunde würde ja wohl bis zum neunten Male noch andauern.

3

Jürgen Petersen schrieb in sein Heft die Ausmasse des Wolga-Don-Kanals. Derselbe habe eine ausserordentliche Bedeutung, indem nämlich... Dabei unterlief ihm eine ruckende Bewegung seiner unbeschäftigten linken Hand, nach der Armbanduhr ergab sich: noch sechs Minuten. Dies war ein vergleichsweise erfreuliches Ergebnis.
Er zog die Brauen zusammen, nahm die breite schwarze Brille ab und strich langsam über seine geschlossenen Augen. Dabei dachte er: Langeweile müsse irgendwie zur Schule gehören, daran ändere wohl die grundsätzlichste Reform nichts. Er hielt die Brille in der linken Hand und in der anderen den Bleistift auf dem Tisch, so sah er vor sich hin. Ähnst sah an seinem weiten gleichgültigen Gesicht dass der Schüler Petersen ehrlich müde war und uneins mit sich. Das war so, Jürgen war ärgerlich. Er hatte zur Uhr gesehen als könne er das Ende der Stunde nicht abwarten: während doch so grossartige Dinge vorkamen. Er meinte wirklich: dieser Kanal sei eine gute Sache, und sei es nicht eine wunderbare Vorstellung wieviel Strom diese Kraftwerke würden erzeugen können – aber er (gerade er) war

voll Langeweile und kümmerte sich um die Uhrzeit. Noch fünf Minuten.
Jedoch als Jürgen dies festgestellt hatte, legte er alles aus den Händen und gab die Aufmerksamkeit auf. Um irgend etwas zu tun sah er um sich und zum Fenster. Dort war das wie immer mittags in der sechsten Stunde. Hannes liess ein Lineal auf seinem Daumen schaukeln, Klaus schabte auf kunstgewerbliche Art an seinem Bleistift, Marianne (vor Hannes) schrieb jedes Wort mit in hoffnungloser eifriger Verkrümmtheit. Was Ingrid betraf – nein sieh mal, also wirklich: du brauchst sie nur da sitzen zu sehen in der Sonne und schon wird dir erhaben zu Mute, das hat sie so an sich. Tatsächlich aber denkt sie – Jürgen wusste nicht woran Ingrid tatsächlich vielleicht denken mochte, und jetzt war der Ärger von vorhin wieder da. Was ging ihn das an, bitte? Wie war das gewesen mit dem Bewässerungssystem –?
Plötzlich schrak der Klassenraum vor einer Stille zusammen. Ähnst hatte aufgehört zu reden. In die betroffene Pause legte er die Worte: Bitte, wollen Sie mal das Wichtigste wiederholen.
Und elf gesenkte Köpfe baten um Erbarmen. Und Ähnst sah dass sie ihn alle rücksichtlos fanden und dass sie meinten: er sei ohne Einsicht. Ob er wohl meine: sie hätten eifrig seinen Worten gelauscht? er wisse doch: sie hätten nicht. Selbst Günter Bormann, der doch tief im Schatten sass und nicht im Hitzelicht dieses Maimittages, selbst der blickte mit ruckhafter Empörung auf die Tafel und zog sich ablehnend an seiner Stuhllehne zurecht. Allmählich aber begannen alle nachzudenken: was sie nun wohl sagen würden über das bisher Gesagte. Jürgen betrachtete ebenso zurückgelehnt wie vorhin die nunmehr peinlich gespannte Haltung der 12A, wachsende Unlust wischte sein Denken trübe und liess ihn gereizt gähnen. Bei diesem Anblick entschied sich Ähnst. Er hatte die Klasse nun mit

einer Art unbehaglicher Belustigung beobachtet. Er hob seine Schultern ein wenig gegen den Tafelpfosten und sprach beruhigend zur rechten Fensterecke hin: Na, Niebuhr.

Jürgen sah neben Hannes wie Klaus gestört wurde. Klaus steckte das Messer in die Hosentasche und sagte grinsend vor sich hin: Tschä. Dann begann er: Voraussetzungen für eine Umgestaltung der Natur möchten (also) geschaffen werden durch die Beseitigung des privaten Eigentums.

Jürgen lächelte wider seinen Willen anerkennend vor sich hin: ob der Frechheit des »also«. Hatte Ingrid es auch gemerkt? Ja, Ingrid hatte sich umgedreht und Jürgen traf genau ihre Augen. Sie verständigten sich mit leise erhobenen Brauen.

Plötzlich, als er Ähnsts lehrerhaftes Zuhören wahrnahm, wurde ihm deutlich: es lag gar nicht an der Schule, an der Schule überhaupt. Die grosse Gleichgültigkeit dieser Windschutz-Waldstreifen und bewässernden Kanäle kam davon dass Ähnst von Dingen gesprochen hatte, an die er nicht glauben wollte und deren Voraussetzungen er wahrscheinlich nicht mochte. Also behandelte er das Ganze als Stoff bloss, als Stoff, der auswendig zu lernen war. Und wenn es ihm so ging, sollten sie hier wohl ohne Teilnahme in der Sonne sitzen und froh sein dass irgend jemand redete: hoffentlich bis zum Schluss der Stunde redete.

Jürgen betrachtete Ähnst aus seinen müden angestrengten Augen und sah dass der ein bekümmerter zurückhaltender Herr war: bescheiden und bürgerlich. Und Jürgen dachte: es sei aber doch höchst schädlich, wenn man so wichtiges Wissen als Lernstoff nur vermittle. Noch drei Minuten. Jürgen blickte auf Ähnsts geduldige Hände um das Lehrbuch, und Jürgen fühlte sich mit einem Mal befangen vor diesem Herrn, der ein Schädling war: ein Schädling mit einem erwachsenen Knabengesicht unter schwarzen Haaren, die waren ordentlich gescheitelt. Und es war ausseror-

dentlich freundlich für Jürgen jetzt Ähnsts gutmütige knarrende Stimme sagen zu hören zu Klaus: Sie haben aber den Klassenkampf vergessen.
Den gebe es in der sozialistischen Gesellschaft doch nicht: erinnerte Klaus. Und Jürgen war durchaus einverstanden mit Klausens hinterhältiger Höflichkeit, die sich bezog auf Dr. Kollmorgens Art von Sozialismus und Klassenkampf zu reden als sei das theoretischer Unsinn. Das ist gar nicht theoretisch, verehrter Herr Kollmorgen. Unsinn ist es schon überhaupt nicht, Herr Doktor. Jürgen wartete wirklich gespannt auf Ähnsts Antwort gegen solche Herausforderung. – Das eben habe Klaus zu erwähnen unterlassen: sagte Ähnst.
Während Jürgen zusah wie diese Marianne mit dem frommen Haarknoten im Nacken ihr Heft zuschlug und den Federhalter befriedigt obenauf legte und offenbar weiter nichts begriffen hatte als dass Klaus nun wohl am Ende sei –: während dessen dachte Jürgen mit dem ganzen Ärger und Zorn der sechsten Stunde: Denn es muss doch alles seine Richtigkeit und Ordnung haben –!
Ähnst sagte friedfertig dankeschön. Klaus sagte auch etwas, aber das verstand nur Hannes, und der grinste erschüttert in sich hinein. Nun setzte sich Ähnst an den Lehrertisch, zog das Klassenbuch heran und trug dort ein das Geständnis: für diese Stunde geografischen Unterrichtes sei er verantwortlich.
Noch eine Minute.
Nein: die Stunde war zu Ende.
Sie verabschiedeten sich von Ähnst, indem sie einfach zur Tür hinausgingen mit ihren Mappen oder indem sie ihm zunickten oder indem sie ihn neugierig betrachteten (so tat Klaus). Ähnst schrieb vor sich hin.
Sie gingen ziemlich leise durch den oberen Flur, in den die Sonne gewaltig hineinfiel. Sie gingen ohne viel Aufsehen und lautes Reden an den noch geschlossenen Türen vorbei.

Denn sie waren Abiturienten und also von Natur aus würdig. Ausserdem wollten sie Ähnst keine Ungelegenheiten bereiten; indem sie meinten: er werde bald noch mehr Ärger haben ohnehin.

4

Und jetzt kam die Klingel doch, regte das in Stille eingetrocknete Treppenhaus auf, während Ingrid die grosse Treppe hinunterstieg, Ingrid. Dies grosse schmale Mädchen mit dem verrückten Blond, siehst du ihren Mund, diese sorgfältig verheimlichte Fröhlichkeit: ja gewiss. Dieser Vormittag war unwiderruflich zu Ende.
Jürgen war drei Stufen vor ihr. Er stieg gleichmütig und ratlos tiefer, er sah zu Ingrid zurück und verwunderte sich in all seiner Gleichgültigkeit: wer war die eigentlich. Ja um Gottes willen, er kannte sie nun ziemlich lange, er hatte sie sogar einmal geküsst, wer weiss wie das vorkommen konnte, – aber jetzt war es doch wohl unglaublich anzusehen wie sie dastand in all dem Sonnenstaub und die Mappe schaukeln liess an ihrer Hand. Nun kamen aber die Herren Itsche und Klacks, die hatten zwischen sich die hagere verlegene Marianne und beunruhigten sie mit ungeheuer leichtfertigen Reden. Da sah Ingrid auf und lächelte flüchtig zu Jürgen hinunter mit ihren grauen Augen: verstehst du? Ja, er verstand wohl. Aber wollten sie jetzt nicht weitergehen?
Überall warf eine Klassentür nach der anderen Lärm auf die Flure. Im ersten Stock kamen sie bereits ins Gedränge. Jürgen machte ein breites Kielwasser mit den beiden Mappen hinter sich und sie schob ihn an den Schultern vorwärts durch die Menge von Jungen und Mädchen, die nun eilig an die frische Luft wollten. Zwischendurch sah Jürgen von weitem die Schulwandzeitung HÖR ZU, JUGEND-

FREUND. Mechanisch las er das im zweiten Stockwerk zwischen Pfeiler gespannte Spruchband, das mitteilte: DIE ARBEIT AN DEN OBERSCHULEN MECKLENBURGS IST EIN BEDEUTENDER BEITRAG IM KAMPF UM FRIEDEN UND EINHEIT FÜR DEUTSCHLAND: weisse Buchstaben auf blauem Tuch. Dann war wieder die Treppe mit Sonne durch hohe Fensterbögen, mit Stimmenlärm und Gedränge; als sie an der Uhr vorüberkamen, zeigte die zwei Minuten nach eins. In der Ausgangstreppe staute sich der Strom. Ingrid wartete neben Jürgen, bis sie hinauskonnten ohne eng gequetscht zu werden, und so sagte ihnen Johann Wolfgang Goethe von der linken Wand: EDEL sei der Mensch, hilfreich und gut. – Arbeit ist die Quelle aller Kultur: sprach Karl Marx von rechts her; beide in trotziger brauner Fraktur. Unter den Inschriften schaukelte sich eine Art Schlinggewächs, das hatte eine schmückende Aufgabe.
Draussen schliesslich schoben sie sich auf die selbe pflügende Weise durch das verfilzte Menschenknäul, endlich konnte Ingrid Jürgens Schultern loslassen. Sie holte tief Atem und sprach mit völliger Begeisterung: Oha! Damit meinte sie die Drängelei. Dann liess sie sich ihre Tasche wiedergeben und begann ein würdiges Benehmen.
Jürgen ging gross und langsam neben ihr. Während seine Blicke die Fugen des Pflasters nachzogen, wusste er dass Ingrid heute ihr Skandalkleid trug; eben wandte der Wind den Saum beiläufig neben das Paar zerquetschter Bügelfalten, die vor ihnen schlenkrig bogen und knickten. Das Skandalkleid war einfach eine Art Leinen zwischen Schwarz und Blau, das war mit geraden weissen Strichen in grosse Vierecke aufgeteilt, vorn zusammengeknöpft, am Hals legte es sich eben wieder auseinander: was alles mit dem unmässig schmalen Gürtel einen frechen und vornehmen Schlag hatte, den es nicht zu kaufen gab in diesem Lande. Sie hatte damals ihre Nase in die Höhe gehalten und so von oben herab erklärt: Ja –, man muss sich dann

eben was einfallen lassen... was sagst du? Jürgen hatte gar nichts gesagt. Er verzog seinen Mund in einer gleichgültigen Art und redete von anderem. Er meinte noch heute dass ihr da was Erfreuliches eingefallen war, aber er betrachtete es nicht.

– Halloh –: sagte es an Jürgens anderer Seite. Die Räder standen einen Moment ruckend still unter den Bremsen, dann gab Klaus sie frei und fuhr langsam neben ihnen her. Das Fahrrad schnurrte leise und vertraut in dem vielfältig verrenkten Stimmengewirr. Klaus stützte sich weit vor auf die Lenkstange und sagte: Lach mal.

Das kam für Jürgen überraschend, und sein grosses schweres Gesicht bewegte sich einige Zeit, bevor er antwortete: Ja. Aber er lachte nicht. Während er die gleissende Lenkstange zwischen Klausens Händen in seine Augen hineinsah, war er entschlossen jede Einladung zum Segeln abzulehnen, und die Verlegenheit eines Nachmittages ohne die beiden meldete sich an vor ihm. Ingrid betrachtete aufmerksam seine Mundwinkel und fragte: Ist etwas? – Nee: lehnte Jürgen ab und ging herum um einen Jungen aus der 11 A, der hier vor einem Mädchen aus der 9 BI stehen geblieben war; als er wieder zwischen Klaus und Ingrid ankam, gelang es ihm Ingrid zuzulächeln. – Sozialismus: sagte er mit der Aussprache und dem Gesichtsausdruck des Herrn Dr. Ernst Kollmorgen. Klaus sah ihn bekümmert an, er hob mit seiner rechten Hand Jürgens Jackenaufschlag ein wenig, so dass das Abzeichen darauf funkelte in der Sonne, Klaus sagte mit sorgenvollem Grinsen: Ach Mensch... Ingrid strich begütigend entlang an seinem Ärmel und versicherte ihm in ähnlich tantenhafter Art: Nu brauchs dich nich mehr ssu ä-gin, der Klassenkampf hat heut schon eine Minute vor eins aufgehööt..!

Jürgen blickte störrisch von Klaus zu Ingrid, er sah Klausens wohlwollend spöttisches Dahocken und Ingrids schöne Gutherzigkeit und (in einer schnellen Welle von

Herzklopfen) er hatte die beiden übermässig gern. Er lachte und tröstete sie wahrhaftig. – Na nu weint man nich: sagte er.
Klaus grinste höflich zurück. Aber er sagte bye, er winkte Ingrid zu und war schon an der Grossen Strasse. – Bye: sagte Jürgen nun. Ingrid sah Klaus betroffen nach, bis seine langbeinige schmale Gestalt hinter einem verstaubten Lastauto verschwunden war, und sie wusste gar nicht was dies nun bedeuten sollte: hatte Klaus es vergessen? Aber sie liess ihre Hände wieder sinken (sie hätte ihm beinahe nachrufen wollen), sic sagte sehr schnell etwas von fürchterlicher Eile und sonst nichts weiter, eben hatte sie Jürgens Hand geschüttelt und nun lief sie auch schon um den Prellstein in die Grosse Strasse. Lief mit ihren langen Bewegungen zwischen den Oberschülern auf dem Bürgersteig, ihre hellen Haare flogen an Peter Beetz vorbei, alles war so wie sie gesagt hatte: eilig nämlich.
Jürgen betrachtete das eine Weile aus seinem Stillstehen. Jetzt fühlte er die dumpfe Enttäuschung deutlich, bis jetzt hatte sie erwartet dazusein. Sie hatten beide nicht mehr gesagt als er gehört hatte, was wohl sollte er anfangen mit diesem Nachmittag?
Jürgen ging über die Strasse, eine aufgeregte Fahrradklingel beschimpfte ihn. Er dachte dabei vorsätzlich an eine gewisse Wendung in der heutigen Mathematik-Aufgabe. So entging ihm dass das Mädchen aus der 9 BI sich hinter ihm hielt und mit einer sozusagen bereitwilligen Neugier emporblickte an der ruhigen Länge dieses jungen Mannes. Jürgen zog die Jacke aus und hängte sie über seine Schultern; die Tasche in seiner Hand behinderte ihn. Er ging quer über den Markt auf die Fleetstrasse zu. Seine Augen schmerzten unter dem Licht und er sah die enge kleinhäusige hitzehelle Strasse, die er jetzt gehen würde bis zu einem langweiligen verlegenen Nachmittag.

5

Klaus hielt aber gleich hinter dem Lastauto an. Er drehte sich um und wartete, bis die beiden weitergingen. Als Ingrid von dannen lief mit ihren langen Beinen, lachte er leise in sich hinein. Nun querte Jürgen die Fahrbahn und ging fort auf den Markt. Klaus kehrte um und fuhr die Grosse Strasse wieder zurück; als er kurz hinter Jürgen war, fiel ihm auf wie ruhig und scheinbar ohne Ziel sein Freund dort ging unter der eiligen Jugend, und es tat ihm leid um diese Langsamkeit. Aber er konnte nichts tun als das wiederum bemerken und weiterfahren, nicht wahr.
An der Ecke zum Markt vor dem schattentiefen zurückhaltenden Schaufenster von Herrn Goldschmied Wollenberg stieg er ab und stellte sein Rad am Rinnstein auf. Die Tür schloss sich hinter dem Kunden nicht anders als mit vielem Geläute und Herr Wollenberg sagte Jawohl! mit seinem Barte, indem er den Kopf zwischen den Vorhängen hindurchstiess, und: Guten Tag, Herr Niebuhr. Sie sollen Ihren Willen haben. Er verschwand wieder.
Klaus sah durch das andere Fenster des kühlen dämmerigen Ladens in die grosse Helle des Marktes. Vor dem Rathaus trugen zwei alte Frauen in schwarzen Kleidern ihre schweren Einkaufstaschen auf die Brückenstrasse zu; sie mochten zum Dampfer wollen. Klaus bedachte mit zurückgezogenen Lippen dass Ähnst heute abermals nicht die Junge Gemeinde mit irgend etwas verglichen hatte. Vielleicht fürchtete er sich vor solchem Lärm, wie er vor der Erdkunde-Stunde im Mittelflur aufgekommen war. Aber Ähnst liess seine Tochter immer noch in die Christenlehre gehen: als ob es nicht schlimm genug war Oberschullehrer zu sein. Vom See hoch wehte dumpf das Heulen der »Schwanhavel« auf den Markt.
Herr Wollenberg kehrte zurück mit einem schmalen kan-

tigen Silberreifen auf seiner Hand, den legte er vor Klaus hin, stützte sich ohne Eile auf die Theke und sprach: War das so? Klaus drehte das matt schimmernde kühle Silber in seinen Fingern, hielt die Innenseite gegen das Licht, sah Herrn Wollenbergs gelassenes Zusehen, legte den Ring hin. Während Herr Wollenberg wohlwollend erzählte: Ja-u..., neulich sei doch das Fräulein Babendererde hier gewesen und habe sich das Fach mit den Armreifen angesehen. Ja (sagt sie), ich möcht wohl gern einen haben, aber die hier mag ich alle nicht (sagt sie). Einer ist wie der andere, und die sünd alle so »wölbig« (hat sie gesagt). Ja-o (sage ich), andere hab ich nich, die werdn nämlich so geliefert... (sage ich), – ich werd ihr doch nich erzählen dass ich ihr grade einen baue, nich? Das sünd genau fünf Millimeter, Herr Niebuhr, die Breite, und dick is er zwei, stimmt genau. Eine Gravierung wollten Sie ja wohl nich, wird sonst immer verlangt,... na. Ja, und denn ging sie, und wusste von nichs. Ja, Herr Niebuhr!
Klaus nickte zu diesem auf seine zurückhaltende höfliche Weise, und er betrachtete Herrn Wollenberg mit freundlicher Gründlichkeit, während der ganz ernsthaft und wohlmeinend aussprach: Ich gratuliere auch, Herr Niebuhr. (Vierzehn Mark, Herr Niebuhr.) Während Klaus das Geld auf der Theke ausbreitete, erwähnte Herr Wollenberg noch: das Fräulein Babendererde sei ja wohl das schönste und netteste Mädchen am Orte, könne man wohl sagen. Er sagte dies vielleicht damit es Klaus nicht so hart ankam eine solche Menge Geld auf ein Mal zu verlieren; der Schüler Niebuhr war aber so beschaffen dass er sich das dachte. Er sah Herrn Wollenberg neugierig an, indessen verhielt Herr Wollenberg mit fragendem Ausdrucke...; er machte dann deutlich in seinem Gesicht dass er nun also etwas verschweigen werde. Mithin griff er hinter sich in den Schrank und liess auf seinem Zeigefinger etwas schaukeln, das so aussah wie der Rest eines silbernen

Löffels. – Das ist übriggeblieben! sprach er und betrachtete den halben Stiel mit verschwörerischer Verlegenheit. Er schloss das rechte Auge ein wenig.
– Das soll nicht sein: sagte Klaus. Er lächelte ebenso abgefeimt.
– Ich weiss von gar nichts: sprach mit grosser Gebärde Herr Wollenberg; er wollte damit aber das Gegenteil gemeint haben. Er wog den Löffelstiel, und sozusagen abermals Glück wünschend reichte er Klaus etwas von seinem Geld zurück. Klaus stopfte dies und den Ring in seine hintere Hosentasche, gleichzeitig sprach er Herrn Wollenberg seinen vollständigen Dank aus; Herr Wollenberg bemerkte noch dies und jenes und begleitete Herrn Niebuhr vor die Tür: gewiss, Herr Niebuhr. Als Klaus in weitem Bogen auf die andere Strassenseite geschwenkt war, stand noch Herr Wollenberg in seinem weissen Kittel zuverlässig lächelnd in der Sonne, er verbeugte sich und sagte: Grüssen Sie man.

6

Ingrid trat aus dem Bogengang des Rathauses in die schattige Halle des Postamtes, auf dem Linoleum des Fussbodens wurden die Schritte ganz leise. Von den drei Schaltern war nur einer besetzt. Die Frau hinter dem Glas rechnete aufmerksam und gründlich viele Zahlen zusammen. Ingrid blieb seitlich stehen und betrachtete den in trockenem Licht erstarrten Markt. Die jungen Blätter vor dem Fenster flirrten leise. Die Frau rechnete noch immer, sass angelegentlich vorgebeugt und blätterte hin und her; in ihrem blonden Haar widerschien die Sonne. Aus der Grossen Strasse schwenkte ein langer Omnibus auf den Markt und ruckte vor das Rathaus. Neben Ingrid klirrte Glas und die Stimme der Frau sagte überrascht: Du kommst aber auch so wortlos. – Oh: antwortete Ingrid und kam ebenso träge näher. – Stehst du schon lange da? fragte die Frau. Sie hatte eine inständig lustige Art zu reden. Sie sprach die Worte aus dass sie so trocken und bunt waren, schliff sie anschlägig zurecht mit ihrer spröden schwingenden Stimme: dies alles mit einem sozusagen hinterhältigen Zögern... eben wie Ingrid nun sagte: Nein. Sie legte ihre Tasche vor sich auf die Theke, stützte ihre Ellenbogen auf und sagte: Wie du hier so über die Briefmarken herrschst...! Ich geh ja bloss zur Schule. Die Frau legte leise lachend ihre Listen zusammen. – Wie war es denn heute? fragte sie. Vor dem Fenster stiegen Leute in den Bus, hier innen war es ganz still. – Doch man so: sagte Ingrid. Aber nun war sie wohl ein bisschen zu schnell gewesen mit der Antwort, denn die Frau hob den Kopf und betrachtete achtsam ihre Tochter, – War etwas? fragte sie. – Nichts, Frau Babendererde: sagte Ingrid mit amtlichem Gleichmut. Sie stand geduldig auf die Theke gestützt und sah vorgeblich erstaunt auf Frau Babendererdes Misstrauen. – Ich lach nich zuerst: sagte sie. – Aber ich: sagte Katina, als sie schon längst dabei war. – Es ist nämlich eine ewige Angst mit euch: verteidigte sie sich ernsthaft. – Meine Mutter ist ja so furchtsam: sagte Ingrid unter nachsichtig erhobenen Augenbrauen. Die Frau holte viel Luft ein und setzte an zu Ausbrüchen, aber Ingrid sagte Katina solle sich nicht empören, man habe es eilig, man werde zum Abendessen zu Hause sein. Katina hiess gar nicht Katina, aber Ingrid nannte sie so. Katina atmete alle Luft wieder aus und sagte: Du willst mit der »Schwanhavel« zur Schleuse? – Hast was gegen? fragte Ingrid sehr neugierig. – Du sollst mich nicht immer zum Lachen bringen: sagte Katina: Ich bin deine würdige Mutter. – Ach so: sagte Ingrid, und Katina schluckte in ihrem Hals. – Damit du es weisst: wiederholte sie. – Und dann hast du noch Zeit. – Ich hab mein Segelzeug vergessen: sagte Ingrid. – Ich weiss! sagte Katina. Sie brachte das Netz mit Ingrids Segelzeug unter ihrem Amtstisch hervor, schob die Glastür ganz zurück und warf das Netz wie achtlos von sich; aber Ingrid konnte ganz gut fangen. – Meine Mutter hat so höfliche Gedanken in ihrem Kopf: sagte sie. Katina schloss das Glas und stellte heftig ein Schild auf, das sagte KEINE ABFERTIGUNG. Und Katina sagte: Meine Geduld – Das Mass meiner Geduld: sagte Ingrid hilfsbereit. Katina wiederholte mit nachdrücklichem Kopfbewegen: Das Mass meiner Geduld – Ja also was denn nun? fragte Ingrid.

– Ich wollt eigentlich sagen...: begann Katina als sei sie verwirrt. Aber dann sank sie in ihren Stuhl zurück und erschöpfte sich in innigem Gelächter.

Als Ingrid schon an der Drehtür war, rief Katina sie an und sagte: Wenn ihr auf den Oberen See geht – segelt nicht so hart gegen an, seid vorsichtig, ja?

– Sicherlich: sagte Ingrid in umständlicher Aussprache. – So lange: sagte sie. – So lange: sagte Katina.

7

Günter war langsam auf dem Fussweg durch das Kleine Eichholz bis zum Weitendorfer Weg herangegangen; dort setzte er sich wartend an den Rand ins Gras. Vor ihm lag die weite Mulde mit Saatgrün in der Mittagssonne, hinter der Kuppe des Bergs stand dünn und zitternd die Spitze des Weitendorfer Kirchturms gegen den Himmel; die Weidenköpfe waren viel grösser da oben. Günters Zehen spielten mit dem hellen warmen Sand des Weges und er sah ihnen nachdenklich zu.

Nach einer Weile klingelte ein Fahrrad von der Stadt her. Günter zog seine Beine zur Seite und liess das Mädchen herankommen; er blickte mit Anstand hoch und sagte:

Guten Tag. Das Mädchen nickte zu ihm herunter und fuhr schweigend weiter. Günter sah ihm nach mit aufmerksamen Stirnfalten.
Plötzlich bremste Klaus gefährlich nahe vor den ausgestreckten Beinen seines Bruders. Er stützte sich gelassen vor auf die Lenkstange des Rades und erwartete was der hier nun allenfalls dazu sagen würde. Günter erhob sich ebenso gelassen. – Kommst aber spät heute: sagte er; es war nun deutlich zu sehen dass er sich freute. Er stieg auf Klausens grossartiges Rad und fuhr vorsichtig neben ihm her durch das Kleine Eichholz: unablässig redend. Es brauche ja nichts weiter auf sich zu haben (sagte er), jedoch: Tanten Gertrud habe den ganzen Vormittag nach einem silbernen Löffel gesucht, weisst du: der einzelne, dünne, den du in der Pötterkuhle gefunden hast gleich nach dem Krieg? Der sei nicht zu finden, und Tanten Gertrud verstehe das nicht und kann sich das nicht erklären... sei ja möglich dass sie das besprechen sollten: schloss er und sah Klaus an mit der ganzen Freundschaft und mit allem Vorbedacht seiner dreizehn Jahre.
Klaus fasste tiefsinnig an seine hintere Hosentasche und sagte: Ich soll dich grüssen von Herrn Wollenberg.
– Mich? fragte Günter sehr erstaunt, aber er behielt das Rad in seiner Gewalt. – Wieso: sagte er. Der kenne ihn doch gar nicht; mich grüssen –?!
Ja siehst du das verstehst du nicht: sagte Klaus zu seinem Bruder und betrachtete mitleidig dessen verwirrte Nase. – Sei man nicht betrübt deswegen, manches verstehen die klügsten Kinder nicht, – du bist ja nun ein kluges Kind. Ich kann mir überhaupt vorstellen: sagte Klaus lehrerhaft, und in seinem Gesicht veränderte sich vieles ganz erstaunlich, er sprach unwiderruflich und Günter war begeistert von solcher Art; dies Gesicht hatte Pius, wenn er redete als Direktor der Oberschule: er könne sich überhaupt vorstellen (sagte Klaus:) dass das klügste Kind ein solches sei. Begrei-

fen Sie. Das etwas wisse. Und nur nicht sagen könne. Wegen Hemmungen! Begreifen Sie!

– Ja-u, das versteh ich, Herr Direktor: sprach Günter. Sie befanden sich beide sehr wohl in ihrem einmütigen Grinsen, das war reich an Erinnerungen.

– Wir haben hart gearbeitet heute: sagte Günter und atmete wie nach harter Arbeit: Wir haben zwei Lastzüge nach unten geschleust! Klaus ging mit grossen Schritten vor ihm her auf dem schmalen Pfad zwischen den Birken, er hob seine Schultern beiläufig an. Er dachte an etwas anderes. – Acht Kähne, alle mit Ziegeln! Ob Klaus ihm das vielleicht mal erklären wolle? sagte Günter. Er brachte das Rad angestrengt dicht an einem Stamm vorbei wieder neben Klaus. Aber Klaus sagte dazu auch nichts. Die Ziegel waren bestimmt für den Ausbau einer Allee, die den Namen trug des Führers der Kommunistischen Partei der Sowjetunion, und Günter hatte nichts weiter sagen wollen als eben das. – Naja: sagte Günter anheimstellend. Und dann habe er die Polizei nach oben geschleust: nämlich ganz allein, ja. – Und Onkel Martin? fragte Klaus. – War bei den Bienen: sagte Günter. Klaus blickte lächelnd auf und sagte: Unter Brüdern gebilligt. Günter nahm seinen Kopf betroffen hoch, aber er sah dann ein dass er Onkel Martin übergangen hatte. Er war mit niemandem so einig wie mit seinem Bruder; mit Ingrid verhielt es sich noch anders. Und abermals befand er für unangenehm dass Klaus neuerlich Mittag für Mittag in Bedenken versunken nach Hause kam; man hatte gar nichts von ihm. So etwas jedoch konnte man nicht aussprechen, man fuhr schweigend nebenher auf das Schleusengelände zu und störte nicht irgend welche Schul-Gedanken. Ihre Eltern waren von der vorigen Regierung wegen Widerstandes mit Gas vergiftet worden; seit dem waren sie in der Schleuse bei ihrem Onkel Martin Niebuhr. Das war der Bruder ihres Vaters.

Sie stellten gemeinsam das Rad in den Geräteschuppen. –

Das Boot: sagte Günter. Er wartete bis er sicher war dass Klaus zuhörte: Das Boot hab ich schon an den Steg gebracht. Segelsack liegt drin. Er beschäftigte sich mit Klausens Tasche und sah gar nicht weiter zu ihm hin; indessen war er stolz auf seine Voraussicht und Verlässlichkeit. – Brauchst dich nicht zu bedanken: sagte er kurzweg; er war nun verlegen. Es war ihm aber recht, als Klaus sich höflich verbeugte und sprach: Ich bedanke mich aber.
Auf dem Hof fragte Günter: Was denn mit der Elisabeth Rehfelde sei. Hat sie sich mit Hannes gestritten? – Nee-i: sagte Klaus: Wer kann sich denn mit Hannes streiten. Mit Seevken.
– Was der Oberste ist von eurer Freien Deutschen Jugend?
– Was der Oberste ist. Sie ist doch Junge Gemeinde, und Seevken wollte dass sie sich entscheidet entweder dafür oder für die Freie Deutsche Jugend. Hat sie gesagt: Wenn eben nicht beides geht, will sie nur eins; und schmeisst ihm das Mitgliedsbuch vor die Füsse.
– Waas: sagte Günter. Er blieb nahezu stehen vor Erstaunen. – Das von der Freien Deutschen Jugend?
Klaus stand geduldig neben ihm mit hängenden Armen, er hielt seine Schultern zurück und sah schräg vor sich auf das Klinkerpflaster. Er dachte sicherlich nicht an sein Reden: Die Junge Gemeinde hat ja wohl keine. Das war in der Grossen Pause, wir waren alle auf dem Flur. Hat eben viel Lärm gegeben.
– Sah schlecht aus: sagte Günter; er vergegenwärtigte sich wie sie ihm zugenickt hatte vorhin. Dann vergass er es und anerkannte nebenbei: Aber find ich sehr anständig von ihr. Geht sie nu zum Westen?
Klaus lachte leise auf mit dem selben unaufmerksamen Spott, aber er sagte nichts weiter. Sie gingen durch den Flur in die Küche. Als Günter die Tür aufmachte, sagte er schon: Klaus weit ok niks von den'n Lepel. Ihre Tante

stand am Herd und schüttelte die Kartoffeln im Topf über dem Feuer; sie lächelte ein wenig in ihren Mundwinkeln und sagte gleichmütig: Vleich findt hei em noch eins. Indessen trat Herr Niebuhr in die Küche, Onkel Martin. Das war ein breiter alter Mann mit einem zergerbten faltigen Gesicht; das bekam ganz tiefe Kerben, wenn er sprach. Während sie sich alle setzten um den grossen weissgescheuerten Holztisch, sagte Onkel Martin mit einer Art von Befriedigung: Man könne von Glück sagen dass man noch zum Mittagessen komme, könne man wohl sagen –. Die »Schwanhavel« sollte gleich zurückkommen; er hatte aber nicht ernsthaft einen Vorwurf gemeint. Die alte Frau nahm den Deckel von den Kartoffeln. Über den Tisch hoben sich warme Dampfwolken; hinter denen lächelte die Frau flüchtig für Klaus. Der sah aber auf seinen Teller nieder und bemerkte nichts weiter. Sie bewegte unmerklich verneinend ihren Kopf; sie neigte sich und sprach: Komm, Herr Jesus, sei unser Gast; und segne – was du uns bescheret hast. Klaus hielt dabei einfach die Hände unter dem Tisch. Er war wie immer bedacht dies Günter nicht sehen zu lassen; der faltete sie.

8

In der Grossen Strasse sprang das Licht von Hausfronten und Fensterglas und Firmenschildern und Papierflächen bis auf die Schattenseite und spiegelte sich dort; über die dunklen Schaufensterscheiben ging das Bild eines Mädchens, das in der Sonne ging und ein Netz leise schwingen liess an seinem Arm. Auf der Strasse lag träg und verlangsamend der Mittag. Die Leute auf den Bürgersteigen schoben sich gelassen aneinander vorbei, sie standen zusammen und redeten hartnäckig und ohne Übereilung aneinander vorbei und sahen an wer da kam und nickten also und wenn da nichts zu nicken war, sahen sie auch. Autos standen wartend in der Sonne, aus der Fleetstrasse bog rumpelnd ein Pferdefuhrwerk ein. Vom See hoch kam kühlender Wind durch eine Querstrasse, Herr Sedenbohm trat mürrischen Gesichtes aus der Buchhandlung, siehe.

Überall an den Wänden und Schaufenstern klebte heftig bedrucktes Papier. In aller Vergesslichkeit blieb Ingrid einmal stehen und las von Anfang bis Ende etwas von notwendigem Misstrauen gegen innere Feinde aller Art; aber dann sah man sich um nach einer so schriftgelehrten Person und ihr fiel ein es gebe noch andere Arten die Abfahrt des Dampfers zu erwarten. Und vor dem Finanzamt hatten zwei Herren gestanden, die redeten aber nicht mehr miteinander, als Ingrid vorüberkam; erst nach vorsichtiger Rundschau ergänzten sie ihr leises und heftiges Gespräch. Siehe: dies waren bei aller Zweistöckigkeit angenehm schlichte Häuser mit Zurückhaltung und Verlässlichkeit, die Leute redeten hier auf eine langsame und spöttisch-freundliche Weise, aber unter Umständen standen sie gesprächig vor dem Finanzamt und verglichen die Uhrzeit, wenn ihnen jemand nahekam.

Ingrid verliess die Grosse Strasse und ging auf dem Nordwall zum See hinunter. Da war Gras und Gebüsch unter hohen Bäumen, es war sehr still. Am Fusse des grasigen Abhangs lief der Stadtgraben eilig plätschernd über die Steine in seinem Bett, wand sich als funkelndes breites Band unter der Sonne. An der anderen Seite stand eine Weile schon ein hoher grossmaschiger Drahtzaun, hinter dem breiteten sich weiträumige Gartenanlagen aus, und da war nur Ordnung und Gedeihen zu bemerken an den Beeten und Bäumen. Schliesslich hielt Ingrid an gegenüber einer Frau mit einem weissen Kopftuch, die berieselte aus einem langen Schlauch den ausgetrockneten Boden von Salatbeeten. Ingrid sah ihr dabei zu. Das Wasser zerstob in breiten glitzernden Tropfen-Bögen, verdunkelte die Erde,

schaukelte silbrig auf den Blättern. Ingrid sah auch die Frau an. Sie hielt ihr schmales hartes Gesicht mürrisch gegen die Sonne, ihre Arme bewegten sich mit dem Schlauch auf eine geradezu unnachsichtige Weise, und Ingrid schien: dieser verhärtete verkrümmte Mund sei schon Jahre lang so festgelegt und könne nun nicht anders mehr sein als jetzt: als die Frau sich zum Zaun hin umdrehte und das Mädchen betrachtete mit ihrem unbeweglichen bitteren Gesicht. Das Mädchen bewegte den Kopf in einer grüssenden Art, als es weiterging, und die Frau sah dem Gehen nach und hatte wohl auch gegrüsst. Es stand dann ein Treibhaus in der Sonne, an dem war alles Glas sauber und die Fensterrahmen lagen unter sorgfältigem Anstrich; Ingrid bedachte davor das sonderbare Einverständnis solcher Regelmässigkeit mit den Sorgen der Frau Petersen. Da war ein Tor mit einem weissen Schild über sich, das anzeigte: dies sei Frau E. Petersen gewesen in ihrem Gartenbaubetrieb. Später trug ein kleines Mädchen einen Korb an Ingrid vorüber, das sah erwartungsvoll auf und Ingrid sagte: Guten Tag. Das Kind nickte ernsthaft, aber es sah sich nicht um, nachdem sie auseinandergegangen waren.
Denn vom Ende des Walls ging Ingrid am Seeufer entlang zur Dampferbrücke. Das war einfach ein geschotterter Weg unter den Linden. Durch seinen Schatten zitterten Sonnenflecken. Ingrid sah nachdenklich vor sich nieder und stiess bisweilen mit ihren Sandalen einen Stein weiter; als sie jedoch bemerkte dass sie an Hannes gedacht hatte und was er nun wohl mit der Rehfelde Ausweis machen solle, nahm sie ihren Kopf hoch und setzte ihre Füsse wie sonst. Die Sandalen waren nichts weiter als Ledersohlen, die von kunstreich verbundenen Riemen an den Fuss gehalten wurden. Auf der anderen Seite der Strasse hinter dem Katzenkopfpflaster standen ebenerdige Häuser klein und eng nebeneinander. Sie wechselten sich ab: mal stand eines vor, das nächste hielt sich zurück; auch hatte jedes ei-

nen kleinen Garten vor sich und das war nun ganz bunt mit den Blumen und den frisch gemalten Zäunen. Sie hatten ihre Vorderseite im Schatten, aber im Ganzen duckten sie sich unter der Hitze. Die nicht grossen schmucklosen Fenster standen meist offen, in denen schwangen die Gardinen leise vor den kühlen Stuben. Oft konnte Ingrid durch den ganzen Flur sehen: einen weissdämmerigen Gang über rote Backsteine. Aber am Ende lag der Hof hinter der kühlen Schattigkeit als hitzehelles flirrendes Viereck.

Die »Schwanhavel« war ein kleines Fahrgastschiff, das den Verkehr der Stadt mit den Flussdörfern besorgte und seit dem Kriege auch zu den Dörfern jenseits des Oberen Sees fuhr. Die Eisenbahn- und Strassenbrücke über die Durchfahrt zwischen dem Unteren und Oberen See war in den letzten Tagen des Krieges gesprengt worden. Nun verband nur ein Nebengleis in nördlicher Richtung die Stadt mit der Schnellzugstrecke. Die »Schwanhavel« lag vor der Dampferbrücke vertäut an dicken Pfählen, um die kleine runde Wellen schaukelten. Der alte Wilkes hob die Hand über die Augen und starrte hoch zur Domuhr, endlich bückte er sich zum Laufsteg und nahm ihn herein. Es waren nur wenige Fahrgäste an Bord wie immer mittags. Auf dem Achterdeck lagerte Postgut in Säcken und Körben, an der Reling lehnten schweigend drei junge Polizisten, die Frauen aus Weitendorf sassen neben dem Niedergang im Schatten, das Fräulein Babendererde war nach vorn gegangen. Wilkes hatte die Taue abgelegt und winkte zur Kajüte hin. Im Maschinenraum klingelte es, die Schraube lief an. Das Bord löste sich langsam von der Dampferbrücke, die »Schwanhavel« glitt am ganzen Leibe zitternd seitwärts und stampfte mit voller Kraft in die Wendung auf den See.

Als Wilkes mit dem Kassieren zu Rande war, stieg er auf das Vordeck und liess sich innig stöhnend neben Ingrid nieder; sie ass ein Brötchen und er nickte nur. Er nahm

zum ersten Mal in diesem Jahr seine Mütze ab und pustete gegen die Hitze an, und das Fräulein Babendererde lächelte und sagte: Bäde as Rägn. Un butn is ok Wind. – Dat sechst du so: sagte Wilkes verdriesslich und setzte seine Mütze wieder auf, denn Dienst war Dienst. Ingrid fuhr schon lange mit ihm zur Schleuse.
Sie sahen beide auf das zurückbleibende Ufer. Die Lindenreihe liess nur noch kleine Stücke Haus oder Fenster frei, in einer Lücke ging eine buntfleckige Gestalt vorbei. Am Hafenplatz fuhren zwei Männer mit Schubkarren Ziegel auf einen langen schwarzen Prahm. Das Klicken der Steine beim Packen war leise zu hören. In der Brückenstrasse hoppelte ein Auto über die Steine und blieb heftig stehen vor dem Markt. An der Dampferbrücke spielten Jungen Fussball, ihre bunten Hemden liefen eilig hin und her. In der weitgeöffneten Tür des Gemüseladens an der Ecke standen zwei Frauen lautlos und eifrig redend.

9

Als Klaus neben den Molen auf den Steg kam, sah er am Ende das Mädchen sitzen, in Shorts jetzt und einer flatterigen weissen Bluse, das Mädchen versuchte Bootsschuhe auf seine Füsse zu ziehen und der Wind schlug ihm die kurzen blonden Haare freundlich um die Ohren. Die Sonne spielte mit der Bewegung der Arme, wiegte sich glänzend auf Ingrids langen Beinen; Klaus roch den schnellen kühlen Wind, die Wellen lärmten gegen den Bootsleib und die Pfähle des Stegs, das dürre Schilfrohr rieb sich knisternd aneinander: er war noch nicht ganz hier, aber je länger er hier stand und den See herankommen liess: desto mehr zogen sich der Geruch und die Erinnerung des Klassenzimmers zusammen und waren auf einmal nicht mehr da.

Klaus liess sich vor dem Mädchen nieder auf seine Beine, und während er das Leinen verschnürte an Ingrids Füssen, waren seine Mienen die eines nachsichtigen aber ungeduldigen Vaters, der seiner jüngeren Tochter beim Anziehen hilft. Das Mädchen sah ihm zu mit schüchternen und ängstlichen Mundwinkeln, und als er die letzte Schleife verknotet hatte, sprach das Kind mit kindlichem Nicken und damenhaft obenhin: Danke. Wollen Sie mir, bitte, beim Aufstehn behilflich sein? Klausens Gesicht verwandelte sich zu dem eines würdigen Dieners, der viel gesehen hat, er zog die gnädige Frau hoch und nahm sie mit dem amtlichsten Aussehen in seine Arme, sagte vollständig gelassen: Du bist ja denn da.

– Ik hew all dacht du keemst nich: sagte das braune Gesicht vor ihm mit der herzstockenden Ingridschönheit; es ist unglaublich anzuhören wie sie das gesagt hat aus ihrer Kehle, diese Göre, dies Frauenzimmer, dessen Arme er um seine Schultern fühlte, dem er nun vorsichtig an den Augen entlangstrich mit seinem ungeschlachten Zeigefinger, dessen Kopf er in seiner Hand hielt, während der Wind seine Finger streichelte, mit diesen Haaren.

– Ja siehst du: sagte Klaus. Denn er war ja nun da. Irgend wo hinter seinen Augen schien eine empfindliche Stelle zu sein in seinem Kopf, ein Spiegel sozusagen.

Unter diesen Umständen könnten sie denn ja wohl auftakeln.

– Wohl wohl: sagte Ingrid. Das könnten sie.

Ingrid lacht. Ingrid lachte so vor sich hin. Sie sass an Luv auf dem Bordrand, hielt die Fockschot ein bisschen fest, in ihrem Nacken fühlte sie den Wind und die Sonne wühlen und sie lachte so leise am Gross-Segel hinauf. Das war sehr hoch, und von der zweitletzten Steiflatte fing das Lachen an zu springen, sprang bis zum Stander hinauf und von da auf eine kleine lustige Wolke, die sich atemlos langsam entlangschob zwischen dem leuchtenden Weiss und Blau von

Himmel und Segel; dort sass nun das Lachen und freute sich.
Die Squit, eine lange schlanke Jolle (H) mit ungefähr fünfzehn Quadratmetern Tuch und aus fester sauberer Eiche gebaut, ihr helles heisses Holz glänzend in schaukelnden Lichtstreifen, die Squit lief vor mässigem achterlichem Wind ruhig auswiegend über den weiten vorsommerlich kühlen See; der Wind lief schnurrend an den Segeln hoch und unablässig platschend warfen sich die Wellen gegen den Bug. Manchmal spritzte eine Handvoll Tropfen auf das Vordeck und spiegelte gelbe Lichtflecke in die Fock.
Hatten Sie dies etwa anders erwartet? sprach die Wolke und lehnte sich gesprächsweise über die Segelspitze. Nein, so ungefähr habe sie sich dies gedacht: antwortete Ingrid; sie hob ihren Hals hoch hinauf in den schnellen Zug von Wind und Wolken, lachte mit ihren Zähnen.
Klaus der Baas, das heisst: Der Schiffer, das heisst: Der Kapitän, Der Steuermann – der Baas war preislich im Achterraum gelegen und rückte ab und an seine Schultern zurecht in der Windhitze. Er hatte zu tun. Mit aufregend nachlässigen Bewegungen holte er aus diesem einfallsarmen Wind heraus was immer die Squit kriegen konnte, der Baas benahm sich wie bei einer Regatta und als komme es darauf an. Er starrte aus engen Augen über das lichtflakkernde Wasser, wackelte heimtückisch an der Pinne, schlief endlich nahezu ein vor Zufriedenheit. Denn Der Baas, das heisst Der Schiffer...
Manchmal nämlich sah der Baas schräg hoch, und dies tat er sehr nebenbei und eilig: man soll die Leute nicht stören, die mit den Wolken reden. Manchmal nämlich sah Ingrid unversehens hinunter auf jene grossmächtige Steuerkunst, und dies tat sie sehr nebenbei und eilig: man soll niemanden stören, der in einem fort vor sich hin grient, besonders wenn man selbst so grient... Dieses bedeutet ein Nehmen von Rücksicht. Alles war sehr ausserordentlich. Diesen

Herrn Niebuhr und diese Art ein Boot zu halten und diesen leisen Wirbel von weissen Haaren gab es nur einmal, was von Wichtigkeit war; hingegen diese Göre von einem Mädchen so wie sie da sass, die Haare lieblich verquer unter der Sonne und das Gesicht gegen den Himmel gehoben, solches machte also wohl den ganzen Herrn Niebuhr aus, der ausser dem noch neunzehn Jahre alt war und ohne weitere Bedeutung.
Also sei es nicht sein Verdienst, in keiner Weise sei es zu erklären: es sei eben so. Nämlich dass Ingrid heute vor einiger Zeit zum ersten Mal dort gesessen hatte und er hier, es war heute nicht wahrscheinlicher als damals. Und obwohl ihm sein Vater das Segeln noch gründlich beigebracht hatte, das Kielwasser von jenem siebzehnjährigem Nachmittag hätte Klaus niemandem vorweisen mögen: eine Schlange hätte sich das Rückgrat brechen können darin. Aber wenn so mehrere Jahre ein Ring waren, so steckte dieser Ring in seiner hinteren Hosentasche, bittesehr, und also sass er hier grossmächtiglich, sah mal hierhin und mal dahin, war ganz bei der Sache und konnte seine Augen nicht vom Lachen zurückhalten, und jetzt sagte er etwas.
Klaus sagte durchaus beiläufig und beinahe über Bord: Tschä...: das is ja nu allens so wie es is.
Ingrid kam mit der Fockschot am Arm auf Klaus zugerutscht, stützte sich auf seine Beine und sagte ebenso gesprächsweise hinein in seinen niederträchtigen Gleichmut: Ja-a-a... und männichmal is das denn Schahrende schpäte,... nich?
– Tschä: sagte Klaus, sah nach dem Wind, zog mit seinem Fuss die Fockschot an, sah noch einmal nach dem Wind, sagte angelegentlich nebenher: Dies könne man wohl sahng... und indem... Aber nun sollte er ja wohl wahrhaftig verlegen werden vor solchem Ansehen, vor diesem hintersinnigen Ingridgesicht: dass das alles für ihn war; Klaus

bewegte ungeschickt seine Nase und drehte seinen Hals und das alles sollte bedeuten: so etwas könne letztlich ein Unglück geben.
Ingrid lächelte ernsthaft mit diesen ihren Augen, Ingrid verzog ihre Nase auf die gleiche Weise, Ingrid strich mit ihrer freien Hand wie unachtsam an Klausens Gesicht entlang, sie rollte nach Lee, hing sich weit über Bord und rief ausgelassen: Rrrund aachterrn –!!
Der Grossbaum schwenkte an Ingrid vorbei nach rechts über, fernbläuliches Ufer rutschte rund um das Heck, die Fock war schon längst da und die Squit legte sich inständig in den Wind, lief über hastig stotternde Wellen zu auf einen roten Fleck in kieferigem Waldschwarz. Die Halse war tatsächlich fällig gewesen, aber sie kamen sonst eigentlich ohne Kommandos aus.
– Nu sieh dir an wie der gegenan geht: sagte Ingrid. Schräg vor ihnen zog sich mühsam ruckend ein langes flaches Boot unter grossem Segel gegen den Wind; jetzt beugte es sich langsam gegen das Wasser, richtete sich in einem Schwenken wieder auf. Klaus nickte.
– Die Rehfelde hat heute nicht mit Günter geredet: sagte er. – Und da fiel ihm was auf: sagte Ingrid. – Da fiel ihm was auf: sagte Klaus. Sie kannten das Boot von Hannes, sie hatten auch sofort gesehen dass er allein war. Sie hatten neben Hannes gestanden in der Grossen Pause auf dem Mittelflur und der Rehfelde Mitgliedsbuch hatte nicht weit von ihren Füssen gelegen. Ingrid sah über ihre Schulter hin zu Hannes, die Squit lief dicht vorbei an dem besegelten Paddelboot. Hannes lag lang ausgestreckt und hatte seine Beine auf dem vorderen Sitz, er sah beiläufig hoch zu den beiden auf dem Waschbord der Jolle, er nahm die Pfeife aus seinem Munde und sagte nichts weiter als gelassen Godewind.
– Godewind: antwortete Ingrid. – Godewind: sagte Klaus. Er sah dem anderen Boot noch eine Weile lang

nach. Das ging immer weiter gegen an. Das Segel stand genau unter der Sonne.

– Da? fragte Ingrid erstaunt. Sie nickte dem Steg zu, der unter dem leuchtenden roten Hausdach mit einer Plattform aus dem Rohr kam. Klaus hielt mehr nach rechts, schätzte die nächste Halse. Vierhundert Meter: dachte er, nämlich: das täuscht. Ingrid betrachtete ihn von der Seite und bewegte dies alles in ihrem Herzen; indessen sie sagte: Das geht am Ende in die Binsen.

– Ja: sagte Klaus. – Wolln mal so bleiben: sagte er, aber er meinte auch etwas anderes.

– Heut morgen hab ich geglaubt du hast es vergessen: sagte Ingrid.

– Erste Stunde Geschichte, Zweite Stunde Gegenwartskunde, Dritte Stunde...: aber damit hörte Klaus auf, denn er hielt dies für zureichende Erklärung.

Ingrid liess vor lauter Bedenklichkeit die Fock locker. Sie vergass sich wahrhaftig, als sie sagte: Das war ein Sonnabend.

– Ja –: meinte Klaus zweifelnd. Er sah angestrengt in die Gegend. Ob sie nicht doch besser in seiner hinteren Hosentasche nachsehen wolle?

Ingrid besichtigte überlegsam seine krause Nase und seine angelegentliche Verbeugung zur Pinne hin; und als sie nun überaus neugierig wurde und ihn ansah mit immer strengerem Verdacht, hielt er sein Lachen zurück mit immer würdigerem Schweigen, besah sie ebenso unnachsichtig.

– Oha: sagte Ingrid zu dem Ring in ihrer Hand, sie sprach dies mit vielen Vorbehalten, aber die halfen ihr alle nichts, denn nun wurde sie rot, sie errötete über die Massen, und sie fragte: Bin ich rot geworden?

– Du wirst doch nicht: versicherte Klaus sehr ernsthaft. Er hielt seine Augenwinkel in Ordnung. Ingrid legte gedankentief die Fock fest, dies war verboten, sie schob ihre Hand durch den Reifen, bog ihn schräg weg und drehte

ihn; das Silber gleisste schmal und kantig an ihrem Arm und Klaus meinte: dies sei nun allerdings alles so wie es sei, war es nicht? Er lachte unbändig in seinem Hals, die weissen Haare wehten über seinem Kopf, feierlich sang er aus: Rund aaachtern –!
Die Fock kam viel zu spät auf die andere Seite, auch liess Ingrid sich viel Zeit mit dem Losmachen. Während der Leib der Squit einen Dreiecksflecken blasigen dunkelgrünen Wassers glattwischte, sagte Ingrid mit ernsthaftem Vorwurf: sie habe schon bessere Halsen gesehen, mit Kommandos werde das eben nichts. Ob sie hier bei der SV Empor seien mit FDJ stillgestanden und so? Seien sie ja aber gar nicht. Sie rückte sich umständlich zurecht auf dem Waschbord und sah tiefsinnig in das quirlende Kielwasser an dem grienenden Klaus vorbei. Sie sagte: Ich weiss gar nicht was das soll?

10

Jürgen legte die Feder vorsichtig auf das Papier, das war beschrieben mit ernsthafter Mathematik. Unterdessen merkte er dass er ihn lieber dorthin geworfen hätte.
Er stand auf. Ruckte nachdenklich die Schultern seiner Jacke auf der Stuhllehne zurecht, ging im dämmerigen Zimmer um den Tisch herum, beugte sich noch einmal über die Hausaufgabe und betrachtete sie abwartend.
Delta y durch delta x ist gleich zwei mal (in Klammern:) x plus delta x zum Quadrat plus (in Klammern:) x plus delta x minus (in Klammern:) zwei x-Quadrat plus x, also minus zwei x-Quadrat minus x. Das Ganze durch delta x.
Er gab sich zu: er sei von vornherein nicht bereit gewesen zu Aufmerksamkeit; er zog die Brauen bedauernd in die Höhe. Er liess den Stuhl los und begab sich an den schachtelig gestellten Möbeln vorbei zum Fenster. Petersens gute

Stube: dachte er mit längst abgenutztem Hohn. Vor seinen Augen stand noch das grüne Sofa, das war Plüsch in unangenehmen Formen. Die Rolläden dunkelten das Zimmer ziemlich ab, ohne indes die drückende Hitze auszusperren; zwischen den Stäben flimmerten schmale Streifen Sonnenlicht.
Er lehnte sich an den offenen Fensterflügel und sah auf das verwaschen grüne Holz; sein Kopf schimmerte hell in dem Halbdunkel. So sass er eine Weile; manchmal kam kleiner wirrer Wind an seine Stirn.
Du siehst und hörst ja nichts, wenn es sich mit dir verhält in dieser Art. Wenn du die Tage bedenkst nach der Einteilung: ob du ein Mädchen gesehen hast, überhaupt gesehen. Ob du es gegrüsst hast auf jene angstatmende hoffnungsichere Weise... Ausser dem kümmerst du dich um nichts. Du läufst in der Stadt umher und beträgst dich im Ganzen recht unsinnig. Und immer wie zufällig kommst du in die Waldstrasse. Du gehst schnell am siebenten Haus vorüber und liest aufmerksam den Namen, du siehst ganz vorübergehend auf die Fenster und dein Herz klopft in unanständigen seligen Massen. Du sagst dir völlig kühl: sie sei nicht zu Hause. Auch ihre Mutter sei nicht zu Hause. Du kennst doch die Dienststunden der Deutschen Post. Niemand sei zu Hause, es könne gar nichts geschehen; du hast aber ausserordentliche Angst und Hoffnung es geschehe doch etwas... und jetzt bist du allerdings drei Häuser weiter. Mit solchem Sport kannst du Tage vertreiben. Du weisst nicht was Klaus macht, du warst seit langem nicht in seinem Boot –: endlich, an einem Sonntag kommt die Scham über dich, du gehst zu den Bootshäusern und denkst dir allerhand Ungefähres. Sie fahren heute wohl eine Regatta. Klaus braucht dich doch für die Fock, er hat ja gewiss auf dich gewartet, du bist eine sonderbare Art von Freund.
Ja er kam aber zu spät, die Segel standen schon vor der

Durchfahrt in langer ruckender Reihe, war die H 83 draussen? Wohl wohl: sagten sie: Die is draussen. Und wie war die H 83 gemeldet, bittesehr? H, H 75, H 82, 83: Steuermann Niebuhr (Eigner), Fock: Babendererde, Babendererde: die is auch von der Oberschule, weisst du? Jaja, die kenn ich. Ich danke auch für die Auskunft. Er hatte sich auf den Steg vor den Bootshäusern gesetzt zwischen Klacks und Itsche und wartete geduldig, bis die Boote zurückkamen vom Oberen See. Sie hatten wohl so dies und jenes beredet auf dem Steg. Plötzlich liefen zwei Segel aus der Durchfahrt, hielten sich wie verrückt am Wind, und: Sühst woll: sagte Söten, und am Ende sah er auch dass das erste die 83 hatte; wo ist denn die Boje? Die sei hier gerade vorm Steg, sie hätten nämlich den besten Platz hier; hast du gesehen wie sie eben über Stag gegangen sind! Die H 83 schwenkte um die Boje, nach der Wende kam Klaus dicht an ihnen vorüber, neben ihm auf dem Waschbord sass erschöpft und lachend Ingrid. Dies Bild in dich aufzunehmen war wahrhaftig eine Gelegenheit, bei der du alt und weise werden mochtest vor Herzeleid und Freundschaft; und Itsche johlte und Klacks sagte etwas und Söten rief und winkte, und sie hatten in der Tat den besten Platz gehabt dies zu sehen. Und so sass man heimlich auf dem Fensterbrett und bewegte den Mund, als könne das etwas helfen.

Zwei mal (in Klammern:) x-Quadrat plus zwei x-delta x. Im Sommer hatte die ganze Seglerschaft geweissagt: das Boot vom jungen Herrn Niebuhr werde demnächst einen Mädchennamen tragen. Hiess aber Squit seit dem fünften Juli: plus vier x-delta x plus zwei x-delta x-Quadrat. Und der alte Niebuhr hatte von dem Boot auf Ingrid gesehen, liess sich von Klaus den Namen vorsprechen, sah von Ingrid zum Boot, sprach endlich folgende Merkwürdigkeit aus: das gehe ihn ja nichts an wie Klaus sein Boot nenne, und er wolle und solle ihm nicht reinreden da. Er könne

sich allerdings nicht helfen –: dies leuchte ihm ein. Wat meinst du, Schügn? Während die beiden anderen aufatmeten, hatte der alte Niebuhr sie grienend besichtigt und hatte versucht zu sagen: Squit –, es hatte aber sonderbar geklungen. Plus x plus delta x minus zwei x-Quadrat minus x. Durch delta x?
Jürgen sass achtsam vor seiner Arbeit, die Feder zerschabte auf dem Papier die Stille ohne Aufenthalt. Vor den Fenstern schrie die Hitze durch die Strasse, im Nebenzimmer murmelte eine Uhr.

11

– Vergess ich nie: sagte Ingrid.
Sie lagen bäuchlings nebeneinander im Gras. Sie hatten den Kopf zwischen die Hände gestützt und sahen hinaus auf das Wasser.
Es hatte sich so gemacht dass sie an dem Steg vorüber weiter nach links gekommen waren. Dort stand im Schilf ein Pfahl, an den banden sie die Squit. Ingrid war längst im Badeanzug, aber sie bestand darauf dass man sie an Land trug; Klaus platschte gewaltig durch das flache Wasser und beschwerte sich mit vielen Worten. An Land ergab sich ein Flecken Gras, der warm umstellt war von dichtem verspieltem Unterholz und ernsthaften Kiefern oben. In das Schweigen von Wellengeschwätz und Wärme und Blattgeflüster hinein hatte Ingrid endlich gesagt, innig auflachend in der Erinnerung: Vergess ich nie.
Klaus sah ihr aufmerksam zu.
– Weiss ich noch wie heute: ich lag nach dem Mittagessen auf Nielsens Steg und ärgerte mich über Katina. Die sass mit Frau Nielsen im Bootshaus und wusste wohl nichts Besseres um diese Zeit als über die Schule zu reden; da lag ich nu in der Sonne und war mitgebracht. Diese Besuche

sind was Schreckliches. Mit mal kam ein Segelboot so schräg von links durch das Schilf, aber ich dachte mir nichts weiter dabei, da legte ich den Kopf wieder hin und stellte mir alles Mögliche vor, jawohl: alles Mögliche. Dann war das Segel ziemlich dicht dran, und als du aufstandst, merkte ich dass du es warst: oh Gott was hab ich für einen Schreck gekriegt!

– Hat Gott gar nichts mit zu tun.

– Sei ruhig. Der da stand also auf: was das wohl sollte, der hob doch tatsächlich ein Hemd hoch und zog sich das über den nackten Rücken, bei der Hitze! Aber als du das nun malerisch festklemmtest in der Turnhose (das war die graue, weisst du?) – da war mir klar: so wie du dastandst warst du nicht jemand, der halbnackt zu Besuch kommt –, nee, du warst würdig und anständig angezogen wie Sonntagnachmittag, und nun kamst du auf Besuch. Gelacht hast du kein bisschen.

– Aber du.

– Sollte ich wohl! Weisst du das war so komisch, so frech, wie du unbewegten Gesichtes und »anständig angezogen« herangestakt kamst...

– Eigentlich war ich ja verlegen: sagte Klaus.

– Glaub ich nicht. Unmöglich!

Klaus bestand nicht weiter darauf.

– Du und verlegen, setzt sich ganz beiläufig neben mich, sieht plier in die Gegend, grinst, sieht wieder so um sich als wärs diss nu, sagt feierlich: Guten Tag...

(So wie damals hat sie nur das Mal gelächelt: erinnerte sich Klaus plötzlich.)

– Und dann hast du gesagt, verlegen wie du warst, weisst du noch was du da gesagt hast?!

– Ob du dir das Hemd nun wieder ausziehen dürftest, wär nämlich heiss heute, hast du gesagt!

– Ja.

– Ja: wiederholte Ingrid und freute sich: Tja, und als

Katina endlich fertig war mit traulichem Gespräch, war ihre Tochter verschwunden, spurlos, verstehst du? Ingrid wurde anhaltend von leisem Lachen geschüttelt ganz tief innen. Dann redete sie nachdenklich weiter, gab zu bedenken: Sieh mal. Es war ja nichts gewesen vorher, ich meine... aber gewusst – gewusst habe ich es schon lange vorher. Kannst dir gar nicht denken wie lange.

Klaus betrachtete schweigend Ingrids vorsichtige Finger, die den Ring so hin und so hin drehten an ihrem Handgelenk. Die Sonne tanzte in der glatten sauberen Kreisbiegung, wiegte sich auf der schmalen Kante.

Ingrid wollte nicht ins Wasser gehen.

– Sollst du ja gar nicht: sagte Klaus, indessen da hatte er sie schon auf seinen Armen. Ingrid stiess und strampelte mit ihren Beinen und hielt sich mit den Armen fest an Klausens Hals; das Wasser spritzte hoch auf unter Klausens heftigen Tritten und Ingrid rief: sie sei ein freier Mensch und niemand könne ihr verwehren –

– Gewiss nicht: sprach Klaus, der ungerührt weiterstapfte. Ingrid wurde da handgreiflich. Er wich mit Mühen der Squit aus, die einen Anhalt hätte bieten können. Und das Wasser sei doch so kalt: sagte man ihm.

Das komme ihm auch so vor: stimmte er zu. Er liess sie etwas tiefer, so wurden ihre Beine schon nass und hielten sich erschreckt still. Als das Schilf aufhörte, ging der Grund schnell tief hinunter.

– Lass mich nicht los: drohte Ingrid: Untersteh dich! Denn Wasser ist weniger kalt, wenn man sich eng beieinander hält, und kurz bevor er sie fallen lassen wollte, drückte sie seinen Kopf unter Wasser und freute sich über die Massen an seinem erstaunten prustend auftauchenden Gesicht.

Siehst du: da schwimmen sie in vielgefälteltem Silber, hinter ihnen wiegt sich weissstrahlend die Squit vor dunkelheiterem Baumgrün, manchmal seufzt das Wasser glucksend auf, über ihnen dehnt sich ernsthaft bewölkt der Himmel. Für Ingrid war Schwimmen wie Atmen. Sie glitt andächtig durch das kühle Wasser, auf ihren geschlossenen Augen fühlte sie das weiche Licht des späten Nachmittags. Als sie sich umwandte, sah sie in einer breiten Flackerbahn vor der Sonne Klausens Kopf mit vielen kleinen Lichtperlen auf seinen Haaren.

12

Jürgen sass vor dem Lehrbuch für Physik. Er zog mit einem Lineal ab und an saubere Striche unter die Zeilen, hielt inne und prägte sich mit lautlosem Lippenbewegen die Formeln ein und sah hoffnungsvoll den Absatz näher kommen. Als er endlich glaubte er sei fertig, stand er sofort auf. Er reckte die Arme in die Höhe, drückte seinen schmerzenden Nacken gegen seine Hände. Er hatte also gearbeitet und hatte etwas vor sich gebracht; eigentlich war er zufrieden mit sich.

Ordentlich und mit Umsicht räumte er seine Sachen vom Tisch und breitete die zusammengefaltete Decke wieder über die Platte. Dann nahm er einen Zettel und schrieb, gebückt am Tisch stehend schrieb er auf: Bin zur Sitzung. Abends bei Babendererdes. Oder in der Schleuse. Komme erst spät zurück.

Er hielt die Schrift vor sich hin und betrachtete sie. Bei vorgeschobener Unterlippe überlegte er wie es wäre, wenn er schriebe: Liebe Mutter, ich bin... Er fand aber dass es nicht ging. Er hatte keine Eile, aber er richtete sich auf mit Ungeduld. War im Zimmer noch irgend etwas aufzuräumen? Diese eine Falte in der Tischdecke liess sich glattziehen. Auch konnte man den Zettel entweder an die Ecke oder mitten auf den Tisch legen: beides sah durchaus verschieden aus. Er lehnte ihn gegen den Aschenbecher, nahm seine Jacke vom Stuhl und ging. Stieg vorsichtig über die enge knackende Treppe (um die alte Frau Kölpin nicht zu stören), kam auf die nachmittagswarme Strasse und war bei alledem froh über seine Ruhe und Wohlstimmung.

So kam er vor der Schule an, ging über die untere Treppe, die Flurtür schaukelte plump schwingend hinter ihm her. Gleich neben der Uhr war eine Tür. Auf dem altersbraunen Holz hing ein pappenes Schild, auf das in grossen Buchstaben geschrieben war: Nicht stören Sitzung. Er nickte der Warntafel zu und trat ein; es machte ihm gar keine Mühe sein Gesicht freundlich zu halten.

Das war ein langes schmales Zimmer mit einem Fenster nur. An den Wänden hingen Fahnen und ein grosses Bildnis des Führers der Kommunistischen Partei der Sowjetunion. Auf dem Schreibtisch nebeneinander sassen Dieter Seevken und die schwarze Annegret, die in einer Zeitung etwas besahen. Jürgen betrachtete ihre versunkenen Rükken, bis er dessen bewusst wurde; er zog die Tür hinter sich zu. – Freundschaft: sagte er.

Dieter drehte sich um und legte die Zeitung weg; Annegret rutschte vom Schreibtisch herunter. – Freundschaft: sagten sie.

– Ihr müsst ja wohl rein noch einen Stuhl haben: sagte Jürgen, während er ihnen die Hand gab. Denn es war nur ein Schreibtisch-Sessel da, und auf dem hatte Dieter seine Füsse. Jürgen nahm sich vor das zu übersehen. Er setzte sich auf das Brett des offenen Fensters, rückte sich zurecht und begann: Also ich möchte das mal genau erzählt haben.

– Was denn: sagte Dieter. Aber er schien sich gleich zu besinnen. Er hatte ganz krauses braunes Haar; wenn er verlegen war, fuhr er mit allen fünf Fingern hindurch. – Das mit der Rehfelde? fragte er. Jürgen machte auf dem Fensterbrett Platz für Annegret, währenddessen sagte er: Hmhm?

– Ja-a: sagte Dieter zögernd.

– Also du hast sie provoziert: fuhr Jürgen gleichmütig fort.

– Ach Quatsch: sagte Dieter unwillig. Er habe die Rehfelde nicht provoziert. Er habe ihr die Sondernummer gegeben, die, wo die Beweise drinständen über die Spionagetätigkeit der Jungen Gemeinde. Und da habe sie gesagt: das glaube sie alles nicht. Und da habe er gefragt: ob sie wohl glaube dass die demokratische Presse lüge? Und da habe sie gesagt: ja, das meine sie.

– In diesem Falle: schob Annegret ein. Jürgen wartete, bis Dieter nickte. Dann wiederholte er: In diesem Falle (sagte sie also).

– Und da hab ich ihr klargemacht dass die demokratische Presse nie lügt. Im Gegensatz zu der kapitalistischen Presse in Westdeutschland, und auch zur christlichen Zeitung. Und dann hab ich sie vor die Alternative gestellt. Wenn sie für die Republik ist und für den Sozialismus, kann sie nicht Mitglied einer Verbrecherorganisation sein, nich? Da hat sie gefragt: ob ich das so meine. Da hab ich gesagt: ja, das mein ich so. Und denn is sie verrückt geworden.

Nun ging die Tür auf, und das Peterken aus der 9 A kam herein. – Freundschaft: sagten sie nacheinander. Peterken war der jüngste von ihnen. Er lächelte jedem zu und lehnte sich neben dem Schreibtisch an die Wand. Jürgen zog Dieter den Stuhl unter den Füssen weg und schob ihn zu Peterken. Er entsann sich plötzlich dass Dieter vor einem Jahr Ingrid hatte erklären wollen er tue vieles nur seines Stipendiums wegen und das brauche er eben, was soll ich machen. Das mochte Feigheit gewesen sein oder Schwäche vor dem schwierigen Ingridspott, aber seit dem heutigen Ereignis wusste Jürgen manchmal nicht wie es sich eigent-

lich verhielt mit Dieter Seevken. Peterken kam zum Fensterbrett und in dem Sessel liess sich Annegret nieder.
– Warst du dabei? fragte Jürgen das Peterken neben ihm. Peterken nickte und sah fragend umher; dann wandte er sich zu Jürgen und fragte: Ihr meint doch die Rehfelde? Jürgen lächelte bejahend, er mochte das Peterken gut leiden.
– Und da ist sie also verrückt geworden: sagte Jürgen.
– Na ja: sagte Dieter verächtlich.
– Schreit solchen Unsinn und schmeisst mir das Mitgliedsbuch vor die Füsse –!
– Hast du es aufgehoben? fragte Jürgen. Dieter schüttelte den Kopf, aber er erklärte: es sei weggewesen. Indessen griff das Peterken in die Tasche auf seinem Hemd und gab Jürgen das Mitgliedsbuch der Elisabeth Rehfelde. Während des fortgehenden Gesprächs blätterte Jürgen in dem Ausweis. Er war recht gut gehalten. Vorn war ein Passbild eingeklebt, das Bild hatte einen Stempel, unterschrieben war es auch. Schrieb die Rehfelde so? Ja, so schrieb sie. Beitragsmarken regelmässig eingeklebt, seit drei Jahren bis eben Mai (einschliesslich).
Sei der Beitrag für Mai schon abgerechnet? fragte Jürgen.
– Wo denkst du hin: sagte Annegret. Dies bedeutete dass der Beitrag für Mai noch nicht abgerechnet war.
Aber eigentlich habe Dieter doch erreichen wollen dass die Elisabeth Rehfelde das Kugelkreuz auf den Fussboden werfe und nicht dies?
Genau so hatte Dieter sich das gedacht.
Ob er sich das nur mit Schmeissen vorstellen könne?
– Nee-e: sagte Dieter, und Annegret lachte hell auf. Sie einigten sich dann bald. Gewiss sei der Vater der Rehfelde ein Grossbauer und als solcher einer Freundschaft für den Sozialismus kaum verdächtig; das sei aber unerheblich in diesem Zusammenhang. Es komme darauf an die klassen-

feindliche bürgerliche Position der Jungen Gemeinde sichtbar zu machen: ohne individuellen Terror. Die Rehfelde sei wie Dieter in der 11 A? Also lass sie nun mal ein bisschen in Ruhe, Dieter.
Dieter rieb seinen Nacken und sah unbehaglich vor sich hin.
Dies sei keine Strafpredigt gewesen.
Habe aber ganz so ausgesehen.
– Du bischa woll za-at: sagte Annegret gutmütig. Sie hatte ein unglaublich volles und lustiges und wohlmeinendes Gesicht. – Stell dich bloss nich an: sagte sie, und Dieter hörte auf sich anzustellen.
Und denn könnten sie ja nun die Wandzeitung besprechen.
Das könnten sie. Grossbauten des Kommunismus, Wolga-Don-Kanal und so: alles sehr unwichtig jetzt. Das find ich aber auch: sagte Peterken. Sie sollten mal ein Gespräch in Gang bringen, so Stellungnahmen von Kugelkreuzlern zu der Sondernummer an der Wandzeitung, könne er sich gut vorstellen: sagte Peterken, sagte immer noch mehr, redete sich richtig in Eifer, und Jürgen lächelte ihm zu und das Peterken gab dies verlegen zurück. Sie redeten durcheinander, rauchten, waren betriebsam, hatten Einfälle, kamen gut vorwärts.

13

Ingrid sass an Katinas Schreibtisch und breitete viele Hefte und Bücher aus. So. Jetzt war es achtzehn Uhr dreissig. Würde Klaus sagen. Um halb neun wollte sie noch einmal zur Schleuse rudern. Das wusste Klaus gar nicht. Das konnte er sich sicherlich nicht vorstellen. Ingrid lachte leise in sich hinein und betrachtete ihre grossartigen Vorbereitungen zu Arbeit und Streben: in einer Stunde würde sie ja doch nicht fertig werden mit Physik, Mathematik, Deutsch. Sie hätte Jürgen fragen sollen wegen der Mathematik-Aufgabe, aber sie vergass es dann; er hatte ja auch nicht mit sich reden lassen. Gestern abend hatte er schweigend und unzugänglich versteift hier bei ihnen gesessen, dabei war er unglücklich gewesen über sein Ungeschick. Sie stritten sich neuerdings so oft. Jedoch es war ihm auch nicht recht, als Klaus nichts gesagt hatte über die Elisabeth Rehfelde (als sie nichts sagte). Heute nachmittag mochte er in der Sitzung gewesen sein, ob er jetzt zu Hause war? In Petersens Guter Stube, und seine Mutter ging redend von einem Zimmer ins andere, ohne Aufenthalt redend nach ihrer schrecklichen Weise. Ingrid schüttelte ihren Kopf vor Unbehagen. Sie würde nachher in die Fleetstrasse gehen und Jürgen mitnehmen zur Schleuse. Sie beugte sich endlich über das Physik-Buch. Und im Folgenden versuchte sie zu verstehen wie ein Atom sich benimmt, wenn man es beunruhigt, und warum es so tut. Sass nun aufmerksam da und hielt ihr Kinn auf verschränkten Händen; mitunter blies sie die Haare aus ihrer Stirn, schabte ungeduldig mit einem Bein am anderen: sie lernte. Durch das offene Fenster kamen die Luft und die ruhigen Geräusche der abendlich stillen Straße, über dem Unteren See krochen blaugraue Wolken am Himmel hoch. Aber da war noch viel Licht.

Um sieben Uhr kam Katina nach Hause. Sie schloss die Tür leise ab, trat vorsichtig in die Küche, stand nachdenklich vor dem Tisch. Dort waren Ingrids Einkäufe ausgebreitet; aber von Fischpaste hatte Katina nichts gesagt und so würde wohl keine Fischpaste dabei sein. Sie lag hinter dem Brot, und Ingrid hatte es so eingerichtet dass sie nicht gleich zu sehen war. Katina lebte hier ganz allein mit Ingrid, seitdem der Lehrer Dr. Babendererde ertrunken war beim Segeln im Oberen See. Sie hatte dann Unterricht gegeben in der Oberschule, denn dies war ihr Beruf, aber nachdem Das Blonde Gift gekommen war, hatte sie gekündigt und war zur Deutschen Post gegangen. Die Leute wunderten sich dass sie nicht zu Ingrids reichen Onkeln in Lübeck zog. Seit einigen Jahren besuchte auch nur Ingrid die Lübecker Babendererdes. Katina bekam manchmal noch Briefe von Freunden aus der Zeit ihres Studiums, aber nun war sie schon seit vier Jahren an der Deutschen Post und fand es ganz lustig dass Ingrid in der Demokratischen Republik ohne reiche Onkel zur Oberschule gehen konnte. Abends kam sie nach Hause um mit Ingrid zu reden, denn neuerdings hielt sie ihre Tochter insgeheim für erwachsen. Katina strich langsam über ihr Haar. Sie war sehr müde. Immer noch im Mantel und mit den beiden Aktentaschen unter ihren Armen ging sie über den Flur ins Wohnzimmer. Ingrid sass am Schreibtisch und rechnete.

Sie sah gar nicht auf; sie hob ihre linke Hand sehr vornehm in die Höhe und sagte in überaus kostbarer Aussprache: Bitte –, so nehmen Sie doch Platz!

Katina schlich demütig auf den Sessel zu, liess sich nieder und lächelte voll Erwartung. – Haben Sie Platz genommen? fragte Ingrid höflich und ohne Anteilnahme.

– Ja: hauchte Katina ängstlich. – Darf ich mal was sagen?

– Sagen Sie etwas. Ingrid brachte ihre Stirn in ärgerliche Falten, drehte ihren Hals in ungnädiger Weise, sah heftig auf. Katina blickte bescheidentlich und sagte: Du sitzest da so erfreulich am Schreibtisch.

– Ich muss schon sagen...: begann Ingrid drohend.

– Das ist Mannesmut vor Königsthronen! entgegnete Katina selbstbewusst.

– Aha: sprach Ingrid in gemessener Verneigung: Ich will sehen dass ich Ihren Ausdruck in meiner mündlichen Prüfung verwenden kann.

– Sie sind sehr gütig: flüsterte Katina versiegend, aber sie

machte deutlich dass sie natürlich längst nicht befriedigt sei. Sie erschöpfte sich in innigem Gelächter, indes Ingrid sie besichtigte mit Verwunderung.
– Ja sieh mal: sagte Katina, und dann lachte sie wieder eine Weile. – Sonst kommst du in die Post, wirfst die Tasche auf meine Briefmarken (Wirklich? fragte Ingrid) und ei-l-st in die Schleuse. Treibst dich den ganzen Nachmittag auf dem Oberen See umher und ich aa-me geplachte, Ä-ssiehunks-berechtichte! Betrachte sorgenvoll die unerledigten Schularbeiten meiner Tochter. Und die Angst dass ihr mal alle beide ins Wasser fallt mit eurem Übermut. Jeden Tag zu nachtschlafender Zeit kommt ihr denn hier an und streitet euch über den verschärften Klassenkampf. Und jetzt sitzest du so erfreulich am Schreibtisch.
– Ich finde das sehr unerfreulich: sagte Ingrid, sie sprach plötzlich wieder mit ihrer natürlichen Stimme. – Ach Katina: sagte sie.
Katina fragte erstaunt: ob es wegen der Schularbeiten sei? Offenbar war es nicht wegen der Schularbeiten. Aber Ingrid legte das Lineal von einer Seite auf die andere und schwieg sich aus.
– Hör mal: sagte Katina: Die Chauffeure haben erzählt... bei euch soll heute ein Mädchen aus der Freien Deutschen Jugend ausgetreten sein. Ist das so?
Ingrid kam hinter dem Schreibtisch hervor. Sie nahm Katina die Taschen vom Schoss, steckte ihr eine Zigarette in den Mund und zündete sie an. – Kennst du Seevken? fragte sie.
– Die Chauffeure sagen... das ist der erste Vorsitzende von der Freien Deutschen Jugend bei euch?
– Ja: sagte Ingrid: 11 A.
– Und wer ist Elisabeth Rehfelde? Ingrid atmete spöttisch durch ihre Nase, aber Katina sagte: mehr wisse sie wirklich nicht. Ingrid sog nachdenklich an der Zigarette, die ihr Katina hinhielt, dann erklärte sie Katina: Rehfelde, 11 A, sei

aus Weitendorf, ihr Vater ist da Grossbauer, verstehst du. Und sie sei Junge Gemeinde. Dieter Seevken habe etwas von Ehre der Freien Deutschen Jugend gesagt, und da hat sie ihm das Mitgliedsbuch vor die Füsse geworfen. Wenn schon nur eins, denn was andres (hat sie gesagt).
– Hannes geht mit ihr: sagte Ingrid. Katina gab ihr die Zigarette, indem sie bedenklich vor sich hin sagte: Wenn dies bloss gut geht. Dann erschrak sie, weil sie es gesagt hatte. Ingrid hockte neben ihr auf der Sessellehne und sog an der Zigarette, blies den Rauch heftig von sich.

14

Der junge Herr Niebuhr sass auf dem Fensterbrett von Babendererdes Küche, er lehnte gegen den offenen Fensterflügel und sah in Sedenbohms zugewachsenen Garten hinunter. Es war noch nicht ganz dunkel.
Katina trat zu ihm und hielt Zigaretten auf ihrer Hand. Sie stützte sich neben ihm auf das Sims und sah wie er in die Dämmerung zwischen den Kirschbäumen. Die waren ganz unter Blüten. Über dem Garten hielt sich weich und warm der graue Himmel. Im Gras war eine Grille. Ihr Zirpen stieg beschwörend auf, fiel zusammen in sich, erhob sich nach angefülltem Schweigen von neuem. Ausser dem war es ganz still.
Der junge Herr Niebuhr betrachtete vorsichtig die Frau an seiner Seite. Das war Ingrids Mutter, Katina. (Witwe eines Lehrers, Angestellte der Deutschen Post, Schalter 1...) Ihm fiel ein dass er sich kaum fassbar auf seine Mutter besinnen konnte. Und er fragte sich: ob er dies werde vergessen haben über ein Jahr, und ob das schlimm sein werde. Und es war plötzlich Unbehagen in ihm vor diesem beruhigten Abend, er glaubte ihm nicht.
– Wie geht es Ihnen wohl, Klaus? fragte Katinas überleg-

same Stimme. Katina bedachte dass sie eigentlich nichts wusste von diesem Schüler Niebuhr. Er war vor einigen Jahren in ihr Haus gekommen und hatte gesagt: er heisse in der Tat Klaus Niebuhr; mehr hatte sie kaum erfahren können von ihm. Denn dass es ihm an Ehrfurcht mangelte und an Zuversicht auf die Vernunft der Zeitläufte: das stand schon damals deutlich zu lesen in seinem Gesicht. Er sagte Sie und Mylady zu Katina, und war manchmal liebenswürdig mit seiner behutsamen Frechheit. Und sein Freund hiess Jürgen Petersen, der hatte eine andere Meinung über den Sozialismus und hatte eine andere Meinung über Ingrid: das eine mochten sie feindselig bereden in ihrer eigentümlich verschränkten Freundschaft, und selbst das andere hatten sie unversehrt überstanden. Hinter all diesem mochte etwas sein; wenn Katina daran dachte, war es so etwas wie ein alleinstehender junger Mann. Aber niemals war dies deutlich zu erkennen, wenn man eine Antwort bekam von dem Schüler Niebuhr:

– Ich stehle silberne Löffel und Das Blonde Gift findet uns unreif. Das sind die Bedingungen des behördlich verschärften Klassenkampfes: sagte Klaus. Und am Sonnabend beginne die schriftliche Prüfung.

Katina lachte leise auf. Dies war ja wie es ihm ging. Auch war es lustig anzuhören in seiner Aussprache. Jedoch das Vertrauteste von Klaus war für Katina seine Zurückhaltung, dies war so seine Art, und eigentlich gefiel sie ihr.

– Hat Jürgen etwas? fragte Katina.

Klaus grinste neben ihr. – Er mag ein schlechtes Gewissen haben: sagte Klaus, nämlich: Er spielt ein bisschen den Kinderschreck für die Junge Gemeinde.

Katina achtete auf Klausens Gesicht, das war aber gar nicht spöttisch. Er sah nachdenklich auf das Licht in Sedenbohms Fenster.

Jürgen war vorhin bei Babendererdes gewesen und hatte gelacht. Denn Katina hatte einen Knicks ausgeführt, als er beiläufig und wie vergesslich einen grossen Strauss Astern auf den Küchentisch legte, und da hatte er gelacht. Sein Gesicht war gar nicht geübt in dieser Bewegung, er benahm sich ungeschickt und mit verlegenen Falten dabei: es war in sonderlicher Weise merkwürdig Jürgen lachen zu sehen. Dann stand er lange neben Ingrid am Schreibtisch und sah das Bild von den Schiffen an, während sie redeten über 4x oder 4x plus 2 delta x, plötzlich war er gegangen. Ingrid begleitete ihn mit erbitterten Reden bis nach unten. Wie stur! Sie Flegel, ich lasse Sie durchs Abitur fallen wegen unerlaubten Fernbleibens vom Abendbrot: er lachte die ganze Zeit, liess sich aber nicht zurückhalten. Katina hatte ihn ohnehin nicht nach der Rehfelde fragen mögen.

– So wie Jürgen ist – ist das die Partei? fragte Katina, die noch immer in den dunklen Baumgarten hinuntersah.

– Wir wollen ihm das wünschen: sagte Klaus in der selben würdigen Art, die Pius an sich hatte.

15

Jürgen schob sein Rad hinter einen dichteren Busch und ging langsam über den schmalen Wiesenstreifen am Ufer vor dem Kleinen Eichholz entlang, schwang sich über die Koppelzäune, ging ohne Eile weiter. Auf dem letzten Riek vor dem Schleusengelände blieb er endlich sitzen und wartete. Er rauchte vor sich hin, betrachtete den abendlichen See und sah zu wie es dunkel wurde. Vom Hof her war das gleichmässige dumpfe Aufstossen des Pumpenschwengels und das mähliche Vollaufen des Eimers zu hören. Dann wurde der Eimer abgehängt, die Stalltür schlug hell gegen die Wand. Die Kühe würden sehr durstig sein. Von den Bootsschuppen hinter der Mole hörte er Günters helle spröde Stimme und das gelassene Zwischenreden von

Franz; Franz brachte das Polizeiboot in den Schuppen. – Backbord, – Backbord: sagte Günter. Als Jürgen sich wieder zum See wandte, sah er vom Bootshausufer der Stadt ein Ruderboot auf die Schleuse zukommen.

Klaus brachte das Boot mit langsamen weiten Schlägen vorwärts. Ihm gegenüber hockte Ingrid auf dem Steuerbrett und erzählte eine völlig unglaubliche Geschichte. Ihr spitzbübisches sehr schönes Antlitz hielt sich hell und klar vor der Dunkelheit, und manchmal gab dies einen Ruck in Klausens Herzen. Oh es tat nahezu weh dies anzusehen, ihr Auflachen und ihre träg federnde Stimme erzählen zu hören in allen Tonarten, das ging von zänkischem Eifer bis zu entsetzlicher Sachlichkeit: Sacht ä: das hat niks ssu sagn. Ich sach: Das sagn Sie so? Ja (sacht ä), das ham schon viele gesacht: sacht ä. Hat ä gesacht. Na (sach ich), das brauch ich mir wohl nich sagn ssu lassen. Sacht ä, sacht das als wenn das gaa nichs wä so was ssu sagn: Das is nich gesacht (sacht ä). Wie könn' Sie das sagn! sach ich; sacht ä: Wenn ich Sie sagn wür was die Leute so sagn...: sacht ä! Nanu sach mal. Und als ä das gesacht hat, was sach-stu dassu, sacht ä: Na was sagn Sie nu? Sach ich: Nu sach ich gaa nichs meä. Hab ich gesacht, und ich sach auch noch dass damit wohl allens gesacht wä. Du hast wohl nichs ssu sagn? fragte Ingrid als befremde sie dies. Klaus schob treuherzig seine Lippen vor und schüttelte unaufhörlich schweigend den Kopf. Sie lachten so sehr, dass Günters Stimme bei ihnen anfragte: ob sie vielleicht irgend Hilfe brauchten? Sie hatten gar nicht bemerkt wie nahe sie schon vor den Schleusenmolen waren.

Als Günter Ingrid seine Hand hinhielt und sie auf den Steg zog, kamen seine Finger an einen Reifen, da hob er die Hand hoch und besichtigte die Neuheit mit – mit Anstand. Ingrid sah ihm aufmerksam zu. Er hielt ihre Hand am Gelenk und drehte den Ring hin und her, prüfte seine Dicke und dachte: das sei wohl Silber; er schien ganz sachlich.

Aber Ingrid traute nicht dieser Niebuhrschen Unverfänglichkeit, und wirklich war Günter eben dabei Herrn Wollenbergs Grüsse einleuchtender zu verstehen. Und wenn er jetzt die Lippen anerkennend vorschob und seinen langen Kopf mal so hielt und mal so –: Ingrid hob ihre Nase in die Höhe und ihre Augenbrauen gingen weit in die Stirn. Sie waren sich also einig. Aber dann sah Günter zu Klaus hinunter, der noch im Kahn sass, und Günter sagte: Ich hätt es auch so rausgekriegt. – Sicherlich: sagte Klaus. Ingrid erkundigte sich was sie denn da redeten. – Siehst du: sagte Klaus. – Das versteht sie nun nicht: sagte Günter.
Als Jürgen sie auf die Koppel kommen hörte, blieb er weiterhin sitzen. Ingrids Stimme sprach auf eine unwiderrufliche Weise etwas Längeres aus, mitten in dem war ein ganz heller Ton. Jürgen sah in der Dunkelheit undeutlich drei Gestalten über das Riek steigen; nun wurden die Gesichter deutlich.
– Ach –: sagte Ingrid.
– 4x: sagte Jürgen.
– Plus 2 delta x: sagte Ingrid.
– Wieso: sagte Klaus.
Und Günter trat vor und stellte sich auf und sprach mit förmlichem Handdeuten und Verbeugen: Fräulein Babendererde. Herr Petersen. Herr Niebuhr. Oberschüler!
– Kannst nichs ssu sagn: sagte Ingrid, als sie sich erholt hatten. Sie gingen schweigend weiter; das Mädchen war fast so gross wie Klaus und Jürgen. Am nächsten Riek zogen Herr Petersen und Herr Niebuhr die Schleete ein; indessen kam eines von den Pferden als massiger nickender Schatten heran und blieb vor Ingrid stehen. Das Fräulein Babendererde hob seine beiden Hände an die sträubige Mähne und legte sie passlich zurecht; das Pferd reckte seinen Hals hoch auf und schnaubte vorsichtig an Ingrids Schulter. Dann strich das Fräulein Babendererde mit seinem Handrücken behutsam über die erhobene Blesse und

ging zwischen den hellen Birkenstämmen den Jungen nach in den Wald. Das Pferd sah noch lange hinterher.
Über dem See war Wind aufgekommen, die Luft strich kühler heran. Die Wellen rollten schwerer in das Uferschilf, im Kleinen Eichholz hatte sich allmählich ein Rauschen aufgeschwungen. Über den jetzt ganz dunklen Himmel trieben eilig hellere Wolkenfetzen.

II

Nachdem sie ihr Geld umgewechselt hatten, gerieten sie in den Zoologischen Garten; dort blieben sie lange vor den Bärenfelsen. Klaus sass auf einer Bank am Weg; manchmal sah er Ingrids gelbes Kleid am Gitter zwischen dem Publikum. Sie lehnte unbeweglich auf ihren Ellenbogen und wandte ihren Hals mit den Bewegungen der grossen braunen Tiere.

Auf dem unteren Rand des kunstreichen Zementgeklüftes schüttelte der Älteste seine Massen in bedächtig vierfüssigem Trab von einer Wand zur anderen. Über ihm sass grinsend der zweite, beugte sich herausfordernd vor, zog sich höflich zurück vor dem erwartungvoll drohenden Kopfaufheben von unten. Sehr ohne Übergang liessen sie ab von einander, richteten sich auf in wachsendem Körperschwung und bettelten mit ihren Pfoten. Von allen Seiten flog Zucker. Sie drehten geschmeichelt ihre Köpfe, fingen die Stücke in dezent geöffneten Mäulern aus dem Fluge.

Das meiste erwarb der Allerjüngste, der ohne Ende gleichmütig aufgerichtet auf der Gipfelplattform sass und das Betteln betrieb als ein neues noch nicht begriffenes Spiel. Er bewegte seine Arme in ungefährem Gegeneinander, predigte mit ihnen in bestürzender Anmut, wandte seinen andächtigen zärtlichen Kopf gegen jeden Menschen, nickte und deutete, streckte eine Pfote beweisend weg, hielt die andere in der Art weiteren Erläuterns vor sich, erhob seine spitze glänzende Schnauze in gespielter unerhörter Betrübnis und bettelte nicht ein einziges Mal, nahm die Würfe gewissenhaft und geschäftlich entgegen, verbeugte sich und hatte nichts begriffen.

Ingrid betrachtete ihn aus erheitert und aufmerksam erhobenen Augen; als Klaus sich neben ihr aufstützte, lächelte sie zu ihm mit ihren Zähnen. – Das lernt sich: sagte Klaus

mit tröstendem Verziehen seines Mundes. Ingrid nickte und war ausgefüllt von einem unmässigen Einatmen, nikkend antwortete sie: Ja...: sagte sie.
Aber sie hatten mehr mit sich und würden anderes umwechseln müssen als Geld. Es wird gebeten die Tiere nicht zu füttern.

16

Frühmorgens stand Frau E. Petersen in ihren Erdbeerbeeten und lockerte mit der Hacke den Boden zwischen den Pflanzen auf; ab und zu bückte sie sich schnell und ungeduldig um einen Senker abzureissen. Immer stützte sie sich auf am Hackenstiel, aber sie liess sich keine Zeit.
Sie mochte gern um diese Zeit hier arbeiten in dem kühlen Überlicht des Morgens, während das Vogelgeschwätz in den Wallbäumen die übermässige Stille fühlen liess. Es war als könne sie dann und so von sich abtun, was noch anhing von der Unruhe und dem Unbehagen der Nacht; als könne sie nun ruhig sein. Aber eigentlich fürchtete sie jetzt schon den Zettel, den sie am Abend auf den Dielen finden würde, nach dem sie sich bücken musste und den sie sofort las in aller Müdigkeit: Bin zur Sitzung, abends bei Babendererdes. Oder in der Schleuse. Komme spät. Das sagte sie leise und unablässig in ihr Arbeiten hinein, nach dieser Vorschrift setzte sie ohne Aufenthalt einen Fuss vor den andern und wollte nichts sehen als Erdbeerstauden und überflüssige Senker: Zur Sitzung. Abends bei Babendererdes (oder in der Schleuse). Komme spät.
Sonntags im Dom sass in den hinteren Reihen des Mittelschiffs sehr allein und sehr aufrecht eine müde Frau neben dem bekümmerten und vorsichtigen Gesicht eines kleinen Mädchens, die sah unbeweglich und unzugänglich vor sich hin: dies war Frau E. Petersen, und seit dem letzten Jahr des Grossen Krieges sass sie allein unter den altersbraunen ungebärdigen Holzschwüngen, die den Apostel Matthäus darstellten. Und ihre zusammengefasste Aufmerksamkeit verteidigte sich gegen die Nachbarn, deren gelegentliche Blicke wussten dass diese Frau Petersen einen Sohn hatte, der niemals neben ihr sass. Die neuerdings auch wussten dass Jürgen Petersen (im Gegenteil) dies und jenes öffentlich gesagt hatte.

Jürgen hatte oft versucht ihr zu erklären was es auf sich gehabt habe mit dem letzten Krieg und was es auf sich habe mit einer nachfolgenden Partei von Arbeitern und Bauern, von Leuten (wie er gesagt hatte), die nun auf Ordnung halten wollten und diese Ordnung auch einrichten würden...: sie war nicht sehr geduldig gewesen, aber sie hatte auch in zwei Jahren solche Denkweise nicht begreifen können, und schliesslich war es nicht gut bei Petersens gegangen. Jürgen achtete sehr auf Grete und war freundlich zu ihr, die mühsam und verwirrt zwischen Bruder und Mutter stand; aber Jürgen verlangte nichts von ihr. Seit langem war er regelmässig in der Schleuse gewesen, später blieb er dann auch oft bis spät bei Babendererdes. Kam leise nach Hause und ohne Licht zu machen, richtete sich geräuschlos das Sofa ein und lag dann lange wach, und seine Mutter achtete auf die Atemzüge im anderen Zimmer wie Jürgen auf die ihren, und keiner antwortete.
Sie hatte diese Frau Babendererde einmal gesehen auf dem Markt, mit Jürgen, und sie hatte gesehen dass Jürgen ein helles Gesicht hatte, wenn er mit dieser Frau sprach, und sie wusste dass Jürgen auch für sie dies Gesicht hätte, wenn sie nur auch vermocht hätte in der Art freundlich zu sein wie die Frau Babendererde. Sie war vorbeigezogen mit ihrem Gemüsekarren ohne sich umzuwenden. Oh er war manchmal auch zu Hause gutwillig und eingehend, aber es wurde nichts Rechtes damit, denn er musste sich anstrengen dazu und sie hatten sich nun gewöhnt an den kurzen heftigen Ton. War es nicht schrecklich dass sie nichts anderes mehr tun konnten als sich mit den Worten zerschlagen. Die alte Kölpin hatte neulich gemeint: Der Sohn der Frau Petersen betreibe mit seinem sozialistischen Kram letztlich doch nur dass der Gartenbaubetrieb Petersen enteignet werde; sie hatte geschwiegen dazu. Als Grete das einmal dennoch aussprach beim Abendbrot, hatte Jürgen

eben nur seine Lippen verzogen; seiner Schwester erklärte er alles, und seine Mutter sass schweigend dabei und gab vor beschäftigt zu sein: wie Jürgen vorgab nur für Grete zu reden. War es nicht schrecklich.
Sie hatte versucht mit Ingrid zu reden, als die einmal an ihren Stand kam, Sellerie kaufte: es war nichts geworden, es ging nicht. Sie hätte nicht so nörgeln sollen mit Jürgen im vorigen Herbst, als Ingrid im Garten war; sie war lange Zeit nicht wiedergekommen. Sie hätte vor allem damals Jürgen nicht fragen sollen zu wem Ingrid denn gehöre, zu Jürgen oder Klaus, denn dies war ja zu sehen, und sie war gewärtig gewesen dass Jürgen mit der Antwort Mühe haben würde, er hatte gesagt: De hürt to Klaas; hatte den Spaten in die Erde gestossen und war davon gegangen, vielleicht wissend dass das so hatte sein sollen. Sie hatte ohne Aufsehen weitergegraben, hatte geweint über ihre Bosheit und in ihrem Kummer.
Die Frau in dem erdigen zerschlissenen Gärtneranzug stützte sich auf die Hacke und streckte ihren schmerzenden Rücken. Während sie das Kopftuch aus ihrer Stirn schob, fiel ihr Klaus ein; sie schüttelte verzweifelt den Kopf. Klaus hatte auf dem Weg gehockt und geredet, sie hatte aber fortgearbeitet, und das ist ein ungutes Reden so. Klaus hatte versucht ihr zu erklären: Jürgen meine es eben ehrlich mit seinen Sachen, und vielleicht seien die ganz richtig so (für Jürgen). Das gehe sicherlich nicht gegen das Andenken seines Vaters; ob sie denn Jürgen nicht die Meinung erlauben wolle dass der Krieg eine ganz und gar unnütze Sache gewesen sei. Und so gehörten sich nun wohl Dinge, die etwas nützlicher seien. Sie hatte an ihrem Spaten entlang gesagt: ob er (Klaus) denn wohl glaube dass das so sei. Klaus hatte gesagt: er wolle gar nicht bestreiten dass es unangenehm sei einen Sohn zu haben, der etwas für den Sozialismus tue, indem sein Vater etwas gegen ihn getan habe und ums Leben kam dabei: ob sie denn Jürgen nicht

das Recht zugestehen wolle etwas zu glauben. – Öwer Se glöben sche ok nich dor an. – Dat's woll anners bi mi: gab Klaus zu, und sie hatte an seiner Stimme gehört dass er lächelte: Das sei nun sein Recht. – Das mochte schon sein: hatte sie geantwortet, und sie hatte gesagt: aber es sei wohl nicht sein Recht sich zu beschäftigen mit anderer Leute Angelegenheiten. Klaus hatte gesagt dass sie da richtig sei in dieser Meinung. Nach einer Weile war er schweigend gegangen. Das hätte vielleicht auch anders sein sollen, aber was sollte solche junge Weisheit gegen das Leben der Frau Petersen, die den Gartenbaubetrieb Richard Petersen unterhielt.
Der Boden war hart eingetrocknet, er brauchte Regen schon seit langem. Sie zerschlug die Erdklumpen mit dem Hackenblatt und machte sich daran das Beet zu Ende zu säubern. Jetzt war ungefähr die Zeit, da Jürgen aufstand. Sie dachte er werde sich gewiss nicht Kaffee kochen, er vergass das Essen am Morgen einfach, wenn er es nicht fertig vorfand auf dem Küchentisch. Da lag aber ein Zettel, der in drei Stücke zerrissen war. War es nicht schrecklich.

17

Jeden Morgen zwischen sieben und acht Uhr klingelte Dümpelfeld mit seinem weissen Wagen durch die Grosse Strasse: der Milchmann Herr Theodor Dümpelfeld. Wenn sein Geläut an die Ecke zur Schulstrasse gekommen war, pflegte es ungefähr halb acht Uhr zu sein und der Zulauf zur Schule wurde dichter und etwas schleuniger.
Um diese Zeit lag die 12 A über die Fensterbretter gelehnt und betrachtete das, was es da unten so eilig hatte. Am vorderen Fenster waren heute Klacks und Itsche und Dicken Bormann nebeneinander. Die riefen manches hinunter zu einem kleinen Mädchen aus der zehnten Klasse etwa, oder

sie beredeten unter sich solche Dinge, die über den Platz zu rufen nicht anging (das taten sie aber immerhin so dass die Beredeten davon merkten). Jetzt kam die Rehfelde aus Weitendorf auf ihrem Rad, die suchte in den Fenstern der 12 A nach Hannes, der war aber nicht zu sehen. Itsche rief hinunter: sie habe einen sonderbaren Rock da unten, und wer fahre denn wohl mit einem solchen Sonntags-am-Nachmittag-vor-der-Tür-steh-Rock auf dem Fahrrad, und denn zur Schule, wer das wohl tue. Die Rehfelde wusste wohl wie das gemeint war und rief auch etwas zurück, und das war nun ein bisschen peinlich für Itsche. Es machte sich so dass Dieter Seevken gleich hinter ihr gegangen kam, dem sagten sie nämlich: Nun, Jugendfreund Vorsitzender, eilig, eiliger! Fördert die Disziplin und die Pünktlichkeit ist ein wichtiger Punkt!
Dicken Bormann nannten sie zu Hause Günter, aber er hiess natürlich Dicken von Rechtes wegen. Er war gar nicht so besonders dick. Aber fast jede Klasse hatte einen »Dicken«, und dieser war nicht schlecht bedient mit seinem Namen: zu seinem grossen langsamen Körper und der gutmütigen Lustigkeit, die er aus seinem grossen roten Gesicht holte, aus seinen kleinen listigen Augen. Klacks, der in der Mitte lag: Klacks war Klacks. Klacks! hatte er gesagt, als sein Füllfederhalter auf den Boden der neunten Klasse fiel. Er war der Kleine unter ihnen: ein beweglicher schneller Kerl, dem über seinem anschlägigen immer spähenden Gesicht die Haare unentwegt borstig in die Höhe standen; der war imstande dich eindringlich zu betrachten und plötzlich etwas Ungeheures zu sagen über den gewonnenen Eindruck, das sass dann richtig wie sein Name. Itsche war vom Lande. Seine Hände waren schwer und rissig, seine Haare pflegte er mit Öl glatt zu halten. Dies nahm sich wunderlich aus zu seinem vorgeblich einfältigen und verschlagenen Gesicht. Er wohnte in der Stadt bei seiner Tante und führte mit der einen aufregenden Kampf

wegen seiner Mädchen; eben wusste er etwas Neues davon zu berichten und die lächerlichste Teilnahme von Dicken und Klacks hörte zu: Sagt sie: das Mädchen muss aber früher gehn. Is gut: sach ich. (Dicken wiederholte tief erfreut: Is gut – sacht er.) Stelle ich ja nu den Wecker auf zwölf, und das Ding rasselt denn auch pünktlich los: mitten in der Nacht. Tanting fällt vor Schreck aus dem Bett, kommt im Nachthemd vor die Tür und fragt ganz verbiestert: was denn is, was diss wohl soll? Fragt sie. Ja-a: sach ich, nich? Ich sach: Anders merk ich doch nich wie früh es is: sage ich. Und nu verabschiede dich man von mein Tanten: sach ich. War ihr ja nu peinlich, aber was sollt sie machen. War wirklich ne halbe Stunde früher. Tanting sagt: Fünf Minuten. Dicken Bormann lachte ganz hinten in seiner Kehle. – Jaha: sagte er.

Im Inneren der Klasse standen die Mädchen um Mariannes Platz und redeten auf Marianne ein. – So ein Schnösel: sagte Pummelchen empört und verächtlich. Pummelchen hiess Helga, aber sie hiess nicht so; sie hatte sich über den letzten Tisch ausgebreitet und fuhr düster fort: Piusjünger –! Neben ihr auf der Ecke, wo sonst Hannes' Mappe lag, lehnte Marianne; sie sah verwirrt vor sich hin und sagte gar nichts. Marianne brauchte weiter keinen Spitznamen, sie war eben still und friedfertig und trug heute wie meistens ihr dunkelblaues Kleid mit dem schmalen weissen Kragen und wollte eigentlich nicht vorhanden sein. Auf Ingrids Stuhl wippte Eva. (»Eva«.) Die wischte sich sorgfältig das Rot vom Munde und sah versonnen auf ihr Taschentuch... Ich hätt es dran lassen sollen: sagte sie überlegsam: Ich mag das ssu gern, wenn Pius rot wird. Er hält das für un-züch-tich! – Und da irrt er sich ja nu ganz und gar in diesem Fall: sagte Pummelchen trocken. Das Gelächter hob sich hoch über alle Gespräche, nur Marianne blickte still-verloren auf ihre Armbanduhr. Sie wurde hilflos rot, aber jetzt kam Söten und gab Marianne zuerst ihre Hand. – Wir wollen dich wohl beschützen: sagte sie grossartig. Marianne lächelte verlegen. Aber Eva errötete gar nicht. – Wenn er frech wird: sagte sie: Denn kucken wir ihn zärtlich an, und ihr sollt mal sehen...! Hannes hob seinen Kopf auf, andächtig sagte er: Also das möcht ich wirklich mal sehen. Pummelchen wischte über sein freches Gesicht und drückte ihn wieder hinunter. – Du mach man Englisch: sagte sie. Hannes las weiter, aber er murmelte anfangs: – Dem schlag ich nächstens eine an den Hals: sagte er. – Kannst du ja: sagte Eva: Jeder macht seins.

Söten hatte diesen Namen auch von dem Spott und dem Wohlwollen der 12 A. Aber es war ein sachverständiger Name: als sie an das vordere Fenster ging um den dreien guten Morgen zu sagen, war dies unzweifelhaft für Klacks veranstaltet. Und Klacks gab ihr so zurückhaltend die Hand als kenne er sie gar nicht weiter...? Da drehten Itsche und Dicken Bormann sich um mit Rücksicht, und verbreiteten sich hörbar über das sonnige Wetter und über die Lieblichkeit des Vogelgezwitschers. Und Dicken wunderte sich kein bisschen dass er nun Sötens Faust in seinem Rücken vernahm.

– Hei kümmt!! rief es von der Tür her. Jetzt waren Klaus und Ingrid und Jürgen gekommen. Klaus stellte sich vor den Lehrertisch und redete als ein Jugendfreund Vorsitzender: Lieben Freunde: sagte er mit Erschütterung und Genugtuung: Indem unsere Hochverehrte Erzieherpersönlichkeit für Englisch...

Aber da trat der Hochverehrte auch schon ein und alle verzogen sich eilig auf ihre Plätze. Sie standen still vor ihren Stühlen und sprachen in der selben Regelmässigkeit, mit der ihnen dies verboten worden war: Morning Sir.

18

In der ersten Stunde hatten sie heute »Englisch«. So erklärt sich das Eintreten Herrn Sedenbohms. Er winkte kurz ab mit einer Bewegung, die ärgerlich aussehen sollte, er legte einige Falten um seinen Mund herum und sagte mürrisch: Morning. Und fügte hinzu die Bemerkung, die ihrer Seltenheit wegen geschätzt war von der 12A: I am so glad to see you. Das war englisch. Man konnte es so und so übersetzen; einmal: muss man sich doch sein Brot durch den Umgang mit nichtsnutziger Jugend erarbeiten, im Schweisse jeden Angesichtes...! – zum anderen und etwas wörtlicher: Ich bin so glücklich Sie zu sehen. Die 12A grinste freundlich zurück. Das bedeutete: sie hätten wohl verstanden. Und sie freuten sich auch sehr ihn zu sehen.
Dies war ein alter vornehmer Herr. Er war schäbig angezogen und mit Sorgfalt. Er bewegte sich auf eine vorsichtige und ruhige Art; so liess er sich am Tisch nieder, ordnete darauf an ein aufgeschlagenes Buch, einen Zettel und zwei Schreibstifte, schob seine abgeschabte Mappe angelegentlich auf eine Ecke zu... als sie dicht vor dem Fallen war, liess er von ihr ab. Strich über den schmalen Grat weisser Haare auf seinem Schädel, hob den langen straffen Kopf, sein überaus hageres vergilbtes Antlitz voller Falten gegen seine Schüler, stellte seine Handflächen nach oben. Er sprach heftig und mühsam mit seiner alten brüchigen Stimme: Ja.
Die, zu denen er das sagte, sahen ihn an mit Verständnis, und in ihren Mienen stand für ihn zu lesen: so sei es.
Der Herr Sedenbohm betrachtete sie mit unzuverlässigem Wohlwollen. Er freute sich über Evas züchtiges Dasitzen; er war gestern abend spazieren gegangen in den Wiesen vor der Stadt. Siehe wie sie da sass und sich erinnerte an nichts; er billigte ihre Darstellung übrigens ganz und gar.

Er sah auch dass Jürgen heute morgen besonders das war, was er bei sich nannte »den traurigen Herrn Petersen«. Er lächelte zu Söten und Ingrid hin, indessen sah er eigentlich schon Hannes an, und den bat er nun: I would like to learn your opinion. In the England of Shakespeare there was a certain rivalry between the aristocracy and the others, the new class, bourgeois...?

(Ich würde gern Ihre Meinung erfahren. Im England Shakespeares war vorhanden eine gewisse Rivalität zwischen der Aristokratie und den anderen, der neuen Klasse, der bürgerlichen:)

– Yes Sir: sagte Hannes. Sie nannten den Sedenbohm so, seitdem er ihnen erklärt hatte wen man so anredet: einen Gentleman, der ein bisschen adelig sei. Ihre erste Antwort nach solcher Mitteilung hatte Ingrid begonnen in dieser Art: Yes, Sir,... Er hiess dann in der ganzen Schule so.

– Yes Sir: sagte Hannes, nämlich: Die aristokratische Klasse war im Besitz der... Vorrechte und der... Ländereien. Ländereien, und waren der Königin –, der Königin: Hannes hatte sich nur heute morgen mit diesem Klassenkampf beschäftigt, und jetzt hatte er den Text des Lehrbuchs verloren aus dem Gedächtnis, nahezu keines möglichen Fortganges konnte er sich entsinnen. Da Klaus nicht aufgepasst hatte, sagte Ingrid schräg hinter sich an die Wand hoch: Favourites (Günstlinge) – the Queen's favourites: sagte Hannes mit grosser Selbstverständlichkeit.

– Die bürgerliche Klasse auf der anderen Seite. Strebte nach der Macht, entsprechend, entsprechend: ihrer wirtschaftlichen Entwicklung, und wünschte nicht die – eingeengt zu werden in die mittelalterliche Feudalordnung, sondern wünschte die –, die..., wünschte Macht auch.

Sir Ernest las das in seinem Buche nach; und ihm kam der Verdacht: Hannes habe eben das vor sich liegen. Aber dieser Verdacht war eine Gewohnheit. Er liess den Schüler Goretzki noch eine Weile seine ehrlichen angestrengten

Pausen vollführen; endlich unterbrach er ihn mit dem Bemerken: dies sei zufriedenstellend. Offenbar war es durchaus nicht zufriedenstellend gewesen. Aber die ganz oder halb verkehrte Benennung der Dinge hatte nichts Böses in sich und für Hannes; sie war, gegenteilig, eine der Eigenheiten, um derentwillen Sir Ernest so geschätzt war in diesem Kreise. Er schrieb nun etwas auf seinen Zettel, und Hannes atmete erleichtert auf angesichts seines Benehmens: er würde nicht mit Englisch in die mündliche Prüfung kommen; siehe: das Fräulein Eva Mau gratulierte ja wohl blickweise zu Hannes hin. Jetzt war Fräulein Reventlow zu vernehmen. Die Zensur für Niebuhr war seit dem Herbst fest. Aber indem Herr Niebuhr so offensichtlich seine Aufmerksamkeit abwendete vom Unterricht...

– Herr Niebuhr: sprach englisch Sir Ernest: Seien Sie so freundlich nicht zu meinen, bitte, ich missgönnte Ihnen bildende Lektüre; es liegt mir daran (in der Tat:) Hochverehrter: von Ihnen zu hören wie Sie denken über Elisabeth.

»Hochverehrter« errieten sie alle, und ihr anerkennendes belustigtes Murmeln gab Klaus Weile sich zu besinnen, nachdem er gesagt hatte: Oh. Er nahm sich Zeit, und es klang wie erstaunt und letzten Endes bereitwillig. Er konnte sogar noch das Buch auf seinem Tisch zuklappen. Denn Ingrid hatte sich umgekehrt um zu sehen was er las; als sie sah dass es Gedichte waren oder so etwas, wollte sie den Band zu sich nehmen, Klaus hielt ihn aber fest. Er erhob sich (unüblicher Weise), wiederholend: Oh! Er grinste freundlich zu Ingrid hinunter, indessen war zu sehen dass er dabei sich bedachte. So sagte Klaus: Meine Meinung über Elisabeth ist eine vorzügliche.

Zum Aussprechen solcher Meinung musste man ja wohl aufstehen. Inzwischen hatte man sich von allen Seiten dem festlichen Zwischenfall zugewendet, man sah von Klaus zu

Sir Ernest und wartete auf den Fortgang der Veranstaltung. – Nun: begann Klaas, unter solchen Umständen war er Klaas, und so sah er hinunter auf den starrgesichtigen Jürgen. Er wandte sich zu Sir Ernest und erläuterte: Meine Meinung ist darum eine solche wie sie ist: indem es das Theater, die Schau-Stellung ist, um die es geht –: Meine Damen und Herren sprach Klaus mit vornehmem Handschwenken, das eben das Sir Ernests war: Elisabeth die Königin und Erste Bürgerin von England sah gern so etwas, und dass der Magistrat die Vorstellung genehmigen musste ... das ist etwas Beiläufiges. Diese Puritaner. Sie genehmigten sie nicht, denn sie waren die bürgerliche Klasse: sprach Klaus verbissen und verächtlich und mit Pius' Unwiderruflichkeit. Jürgen sah aber ohne Bewegung vor sich hin. – Sie waren bürgerlich und hielten sich an die Bibel, die verbietet nämlich Theater, Sie wissen das wohl. (Dies war eine häufige Formel des Herrn da vorn, der das Kinn auf seine Hände gestützt hatte und mühsam das Lächeln zusammenhielt mit seinen schmalen Lippen: anscheinend der allgemeinen Heiterkeit gar nicht gewahr.) – Oh ja: sagte Klaus seufzend: Sie sagten das alles aber nicht, sie erklärten heuchlerisch: Theater sei feuergefährlich, und solche Menschen-Ansammlung begünstige die Pestilenz ... sie verschwiegen ihre biblischen – what's the English for »Hintergedanken«?

– Mental reservation: sagte Sir Ernest. Er blickte gleichmütig aus dem Fenster.

... biblical and mental reservations ... Sehen Sie, dies tat der Königin leid. Als aber nun (das war später) die proletarische Klasse in das Rathaus kam, wusste sie lange Zeit nicht was sie machen sollte mit der bürgerlichen. Aber endlich sagte sie: Elisabeth habe in Wirklichkeit eine Bombe in ihrer Bibel, das sagten sie, und dachten an den Klassenkampf: da hatte sie genug, sie warf das Dokument ihrer Mitgliedschaft in der Freien Deutschen Jugend auf den Boden und rief: wenn eben nur eines sein solle, dann nicht dies: das war eine heftige Beleidigung. Aber Elisabeth meinte nur was sie gesagt hatte, und darum kann man nicht umhin vorzüglich zu denken über die Königin Elisabeth von England, oder kann man?

Die betroffene Stille war sehr dicht geworden. Die Gesichter hatten sich abgewendet von Klaus, und er sprach seine freundliche Frage über gesenkte Köpfe. Er grinste höflich über solchen Wandel, aber dann sah er die Verlegenheit des Sir Ernest, und es tat ihm leid um seine Rede. Er hob ärgerlich seine Schultern an und setzte sich hin.

Sir Ernest wurde der Gefahr enthoben solche Frage beantworten zu müssen. Klaus war kaum am Ende, als Jürgen aufstand. Ingrid sah angestrengt auf ihre Hände, die bogen ein Heft in unnütze Falten. Babendererde, 12 A. Englisch. Babendererde, Niebuhr. Petersen. War da noch ein Zusammenhang? Ihre Hände drückten behutsam das Heft wieder zurecht. Während Jürgen gefragt hatte in heftigem ungeschicktem Englisch zu Klaus hin: Diese Elisabeth Rehfelde als Stellvertreterin – das ist unpassend.

Klaus hatte sich inzwischen abermals erhoben, es schien als habe er die ganze Zeit gestanden. In der zwölften Klasse aber blieb man sitzen beim Reden. Er antwortete höflich in seiner sorgfältigen bedachtsamen Redeweise: für »Klassenkampf« wünsche er »Klassenkampf« zu hören, und nicht »Sabotage«: wenn es das eine wie das andere geben könne im democratic kindergarten.

– You can't mention »Klassenkampf«, if there isn't any: sagte Jürgen wütend. Sie sahen sich unverwandt an und mit der ganzen Aufmerksamkeit ihrer Bekanntschaft. Für Jürgen war die Umgebung nicht erheblich. Aber Klaus fand es albern dass sie sich stritten vor der 12 A und in einer fremden Sprache: den Schüler Niebuhr störte die Öffentlichkeit und da war noch etwas anderes neben dem Spass

an seiner Rede: Now: sagte er: But you thought fit to sharpen the klassenkampf. Aber es beliebte euch den Klassenkampf zu verschärfen: wer würde wünschen euch zu hindern. Wir wüssten, jedoch, gerne was ihr eigentlich meint.
– We don't mean anything else: sagte Jürgen mit Ungeduld: Wir meinen nichts anderes als DASS in der organisatorischen Form der Jungen Gemeinde Ansätze SIND für die Feindseligkeit des kapitalistischen Auslandes. Diese müssen beseitigt werden. Wir haben keine –
Hier fehlte Jürgen ein Wort, das hiess »Hintergedanken«, er hatte es vergessen. Jedoch Sir Ernest half ihm nicht aus, denn er meinte: er habe sich hier nicht einzumischen. Und Klaus mochte das Wort nicht sagen, das ihm auf der Zunge lag, denn Unterstützung hätte hier hochmütig aussehen mögen. So starrte Jürgen angestrengt suchend an Klaus vorbei, lange, bis endlich Ingrid sagte, verzweifelt: Mental reservations.
Aber mit Ingrids Augen kam das Elend solchen Morgens nur schwärzer herauf, und das Wissen dass es sinnlos war zu streiten: Klaus würde säuberlich aussprechen dass man doch mental reservations habe, und er würde beweisen wollen: man habe keine, und war er eigentlich sicher dass es so war wie er sagte? Vor seinen Augen war der Tisch in Petersens Küche, darauf lag zerrissenes Papier; er hatte so lange Zeit davor gesessen wie man braucht um Frühstück zu essen. Er hatte jetzt Kopfschmerzen. Er sagte nahezu tonlos, etwas Endloses abschliessend: Mental reservations.
Sie setzten sich beide, und Sir Ernest sah an dem Gesicht des Schülers Niebuhr dass der die Gleichzeitigkeit des Hinsetzens und schliesslich das selbst komisch fand.
– Ja: sagte Sir Ernest; er musste jetzt etwas tun. Er räusperte sich. Er sagte: Ihre Aussprache, Herr Petersen, ist etwas zu hart noch und an Stellen unordentlich. And you

should not translate »Junge Gemeinde« into »Young Congregation«; they are not the same, you see. Ihr Englisch ist besser seit Weihnachten.
Dies sagte er deutsch. Herr Petersen hatte ihn gar nicht angesehen. In der Luft hing noch der Abbruch von Jürgens Rede, und alles was die 12 A und Sir Ernest von Herrn Petersen zu hören gewärtig gewesen waren. Sir Ernest rückte ärgerlich seine schmalen Schultern zurecht in seinem Anzug, er hielt die Hände auf dem Rücken und sah starr auf den Domplatz hinunter. Das Ärgernis war nicht die Ungehörigkeit Niebuhrscher Reden; diese Klasse 12 A hatte oft genug bewiesen dass sie sich ausschwieg über sich. Überdies konnte Herr Sedenbohm tun was ihm beliebte. Eines Tages würde man ihn doch in den Ruhestand versetzen mental reservations halber.
Die wartende Unruhe im Klassenraum hing zusammen mit der Uneinigkeit in der rechten Ecke. Es war zuviel verlangt vom Schüler Petersen: dachte Sir Ernest und betrachtete den Schüler Niebuhr und die Schülerin Babendererde. Die sahen aufmerksam zurück, aber es war Entfernung zwischen ihnen; ihre Augen redeten nicht mit ihm. Und er mochte das verdient haben: so beschied er sich.
Als er wieder vor die Tische trat, waren alle Bücher aufgeschlagen; er brauchte es nicht mehr anzuweisen. Die 12 A schätzte ihn auch wegen dieser seiner Verlegenheit. Und vor ihrem zuverlässigen Warten kam ihm tröstend das Gefühl: er sei nicht so völlig ausgesperrt aus ihrem Vertrauen. Mürrisch sagte er, er hackte die Worte zurecht mit seiner alten heiseren Stimme: Bitte. Fräulein Reventlow. Lesen Sie den zweiten Absatz auf Seite dreiundzwanzig. The enclosures. Söten las klar und gleichgültig über die enclosures. Aber Sir Ernest hatte Buch und Zettel und Schreibstifte vom Tisch in seine Tasche hinuntergeschoben; er lehnte in verdrossener Starre am Tisch und betrachtete seine verschränkten Arme. Er schien bereit sofort wenn

nötig den Raum zu verlassen, und Söten hätte auch wohl aus der Zeitung vorlesen können.

19

Nach der ersten Stunde war Kleine Pause (Flurpause), aber Sir Ernest sass nachdenklich vor dem Zensurenteil des Klassenbuchs und bemerkte gar nicht dass Dicken Bormann und Söten auf ihrem Tisch sassen und auf Itsche hinunterredeten; er dachte nach und ihm fiel nichts ein. Als Jürgen am Lehrertisch vorüberging, sah der alte Herr ihm aufmerksam und bekümmert nach. Aber dann kamen Klaus und Ingrid etwas schneller den selben Weg und so entging ihnen dass Sir Ernest dies verzeichnete in seinem Gesicht auf eine unbeweisbar fältelnde Weise. Er schraubte die Kappe von seinem Federhalter und begann vorsichtig Zensuren hinter die Namen zu zeichnen.
Jürgen war quer durch das lärmende Gedränge von Jungen und Mädchen an das Geländer des Treppenschachtes gegangen. Dort stützte er sich auf wie für lange und als gebe es etwas zu sehen. Hinter dem undurchsichtigen Glas in den hohen Fensterbögen stand kühl und rötlich der frühe Morgen. Jürgen schob drei Papierfetzen hin und her zwischen seinen Fingern und sah von der Treppe weiter nichts als die Schuhe, die schräg gegen die Stufen kamen, sich aufbogen, hinunterglitten. Als Ingrid und Klaus sich neben ihn lehnten, wandte er sich um.
– Ich find es ja ganz lustig: sagte Ingrid, und Jürgen betrachtete ihr hinterhältiges Augenverengen und Kinnerheben. Er machte ärgerlich seine Kehle klar und sagte mit Geduld: Du willst ihm ja wohl nicht den Mund verbieten. Er wandte sich zu seiner anderen Seite und nahm Klausens versöhnliches Mundverziehen in sich auf, das so aussah wie Langeweile und Verachtung. – Nein: sagte Ingrid:

Aber er ist ein Streithammel, bist du doch? Sie war jetzt vor die beiden getreten, aber in dieser Zusammenstellung bemerkten sie dass sie nie uneinig gewesen waren. Jürgen fuhr beiläufig durch Ingrids Haare mit seiner Hand. – Ich hab wohl zu wenig mit euch geredet: sagte er ernsthaft und besah die Schnitzel, die er während dessen aus dem Papier gemacht hatte. – Ich bin denn ein Streithammel: sagte nun Klaus so gehorsam, dass Jürgen doch Luft durch seine Nase stiess; es war aber kein richtiges Lachen.

– Kann ich dich mal sprechen? fragte die Rehfelde. Sie sah mit vorgeblicher Beiläufigkeit zu Jürgen auf und schluckte in ihrem Hals. Ihre braunen Haare waren sträubig durcheinander über ihren dringlichen Augen.

– Sollen wir gehen? fragte Ingrid. Die Rehfelde schüttelte ihre Haare. – Ja: sagte Jürgen.

– Ich möcht mal wissen was jetzt ist: sagte das Mädchen, und der Blick ging weg von Jürgens Gesicht zu Ingrid. Klaus lehnte rücklings aufgestützt am Geländer und beobachtete Ingrids angestrengte Anteilnahme.

– Gestern: sagte die Rehfelde. Sie wolle gar nicht nicht gesagt haben was sie gesagt habe. Aber sie finde es nicht anständig dass man so lange warte mit dem Ausschluss aus der Schule (»Rausschmiss« sagte sie). Sie brachte es endlich zustande Jürgen wieder anzusehen.

Wir wollen mal sagen: sagte Jürgen: Dieter isn dummen Jungen.

– Ja: sagte die Rehfelde. Sie war unmässig erstaunt.

– Du warst gestern abend nicht zu Hause: sagte Jürgen. Er lächelte, und die Rehfelde lächelte auch. Aber dann vergass sie es wieder.

Jürgen holte aus seiner Hosentasche ein flaches blaues Buch, auf dem war in einem Schild gelb eine aufgehende Sonne unter den Anfangsbuchstaben von frei und deutsch und Jugend dargestellt. Er hielt es ihr hin und sie nahm es mit beiden Händen.

– Ich bedanke mich: sagte sie. Jürgen lachte ein wenig mit verlegenen Lippen, er nickte. Die Rehfelde lief davon, lief durch das Gedränge auf dem Oberen Flur, ihr rotes Kleid schlug auf neben nackten Jungenbeinen, war nicht mehr zu sehen. Da mochte irgend wo Hannes sein.
– Dessentwegen: sagte Ingrid nahezu betroffen: Deswegen warst du gestern abend zufällig in der Gegend. Jürgen sagte ärgerlich: Jaja – du mit deinen plus zwei delta x!
– Entschuldige: sagte Klaus.
Jürgen hob seine Augen erstaunt auf gegen ihn. In seiner Stirn krauste sich etwas und dann lächelte er wahrhaftig.
– Ich wusst ja immerzu dass es nicht stimmt: sagte Ingrid trotzig von plus zwei delta x. – Tschä –! sagte Jürgen überrascht und geringschätzig; was für eine anmutig freche Göre von einem Mädchen. Unter dem grässlichen Lärm der Klingel zogen sie auf die Klasse zu. An der Tür stand Sir Ernest, der heftig in seiner Tasche etwas suchte; seit die Rehfelde neben Ingrid stand, hatte er aber nichts gefunden. Er hob seinen Kopf auf gegen Ingrid, sah ruckweise belustigt von einem zum anderen, schleuderte die Tasche unter seinen Arm und richtete sich auf zu strenger Straffheit, – Ja! stiess er aus seinem Munde. Wandte sich unvermittelt ab und ging davon durch den leeren graulichtigen Flur. Ingrid erhob ihre Augenbrauen, Klaus ruckte mit seinen Schultern, Jürgen schüttelte den Kopf in nachsichtiger Weise. – Ja! sagte Ingrid. – Treten wir ein! sagte Jürgen.
Auf dem Treppenabsatz lief Klacks beinahe gegen Herrn Sedenbohm, er kam aus dem Sekretariat und hatte Kreide geholt. Herr Sedenbohm stand steif in der Stille, zog seine Nase kraus und tat alles Mögliche in seinem Gesicht, indessen er eine Zigarette anzündete. – Sieht ihm ähnlich: sagte Klacks ohne dessen gewahr zu werden. Denn er wusste dass bei Sir Ernest nicht zu wissen war ob er sich so hatte wie ihm war, aber einige Ähnlichkeit schien ihm da

vorhanden. Er rannte um die Ecke in die 12 A, schlug die Tür hinter sich zu.
Oben an der altväterisch geschweiften braunen Tür war ein Schild befestigt, darauf war schwarz gedruckt: 12 A. Unter dem stand deutlich lesbar der handschriftliche Hinweis: Nur für Erwachsene.

20

Dienstag zweite Stunde 12 A: Physik.
Dienstag dritte Stunde 12 A: Mathematik.
Dienstag vierte Stunde 12 A: Geschichte. Eintrat Pius, er blieb an der Tür stehen, – Freundschaft! rief er. 12 A hatte sich halb von den Stühlen erhoben und sagte unterschiedlich etwas von Freundschaft. Pius bat wieder Platz zu nehmen. 12 A nahm Platz.
Während Pius die einleitenden Worte sprach, suchte Ingrid das nötige Heft unter ihren Sachen; sie bekam es aber von Marianne, die es ausgeliehen hatte. – Hast es lesen können: fragte Ingrid, sie war durchaus imstande hieraus eine längere Unterhaltung abzuleiten. Das scheiterte jedoch an Marianne. Die zog sich unter Pius' mahnendem Blick zusammen und nickte nur mal schnell. Ingrid schüttelte belustigt ihren Kopf. Es war ihr unmöglich so andächtige Ehrerbietung zu verstehen. Sie legte das Heft unter ihren Federhalter und sah auf die Uhr: wie lange dies wohl noch gehen solle. Jawohl: dreiundvierzig Minuten noch. Da war kein Ende abzusehen.
Niemand wusste warum Pius Pius hiess. Päpste haben so geheissen, und in der Tat stand Pius der Schule vor und ihrer Parteiorganisation mit solcher Autorität, aber es mochte nicht deswegen sein. »Pius« ist lateinisch und bedeutet »Der Fromme«, und für die 12 A bedeutete dies im besonderen dass Pius auf eine fromme Art zu tun hatte mit

der Sozialistischen Einheitspartei; indessen hatte er diesen Namen nicht von der 12 A. Darinnen war ein hoher und ein tiefer Ton.
Inzwischen hatte Pius sich hinter seine Akten gesetzt und seinen Vortrag begonnen. Dies und alles tat er auf eine würdige Weise, und solche Würde war lustig anzusehen. Er war ein grosser junger Mann mit breiten Schultern, über denen er sein jungenhaftes rotes Gesicht gemessen hin und her wandte, und seine Haare waren gescheitelt wie die Klausens. Ingrid sah ihn genau und eindringlich an, denn dies war das einzige, was sie unter diesen Umständen gegen ihn tun konnte, und Herr Direktor Siebmann war ein eifriger und seiner Verantwortung bewusster Pädagoge (Geschichte/Gegenwartskunde/Sport)... In seinem Äusseren wirkte Vertrauen erweckende frische Jugendlichkeit, die bedauerlich eingeengt war durch viel Wichtigkeit und Anspruch des Auftretens... Die 12 A hatte Herrn Direktor schon so durchaus begriffen, dass sie sich langweilten vor ihm. Sie hatten ihn anfangs lustig gefunden.
Die Redeweise des Pius war besonders. Öfters unterlief seinem Vortrag ein ganz unvermuteter Abbruch, und von dieser Pause her erhob sich seine Erzählung jedes Mal zu hochgespannten Triumph-Bögen. Plötzlich fing er an zu schweigen. Schob zunächst sein Papier fort, hielt die Finger gespreizt über dem, zog es überhaupt wieder heran... unterdessen begann er zu reden von neuem: beiläufig zunächst, immer bedeutsamer dann, erregend in wachsendem Masse, bis er angelangt war bei heftigem Abhacken der Satzteile, die nahezu singend hintereinanderklappten: Das heisst. Das heisst die religiös-ideologischen. Interessen des Bürgertums –. Waren immer! Be-män-te-lungen. Der Profitgier! Vor ihm sassen sie über ihre Hefte gebeugt und schrieben seine Worte andeutend (oder Spasses halber ausführlich) ein. Es war ganz still; manchmal knackte ein Tischbein unter einem Fusstritt. Zwischendurch: kurz vor

dem Höhepunkt: nämlich geschah eine neuerliche Pause, das war aber eine andere und Pius wies durch eindringlich gebändigtes Blicken darauf hin dass dies das Warten auf das Endgültige sei. Das Endgültige vollzog sich in männlich aufrüttelndem, widerfuhr in von verhaltener Begeisterung taumelndem Ton: Und was damals. Historisch! Historisch notwendig war –: istheuteineinStadiumdes-VerfaulensundAbsterbensgetreten!!

Aber vor Pius ereignete sich nichts, das seinen Ausrufszeichen hätte zugute kommen mögen. Söten sah ihn an als wisse sie sich die neuerliche Stille nicht zu deuten; Itsche unterstrich etwas in seiner Mitschrift und stellte das Lineal wieder auf in seiner Faust: wartend auf den Fortgang; alles in allem waren es noch vierundzwanzig Minuten.

Die Sonne war jetzt so weit dass sie durch das vordere Fenster einen schrägen Streifen hell färbte im grünen Linoleum des Fussbodens. Ingrid sass eben noch im Schatten; sie hielt sich mühsam am Schreiben und war beschäftigt mit dem »Schulegefühl« (so nannte sie das). »Schulegefühl« war eine besondere Art von Unbehagen, ein befremdliches Gemenge aus gestörter Trägheit und zuverlässigem Misstrauen, Misstrauen gegen die belehrenden Mitteilungen dieser Anstalt. Pius redete über den Klassenkampf im siebzehnten Jahrhundert, und so wie er jetzt im Zuge war mochte er es nicht mehr weit haben bis zur Jungen Gemeinde. Bei Pius war solches zuversichtlich zu gewärtigen. Ingrid sah in die schräge Lichtsäule, in der der Staub wirbelte. Dahinter war die streifige schwarze Wandtafel. Das sieht man sonst gar nicht, es fällt einem sonst nicht auf, bedenke mal: dachte sie. Sie war aber völlig versunken in diesem Anblick und hatte vergessen wo sie war. Endlich schrak sie auf und beugte sich seufzend über ihre Schrift.

In den vorigen Stunden hatten sie mit einer Art von spötti-

scher Neugier erwartet dass die Junge Gemeinde Erwähnung finde. Sir Ernest konnte ja nichts dafür. Und das gelassen hinterhältige Fräulein Danzig hatte sich ausgeschwiegen darüber, vergass es einfach über den Problemen der Atomforschung: mit freundlichem Lächeln in ihrem zerdachten in die Breite gelaufenen Gesicht. Herr Krantz aber hatte sich vor der Tafel aufgestellt am Schlusse der Stunde, hatte Klacksens Rechnung betrachtet und gesagt, während sie seinen Rücken in sich aufnehmen konnten: es sei ja wohl erwünscht dass von dem behandelten Stoff auf politische Fragen hingedeutet werde. Ja: sagte er, er fingerte an einem Stück Kreide und hob ratlose Falten in den Rücken seiner Jacke, so endete er: aber er wisse nicht wie er von der Integralrechnung auf die Innenpolitik kommen solle. Er kehrte sich ihnen wieder zu und zeigte sein amtliches wissenschaftliches Gesicht. – Die Aufgaben für Donnerstag: kündigte er an. Sie schrieben seine Zahlen auf und grienten verhohlen nebenher. Das Blonde Gift allerdings versäumte keine solche Gelegenheit, und auch Pius würde sicherlich noch dazu kommen in den verbliebenen zwölf Minuten.
Der würdige junge Mann in seinem überaus geordneten hellbraunen Anzug hob sich zwischen Tisch und Stuhl hervor. Er ging nachdenklich zum Fenster, lehnte sich steif dagegen und betrachtete seine Schüler mit seinen gefestigten Augen.
In diesem Zusammenhang (sagte er) müsse er eingehen auf eine. Man dürfe wohl sagen: gefährliche. Erscheinung. Er sprach angestrengt und sehr denkend; sie merkten es daran dass er die wichtigen Worte in Silben auseinandernahm, und sie sassen aufmerksam hinter ihren Tischen und besichtigten ihn mit freundlicher Neugier. Siehe: so ein gewaltiger Mann war Pius. Er hatte zwei Telefone, in die er dies und jenes sprechen konnte. Er mochte der von Bodmer sagen: sie solle ihm nach dem Munde schreiben, und

die von Bodmer würde diese zehn Zeilen also ausfertigen. In Pius' Zimmer stand ein Mikrofon, wenn er das einschaltete, liess es seine Stimme hören in jedem Klassenraum. Und Pius hatte die Macht mit seinem Worte etwas gut und böse zu machen, und seine Unterschrift würde ihnen bescheinigen: sie seien nützliche Mitglieder der Republik. So gewaltig war Pius.
Und Pius besichtigte die politische Situation der Klasse 12 A. Er sah wohl dass sie ihm ihre Teilnahme herausfordernd vorenthielten, und er suchte unter dem elffachen Gleichmut nach dem, der dies angestiftet hatte. Es stand ihm frei danach zu fragen; aber Marianne war jetzt so verängstigt dass sie weinen würde statt zu reden. Hannes hatte gesagt: er werde ihn an seinen Hals schlagen; aber das wusste Pius auch nicht. Und das liebliche eigensinnige Gesicht Sötens war starr von vorgeblicher Langeweile, und der Schüler Petersen sass hinter der gleichgültigen Eva Mau in Gleichgültigkeit, und die Babendererde hatte einen Zettel nach hinten gereicht und blickte Pius freundlich an. Pius ging darüber hinweg dass die Babendererde ihn blickweise spöttisch aufforderte: Hol dir doch den Zettel, Pius...? Pius unterliess das, Pius ruckte sich zusammen und redete über das siebzehnte Jahrhundert.
Jetzt kam der Zettel von Klaus zurück. Erstens war darauf geschrieben in Ingrids schnellen empörten Buchstaben: Ich finde das unerhört. Die zweite Zeile war die sehr Klausensche Gegenfrage: Wieso ist denn das unerhört? Ingrid wusste dass er das Papier lächelnd vor sich hin gehalten hatte, und seins lächelnd dazu schrieb: wissend sie werde sich erzürnen. – Na hör mal. Der dreht das so wie ers brauchen kann. Ingrid warf den Zettel ohne alle Vorsicht zwischen Klaus und Hannes. Hannes war schon wieder am Mitschreiben und schob das Papier ohne aufzusehen nach links. – und jeder gute Bürger wendet sich mit Abscheu gegen solche Machenschaften: bestätigte Klausens runde

kleine Schrift. Das war nämlich was Pius ausserdem gesagt hatte.
Jürgen, der den Noten-Austausch von seinem Platz aus beobachtet hatte, Jürgen sah Ingrid die letzte Antwort lesen. Sie war zunächst unwillig, aber sofort kam ein Lächeln in ihre Augenwinkel, das ging über ihre Lippen und über ihr ganzes Gesicht. Jürgen sah auch dass sie sich umdrehte zu Klaus, und dass sie leise auflachte vor seinen direktorhaften ernstlichen Mienen. Sie kehrte sich zurück. Ohne Ende belustigt betrachtete sie den Pius, der sich neuerlich erstaunte ob solcher Wandlung.
Irgend wo hatte Pius recht: dachte Jürgen: Aber das war nicht in seinem Reden. Sicherlich hatten die von der Jungen Gemeinde sich etwas gedacht bei der Schrift in ihrem Schaukasten LIEBET EURE FEINDE, unter Umständen hatten die damit wirklich den Klassenkampf behindern wollen. Warum nahm Pius das ernst? Unter ihnen hatte wahrlich niemand Anlass das kapitalistische Ausland zu lieben: nicht einmal Marianne. Die wäre dort nie bis in die Abiturklasse einer Oberschule gekommen. Man konnte doch mit ihr reden, man konnte auch mit Peter Beetz reden. Jürgen konnte das. Mochten die doch verhandeln an ihren Mittwochabenden über den Bund Christi mit der Welt; die Welt würde Peter Beetz das Studium bezahlen und am Ende mochte der ohnehin gemerkt haben worauf erstens zu achten war. Ach ja: Pius hatte irgend wo recht. Aber das war nicht in seinem Reden.
Drei Stühle von Jürgen entfernt sass Ingrid am Fenster; sie griente immerzu auf ihr Heft hinunter und rührte sich gar nicht vor lächerlicher Erinnerung. Da war ein Schulfest gewesen mit Tanz unter Lampions in der Aula, und ein gewisser grosser Spanier mit überheblichen Manieren hatte dringlich mit ihr tanzen wollen, es lag ihm daran, und er redete ganz natürlich hinter seiner schwarzen Maske. Der Gestiefelte Kater wippte mit seinen langen schwarz be-

strumpften Beinen, hatte beide Hände an seinem Glas und trank Wein in sich hinein, setzte das Glas ab als wolle er etwas sagen, besann sich anders mit Kopfschütteln, trank, setzte ab, trank, sagte zu dem in geduldiger Gebeugtheit wartenden Spanier: Bei allem guten Willen, Genosse Grande, man kann nichts für ihn tun. War weggeglitten und rutschte ihm samt dem roten Überhang und der lang wippenden Hahnenfeder aus den Fingern.

Es war so dass alle Lehrer ihre Schüler seit der zehnten Klasse anredeten mit »Sie«. Pius jedoch hatte anlässlich seiner Ankunft in dieser Klasse gebeten: zu ihnen du sagen zu dürfen, wegen der Einrichtung von Vertrauen und Kameradschaft zwischen Lehrer und Schüler. Klaus war ernsthaft vermahnt worden, als er sofort eine Frage so begann: Du, Robert...?; er war hingewiesen worden auf die Empfindung der Würde, ja. In dieser betrunkenen Fastnacht aber, als Ingrid später mit Klaus noch einmal an Pius vorüberfegte, hatte sie zu ihm gesagt über Klausens Schulter: Na, Pius?

Dies war jetzt abermals der Gegenstand ihrer innigen Befriedigung.

21

Die Grosse Pause dauerte zehn Minuten. Die Schüler waren gehalten sich während dieser Zeit auf dem Hof zu befinden. Itsche hatte die Aufsicht auf dem oberen Flur und trieb seine Leute mit wohlmeinenden Reden hinunter. Kam ein kleines Mädchen gelaufen, das rief atemlos: es müsse ins Musikzimmer!, lief eben in Itsches Arme und wurde drei Stufen sozusagen hinuntergetragen. – Musst du früher machen: sagte er nachsichtig: Komm man in zehn Minuten wieder.

Der Hof war zunächst ein mit Kies bestreuter Platz zwischen Turnhalle rechts und Seitenflügel der Schule links, darauf standen sechs verstaubte Linden hintereinander: parallel zu Seitenflügel und Turnhalle. Der Hof war begangen von Jungen und Mädchen, die Mädchen hielten sich zumeist paarweise oder in Reihen, die Jungen standen in Gruppen zusammen und veranstalteten Besprechungen der Lage sowie auch Gymnastisches. Wenn Söten übrigens jetzt zwischen Marianne und Pummelchen und Eva wandelte, Klacks allerdings versuchte an Hannes' und Dicken Bormanns Armen sich zur Bauchwelle aufzustützen, so galt diese Trennung der Zusammengehörigen für die meisten ähnlichen Fälle. Hannes brachte im weiteren natürlich fertig was Klacks nicht so zufriedenstellend gelungen war: stolz und ziemlich rot im Gesicht schaukelte er nach vollbrachter Drehung auf den Armmuskeln von Dicken Bormann und Klacks, viel Publikum aus den unteren Klassen wohnte der Vorführung bei. Hannes hatte die Eins in Turnen.

In all diesem Betrieb schritt einsam Das Blonde Gift auf und ab, Nachdenklichkeit darstellend und Aufsicht führend (zweite Grosse Pause Hofaufsicht: Frau Behrens). Dies war eine füllige und nahezu hübsche und sehr blonde Frau. Streng aufgerichtet in langem blauem Kostüm ging sie hin und her und war in ihrer Würde Pius nahe verwandt. An dem Knäul der 10 AI blieb sie stehen und fragte etwas. Sie bekam die abgemessene nötige Antwort; schliesslich ging sie weiter.

Von der Turnhalle zu den Linden lief eine durchbrochene Ziegelmauer, die vielleicht als Schmuck gedacht war, und die Bäume standen zu ihr im rechten Winkel. Auf ihrer andern Seite aber ging der Boden hinunter und da war ein Stück Wiese unter Kastanienbäumen, das lag bis zum Stadtgraben hin. Der war hier wohl fünf Meter breit. An dem kleinen Abhang lag Ingrid zwischen den Mädchen der 12 B. Sie hatten die Augen geschlossen und redeten träge hin und her. – Nächste Stunde Deutsch: sagte Ingrid: ob sie dies auch hätten machen müssen, dies mit dem Gedichte erklären? – Zu morgen: sagte Brigitt kurz. Brigitts Haare waren gnidderschwarz, ihr kleines Gesicht war beinah ganz rund; sie war manchmal zusammen mit Ingrid. Sie hatte ihre langen festen Arme um ihren Kopf gelegt und verzog unwillig ihre Lippen bei der Antwort. Vor Ingrids geschlossenen Augen flimmerte schwarzes Rot. Sie hob sich mit den Schultern etwas weiter nach oben, ihre Hände spielten mit dem Gras, einmal seufzte sie unter der Wärme. Von weitem hörte sie Dieter Seevkens Stimme sagen: Ich soll dir von Pius sagen heute um fünf ist Sitzung.

Dieter Seevken stand vor Klaus und Jürgen im Gras und fuhr mit der Hand durch sein Haar. Jürgen kaute freundlichen Gesichtes an einem Grashalm, sah ohne Anstrengung hoch und fragte worüber die Sitzung gehalten werde? Dieter sah mit Wiegen seines Kopfes auf Klaus, der bäuchlings neben Jürgen lag und in seinem Gedichtbuch strich und schrieb. – Ich hör nichts: sagte Klaus ohne aufzusehen. Jürgen liess seine Knie los und stützte sich zurück auf seinen Armen. Dieter hatte nun wahrhaftig den Kopf geschüttelt. – Kannst sagen ich komm: sagte Jürgen gelassen. Dieter nickte und begab sich zurück auf den Hof. – Die Partei hat Geheimnisse vor dem Volk: sagte Klaus düster anklagend. Er schlug das Buch zu und setzte sich auf neben Jürgen, raufte seine Haare und nickte finster vor sich hin. – Ach was: sagte Jürgen lachend: Dieter is mall. – Ja: sagte Klaus, aber das kam sehr kurz weg und klang wie ernstlich; Jürgen betrachtete Klausens Gesicht und wartete. – Nichts: sagte Klaus. Er hatte gemeint dass Jürgen wohl in der Sitzung sehen werde wie mall Dieter Seevken war. – Das glaub ich nicht: sagte Jürgen aufstehend. Das Peterken lärmte auf dem Hof gewaltig zum Ende der Pause. Sie gingen langsam nach oben, Klaus schwieg aber. Er stiess

seine Schuhspitzen in den Kies, strich seine Haare zurecht und sagte endlich: Also ja. Und du brauchst ja auch nicht hinzugehen. – Tu ich aber: sagte Jürgen so harmlos wie er die Sache ansah. – Tust du aber: bestätigte Klaus ebenso unverfänglich.
Als sie die 12 B überholten, trat Ingrid zu ihnen; wie verschlafen deutete sie auf die Kastanien zurück und sagte: Ich weiss gar nicht... warum blühen die nicht? Und der Rotdorn in der Waldstrasse auch immer noch nicht. Aber wenn der so weit ist, was glaubt ihr wohl wie das aussieht.
– Nächste Woche kommen die Kastanien: sagte Jürgen. Und vor der Klassentür waren sie einig dass der Rotdorn am Tag nach übermorgen blühen werde. Was glaubt ihr wohl wie das aussieht.

22

Frau Behrens betrat auch an diesem Mittwoch den Klassenraum der 12 A mit der ihr eigenen würdevollen Gelassenheit. Sie stellte ihre Tasche auf den Lehrertisch, richtete sich auf und sprach: Freundschaft! Dies sollte eine Begrüssung darstellen. Die 12 A erhob sich und wiederholte das. Leider unterblieb zufällig heute die erwünschte Einstimmigkeit, denn Klacks war voreilig, dann fielen Itsche und Jürgen zerstreut ein, endlich schloss sich Mehreres an; dies ergab ein überstürzendes Nacheinander von Freundschaft / Freundschaft. Gewiss wurde das in der Folge zu regelmässig als dass der Vorgang einer natürlichen Erklärung fähig gewesen wäre; darum hielt Frau Behrens ihre Hand ziemlich unachtsam vor die Klasse (worauf sich alle setzten). Sie blickte mit geduldigem Misstrauen auf die Tafel, die beschrieben war mit NÄCHSTE STUNDE FREI; denn das wollte der Stundenplan ohnehin so haben. Sie hatte ihre Hände hinter sich gelegt, betrachtete die überflüssige Ankündigung und fügte hinzu: Im allgemeinen wiederholenden Unterricht vor dem Abitur sei sie heute willens die Romantik zu behandeln. Vorher jedoch wolle sie das Verhältnis von Abiturienten zur Lyrik der Weimarer Klassik feststellen...: eine Art Reifeprüfung im Voraus: sagte sie, und lächelte Dicken Bormann zu. Aber die Freundlichkeit seines Antlitzes meinte etwas anderes, und Das Blonde Gift sagte mit würdigerem Mienenspiel: Obwohl der Beginn der Stunde die Unreife dieser Klasse hinlänglich erwiesen habe. Nun wurde Dicken Bormanns Lächeln vertieft von einer Art Wohlwollen.

– Perkies, ja? sagte Frau Behrens. Sie nahm ihre Tasche vom Lehrertisch und zog den Stuhl einladend zurück. Pummelchen kam pustend vor Überdruss nach vorn und liess sich nieder mit ihrem Buch. Frau Behrens lehnte am Fenster mit rücklings aufgestützten Händen und sah mit würdiger Voraussicht umher. Pummelchen räusperte sich, versuchte vergeblich ihre Beine miteinander zu verschlingen, begann zu lesen.

Ingrid sass ganz still auf ihrem Stuhl und hörte Pummelchens Stimme zu, die einleuchtend vorlas: »Und zu enden meine Schmerzen, / Ging ich einen Schatz zu graben. Meine –.« Ingrid sah aus dem Fenster. Es gab draussen aber keine Ereignisse. Der Domplatz lag ausserordentlich gelangweilt in der Sonne: grauer Kies und Lindenreihen in rechten Winkeln und trockene Mauern, deren Steinen man ansehen konnte wie heiss sie waren. Es hatte sehr lange nicht geregnet. Über und zwischen den Kastanienbäumen am Stadtgraben waren die Oberteile zu sehen von drei Häusern, die gehörten zum Domplatz und ihre Vorderseite stand im Schatten. Der Rauch war nur ganz kurz über den Schornsteinen zu sehen, dann sog die blaue Hitze ihn auf. Aus dem offenen Fenster im mittleren Giebel beugte sich eine Frau in einer weissen Bluse, sie hielt die Hände an den Fensterflügel und rief lautlos auf die Strasse. Junge soll raufkommen. »Von dem Glanz der vollen Schale« hörte sie Pummelchen sagen ohne Überzeugung, und plötzlich hasste sie Das Blonde Gift ohne alle Gerechtigkeit. »Die ein schöner Knabe trug.« Aber dann war es alles Unruhe in ihr, und: nicht einmal der See war zu sehen von diesem Fenster aus. Wenn man da oben auf dem Dach steht. Auf dem Dach jenes Hauses, aus dem die Frau gerufen hat... vielleicht war Wind. Von dort konnte man sicher bis zur Durchfahrt sehen. Wenn sie auf die Durchfahrt zukamen, standen rechts in dem lockeren Laubwald drei Birken allein. Die tänzelten so im Wind.

Klaus sah bedenklich vor sich hin, seine Brauen ruckten spöttisch und angestrengt. Endlich beugte er sich vor und zupfte angelegentlich an dem obersten Blatt von Hannes' Schreibblock, und sah Hannes fragend an. Der gab seinem Zurückgelehntsein ein unmässig amtliches Aussehen. Mit grosser Gebärde riss er das Blatt ab und reichte es Klaus eben so mit unheimlich bedeutendem Nicken, siehe: so ein grossmütiger Mensch war Hannes. Klaus nickte. Er schrieb: Sehr geehrter Herr Petersen. Bist du auch unreif? Und nach einem Absatz: Wir sollten wohl mal Geschichte wiederholen? Entschuldige auch die Störung. Klaus nahm den Zettel auf und wies mit seinem Kopf zu Jürgen hin. Hannes' langer Arm reichte den Zettel über den Gang. Jürgen sah von seinem Buch auf Klausens Schrift. Nach dem ersten Absatz kam ein Wechsel von zweifelhaften Blicken, die auch Das Blonde Gift berührten, aber Das Blonde Gift wusste ja nichts von der fraglichen Angelegenheit. Jürgen schrieb: 17 Uhr Sitzung. Vorher bei euch? Klaus nickte zurück. Während Klaus und Hannes ein angelegentliches nahezu tonloses Flüstern anfingen, bat Das Blonde Gift die Klasse um ihr Urteil.

Pummelchen lag daran mit Eifer im Unterricht der mündlichen Prüfung zu entgehen; Pummelchen beurteilte sich

selbst. – Ich hab vielleicht…: so begann sie, und Itsche prustete gegen seinen Tisch mit Pummelchens völligem Einverständnis. Das Blonde Gift verteilte den Anblick seines zweifelhaft braunen Angesichtes zwischen dem Lehrertisch und der ganz teilnahmelosen 12 A und sprach so von dem hohen Pathos der Weimarer Klassik. Dem sei die Schülerin Perkies nicht genügend nachgekommen. Frau Behrens habe sich dies gedacht (von der 12 A im allgemeinen nämlich), und sie finde es gern bestätigt. Ob Herr Niebuhr etwas bemerken wolle.
Hannes sah ärgerlich auf, und Klaus sagte mit übertriebener Geduld: Nein.
Er sei aber gebeten etwas zu bemerken.
– Ich kann ja auch mal was vorlesen: sagte Klaus. Er stand schon auf und wandte sich zum Gang, während Frau Behrens überrascht fragte: was er denn vorlesen wolle. – Die Bürgschaft: sagte Klaus grossartig. Hannes streckte seine Beine wieder unter den Tisch, runzelte die Stirn und lehnte sich kopfschüttelnd gegen die Wand. Sein Stuhl schaukelte stakig auf zwei Beinen. – Bitte: sagte Das Blonde Gift. Klaus setzte sich an den Lehrertisch. Itsche rutschte gelassen bis an die Kante seines Stuhls und richtete sich ein in grosse Bequemlichkeit.
– Die Bürgschaft! sagte Klaus, so wie: This is from AFN –: JAZZ for JAZZ-FANS, mit Verheissung und Wohlwollen. Ingrid betrachtete die Frau, und sie tat ihr leid um das scheinruhige Anlehnen, sie war argwöhnisch und gereizt wie von Gewohnheit wegen. Jürgen las wie vorher.

Oh edle Zeit, oh menschliches Gebaren!
Der eine ist dem andern etwas schuld.
Der ist tyrannisch, doch er zeigt Geduld
Und lässt den Schuldner auf die Hochzeit fahren.

Der Bürge bleibt. Der Schuldner ist heraus.
Es weist sich, dass natürlich die Natur
Ihm manche Ausflucht bietet, jedoch stur
Kehrt er zurück und löst den Bürgen aus.

Klaus las dies alles wie ein Nachrichtensprecher. In der Pause blickte Jürgen zum Fenster. Ingrid lag weit zurückgelehnt und betrachtete den Lehrertisch, ihr Gesicht war ebenmässig und gleichgültig wie je; aber Jürgen schämte sich ihre mühsame Zurückhaltung besehen zu haben.

Solch ein Gebaren macht Verträge heilig.
In solchen Zeiten kann man auch noch bürgen.
Und hats der Schuldner mit dem Zahlen eilig,

Braucht man ihn ja nicht allzu stark zu würgen.
Und schliesslich zeigte es sich ja auch dann:
Am End war der Tyrann gar kein Tyrann.

– Ich sa-ge ja: sagte Eva Mau. – Das haben wir nu von der Meinungsfreiheit: sagte Klacks. – Sofort drei Mann zum Aufräumen: verordnete Dicken Bormann. – Nieder mit dem Kalten Krieg! rief Itsche. – Oh Gott: sagte Marianne. Hannes stand auf und liess Klaus auf seinen Platz steigen. – Wie mans nimmt: sagte er. – Was würde der Führer aller Völker dazu sagen? sang Pummelchen. – Was zeigt uns das: sagte Söten. – So ist die Lage: sagte Klacks. – Ruhe! sagte Frau Behrens. Sie löste sich heftig vom Fensterbrett, verbreitete Spannung durch langsames Vorschreiten, lehnte sich gegen den Lehrertisch wie gegen das Fenster und drückte blickweise aus dass vielmehr dies die Lage sei.

Der Schüler Niebuhr wolle damit sagen –? fragte Das Blonde Gift mit Strenge.

Was er gesagt habe: ergänzte Klaus. Dicken Bormann drehte sich misstrauisch um zu Klacks und Itsche. Sie sa-

hen sich freundlich und um Rat verlegen an, und sie wurden dabei nicht einig ob sie etwa eingreifen sollten; der vorliegende Fall war so unübersichtlich. Indessen hatte Klaus erklärt in einer Weise, die man anders und auch als gutwillig auslegen konnte: Er habe wunschgemäss deutlich machen wollen wie er sich verhalte zur Lyrik der Weimarer Klassik: mittelbar nämlich.
Frau Behrens betrachtete den Schüler Niebuhr mit Misstrauen und Wohlgefallen. Sie sagte: Schön. Man werde noch einmal darüber reden. Klaus nickte höfliche Zustimmung. In der ersten Reihe wurde gelacht.
– Babendererde, bitte?
Babendererde blieb unschlüssig sitzen. – Ja-a: sagte Ingrid. Frau Behrens bat sie aufzustehen, und Ingrid trat langsam neben ihren Stuhl.
– Was ist denn: fragte Frau Behrens. Sie trat in diese Klasse nur noch mit der Aussicht auf Unvorgesehenes, und wenn es nicht kam, war sie ungeduldig.
– Ja: sagte Ingrid und nahm ihren Kopf hoch. Sie lächelte begütigend auf Marianne hinunter.

23

Niemand wandte sich um; Itsche legte hörbar seine Nagelfeile auf den Tisch und war doch nur bis zum Zeigefinger der rechten Hand gekommen – bereit sein ist alles: sä de Voss, dunn wiern de Hunn all öwer em.
Die Babendererde stand ruhig am Fenster und sah manchmal auf ihre Hände, sprach in sich hinein mit ihrer spröden langsamen Stimme, redete aus ihrem schmalen inständigen Gesicht.
Immerhin seien das wohl gefährdete Zeiten gewesen. Es habe Tyrannen gegeben und Räuber-Banden. Und die Brücken hätten vom Strom weggerissen werden können;

heutzutage sei schon Sprengstoff nötig für eine Flussbrücke. Unter solchen Umständen habe man sich aufeinander verlassen können.
Das habe den Tyrannen bewogen sein Wesen zu ändern.
Ob solche Änderung wahrscheinlich sei? fragte Frau Behrens. – Nein: sagte Ingrid aufschreckend, geduldig: Schiller sei wohl Ehrenbürger der französischen Revolution, aber er habe sie nicht leiden können. Von den Tyrannen habe er als ein Bürger geglaubt: man könne sie erziehen und überzeugen. 12 A sah zu wie Ingrid einen Augenblick lang überlegte. Aber sie schob ihre Unterlippe vor in einer unbestimmt verzichtsamen Weise und schwieg.
– Ja: sagte Frau Behrens eifrig: Hierauf müssen Sie dann besonders eingehen. (– Ich habs doch gesagt: zischelte Itsche an der Wand. Klacks deutete mitleidig an seine Stirn. – Bis ja mall: sagte er: Gedicht-Erklären als Abiaufsatz –!)
– Ich würd Sie das Gedicht am liebsten vorlesen lassen: sagte Das Blonde Gift lächelnd. – Bitte: antwortete Ingrid höflich und lustlos; aber dann war nicht mehr genug Zeit vorhanden und Ingrid durfte sich setzen. Sie legte ihre Arme auf den Tisch und betrachtete ärgerlich ihr aufgeschlagenes Heft. Klaus besichtigte den Domplatz mit seinen hochmütigsten Mienen.
Frau Behrens legte ihr Schreibheft auf den Lehrertisch und ging zum Fenster. Sie stützte sich rücklings auf und begann zu sprechen. Bald begab sie sich zum Tisch, betrachtete dort wie ausruhend ihre Vorlage, entschloss sich neugestärkt zu redseliger Wanderung. Jürgen schob einen Bleistift hin und her; in den Pausen sah er hoch und erwartete dass Das Blonde Gift mit der Hand an der blauen Schulter bürsten werde. Als dies geschah, sagte Jürgen zu dem schlafenden Hannes: Erstens. Hannes schrak hoch und zeichnete mit übermässiger Sorgfalt einen kleinen Strich in sein Heft. Jürgen betrachtete die geniesserische

Ruhe der 12 A. Sie sassen da mit verschränkten Armen und erwarteten dass Frau Behrens an ihrer Schulter etwas vermuten werde. Klacks trieb es so weit die Seiten seines Heftes immer zur gleichen Zeit umzublättern wie Das Blonde Gift. Das alles sah aufmerksam aus. Und Frau Behrens ging hin und her und liess ab und an einige schweigende Schritte einfallen. Das waren die Pausen schöpferischer Versunkenheit.

Zu jener Zeit war in Deutschland der Feudalabsolutismus die herrschende Kraft. Territoriale Aufgespaltenheit. Unterdrückung des Volkes. Grosses Elend. Wirtschaftlicher Niedergang. Die Romantik. Die Blaue Blume als Symbol des Schönen / Hohen / Reinen / Guten. Die Wendung gegen die Klassik. Die Romantik als bewusstes Werkzeug der herrschenden Klasse. Die Junge Gemeinde als amerikanisch geförderte Spionage-Organisation: ein Eiterherd im Schosse der Republik. Die Hochromantik.

Mitunter sah Klaus auf den aufmerksamen Jürgen. Beim Zurücklehnen traf er einmal Hannes' Blick, und Hannes hob bedauernd seine Schultern. Draussen zog sich die Sonne langsam um die Dachecke des Domschiffs herum, an den Fensterrahmen leuchtete geringfügiges Blättergrün; neben der Tafel hing das Bildnis des Führers der Kommunistischen Partei der Sowjetunion und blickte weitsichtig in die Ferne der Zukunft; sie betrachteten wieder den unendlich bekannten Spruch auf der Wand zum Flur: das waren sechsundsiebzig Buchstaben, sie hatten sie in vielen langen Stunden ausgezählt, es war kein Irrtum mehr möglich; und Itsches Fingernägel gingen erfreulicher Vollendung entgegen.

In den letzten Minuten solcher Stunden gab es eine hoffnungvolle Stille: jetzt musste es klingeln oder die Uhr ging falsch, die Uhr ging nie falsch. Es musste klingeln, es war soweit, jetzt klingelte es: laut wie Kleinblech und erfreu-

lich. Frau Behrens schloss die Stunde. Als das Aufstehen immer wieder nicht vollständig werden wollte wegen klatschender Hefte und knackender Mappenschlösser, sagte sie ungeduldig: Bitte –, da stand die 12 A wie ein Mann und rief grässlich laut: Freundschaft!! Dies sollte einen vorläufigen Abschied bedeuten.
Ingrid ging allein auf den Lehrertisch zu, Klaus und Jürgen standen noch in der Ecke und redeten. Söten stand neben Frau Behrens und wies ihr die Spalte dieser Stunde im Klassenbuch; sie sah aber auf zu Ingrid und deutete blickweise unter sich, und Ingrid blieb stehen.
Da sass sie nun und schrieb ihren Namen.

24

Nachmittags lagen sie auf dem Rasen hinter dem Schleusenhaus. Sie hatten da vorgesehen »endlich mal Geschichte wiederholen« zu wollen, der Plan erwies sich deutlich als unpassend für die gegenwärtigen Umstände. Es war durchaus nicht sicher ob dies darauf hinaus wollte die jüngere osteuropäische Geschichte zu verarbeiten oder worauf überhaupt.
Dies: denn Jürgen betrachtete es und sah zu; denn er fühlte sich vorläufig ausserhalb. Er hockte etwas entfernt von den beiden, hielt seine Arme um seine Knie und sah schräg nach oben in ein Irgendwohin an den weiss und lila Blüten vorbei. Klaus und Ingrid lagen nebeneinander, sie waren noch halb unter den niedrigen Apfelbäumen. Sie hatten beide die Arme unter dem Kopf verschränkt und sahen durch das Geflecht von Blättern und Blüten und Ästen in den Himmel, angelegentlich: als falle dort etwas Wichtiges vor. Sie starrten jeder für sich nach oben. Klaus machte ganz leise mit seinen Lippen eine Melodie von Goin' Outside; es war sehr heiss. Jürgen sass vor ihnen und rauchte

geduldig an seiner Zigarette, er blätterte ab und an auch einmal seitlich in seinen Schreibheften und ging mit sich zu Rate. Als er endlich herausfand: er sei wohl der Stärkere an diesem Orte, erhob er sich wie beiläufig und ging geduckt unter den Bäumen hindurch zum Haus. Er zog die Tür hinter sich zu, das war nicht übertrieben laut, aber sie konnten es hören. In der Küche traf er Frau Niebuhr beim Abwaschen. Die sah ihm entgegen mit verschmitzter Gutmütigkeit, sie sagte so: Dat hew'k mi doch dacht. Ji wullt beten Saft hebbn för de Hitt, nich? – Deswegen komme er nicht: antwortete Jürgen näherkommend und griff sich ein Handtuch vom Stuhl... – ik wull Se man blot helpen bi't Awdrögn (sagte er). Etwas zu trinken könne er hinterher mit hinausnehmen. Er stellte sich geradezu vor das grosse mit Eisen verstabte Fenster, langte einen Teller vom Tisch herunter und begann also abzutrocknen. Sie redeten hin und her: über die ungeschickt andauernde Hitze, nun sei es dringlich mit dem Regen... Vor dem Fenster hoben die weiss bestreuten Bäume den Himmel auf sich, an der Dachrinne schilpten und schrieen die Spatzen. Die alte Frau sah ihn zuweilen schräg an aus ihren schnellen lustigen Augen, aber sie blieben eben dabei vom Wetter zu reden.
Auf dem Rasen begann die Verhandlung damit dass Klaus sich umdrehte und auf seine Arme gestützt Ingrids angehaltene Mienen besichtigte wie mit gedankenlosem Wohlwollen. Endlich sagte er in breitem gefärbtem Hochdeutsch (das die Bauern reden mit denen aus der Stadt), sagte dicht über ihrem Angesicht: Wir sünd uns denn unei-nich, ne-ich? In Ingrids Kehle schluckte es heimlich auf und nieder, während sie nickte, darum war ihre Antwort nicht ganz so sachlich wie sie hatte sein sollen: Wohlwohl. Klausens Augen wurden einen Atemzug lang schmal von Aufmerksamkeit, dann lächelte er und fasste freundlich die Aussagen zusammen: Tschä: sagte Klaus. Ihre Lippen

gerieten vorübergehend aneinander und unterredeten sich flüchtig. Klaus drehte sich wieder um und nahm sein tonloses Pfeifen auf von neuem. Ingrid sah am Baum hoch. Zwischen ihren Brauen hielten sich zwei heftige Falten, die zogen sich allmählich glatt.

Als Jürgen zurückkam, lag Klaus wie vorhin; Ingrid aber hatte sich aufgesetzt und sprach Jürgen ermahnende Reden entgegen: Verschütten Sie gefälligst nichts, Sie Ungeschick! Da ist ein Zweig, da is noch einer! Geht hier einfach weg ohne was zu sagen, möcht bloss mal wissen was er da eigentlich hat?! – Johannisbeersaft vom vorigen Jahr: sagte Klaus verächtlich: Das hat er sich zum Vorwand genommen, wollte bloss mal weggehen. Jürgen kam dem entgegen mit ergebenem und aufsässigem Benehmen, es herrschte wieder spöttischer Durchzug unter ihnen. So waren sie denn in der Lage zu besprechen was man von ihnen würde wissen wollen über die sowjetische Geschichte.

– Referent –: sagte Ingrid, und ihre ausgestreckte Hand wies an, während sie trank. Jürgen ruckte sich zusammen und begann mit den würdigen Worten: Ja es ist natürlich blöd (Ja: sagte Klaus; Jürgen fuhr nachsichtig fort:) aber muss ja wohl sein. Also. Zunächst der Bezirk Revolution und Konterrevolution. (1905 wissen wir? Wissen wir.) Also 1917 selbst, Aufstand, erste Dekrete – Grund und Boden: sagte Ingrid: Friedensangebot –.

So ging das fort. Jürgen redete von den Hauptsachen, Klaus und Ingrid ergänzten die Nebensachen, beim Kriegskommunismus stürzte Ingrid sich aufgeregt auf ein Heft hinter Jürgen, sie habe das alles nicht mehr gegenwärtig: rief sie schreckensbleich... Auf diese Weise hielten sie sich fast zwei Stunden am Arbeiten, auf die Weise, die Klaus und Jürgen ausgebildet hatten und zu der ihnen Ingrid dann gerade passend kam. Ingrid gab natürlich einen grossartigeren Referenten ab als Jürgen. Sie redeten ange-

strengt hin und her, rauchten und tranken von Tanten Gertruds Johannisbeersaft.
Bis sie zufällig kamen auf die Gegenstände aus Pius' heutigem Unterricht. Ingrid und Klaus waren in der stillschweigenden Übereinkunft: dies zu besprechen sei nicht von Nöten, und legten ihre Sachen zusammen. Sie blickten überrascht auf Jürgen, als der ankündigte: er wolle noch etwas sagen.
– Ruhe! sprach Ingrid: Er will eine Rede reden. Klaus stützte sich zurück und betrachtete den redenden Jürgen spöttisch und aus wachsamer Entfernung. Ingrid sah dem achtsam zu. Während Jürgen sich mit seinem Blick festhielt an dem saftigen vollen Gras und so vor sich hinuntersprach, angelegentlich: Wir haben uns ausgeschwiegen letztens, und ich möcht dies mal sagen. Wir wissen dann wie wir stehen und sparen uns das conversational English. / Sie seien alle drei nicht mit der Jungen Gemeinde verschwägert, und keiner werde sie für bedeutend halten. Was ihn (Jürgen) angehe: so halte er sie für albern. Sie habe nichts weiter zu sagen. Es sei nicht weiter schade um sie.
– Ja-a: sagte Klaus höflich, aber Ingrid sah ihn gar nicht an. Jürgen sagte: Er meine nun wirklich: die beiden letzten Kriege wären weniger ausführlich geworden, wenn sie nicht soviel Segen dazu gehabt hätten. Und wenn die Kirche zwei Jahre nach dem Faschismus nach Stuttgart ziehe und dort bekenne: sie sei also schuldig: so brauche sie sich nicht zu wundern, wenn man ihr das glaube. Er (Jürgen) glaube ihr das. / Nun meine aber die Junge Gemeinde: sie habe doch noch etwas zu sagen. Und das hat sie vielleicht auch – in Stuttgart, aber nicht mehr bei uns. Also sei sie Stuttgarter Umständen wohl günstiger gesinnt als landwirtschaftlichen Produktionsgenossenschaften, und vielleicht tun die auch mal was gegen LPGs.
Für Marianne wolle Klaus allenfalls nicht gutsagen. Aber

wozu habe die Republik eigentlich ihre Polizei für Staatssicherheit?
– Eben dazu: sagte Jürgen. Aber sie habe eben auch die Freie Deutsche Jugend und ihre Versammlungen. Und dies sei eine Gelegenheit, bei der man reden müsse mit der Jungen Gemeinde. Die werde jetzt vielleicht sehen können: wohin sie gehöre. Dies sei es, und niemand solle von der Schule gewiesen werden. Wir machen vielleicht aus einer Mücke einen Elefanten, aber wir haben nicht einen zweiten Elefanten im Hinterhalt. Jedoch man könne auch nicht soviel Rücksicht nehmen darauf dass die Junge Gemeinde sich für wichtig halte, und er (Jürgen) verzichte also auf Peter Beetzens Wertschätzung, wenn Peter Beetz nicht mit sich reden lassen wolle.
Klaus nickte. – Aber versucht mal erst mit ihm zu reden: sagte Klaus: Peter Beetz sei nicht die kapitalistische Klasse sondern jemand mit einem Irrtum.
– Wohl wohl: sagte Jürgen. Sie waren sich einig in einem gutwilligen gleich wieder verleugneten Lächeln.
Ingrid sah überlegsam auf ihre Schuhe und nickte mit ihren Fuss-Spitzen, Ingrid hatte Lust Jürgen zu küssen. Ja warum: für sein angestrengtes Reden und Dahocken, für die Jürgensche schwierige Aufrichtigkeit und Ehrlichkeit? Nein, für nichts und wieder nichts, eben überhaupt. Das lässt sich nun nur machen ohne Vorbereitung und Umstände, Jürgen aber sass sehr entfernt von ihr; so ungeschickt ist dieses Leben. Als sie aufsah, war es vorüber, dafür stand die leidig vernünftige Einsicht: besser blieb es für Jürgen bei dem Vorhandenen; – Blinder Eifer schadet nur: sagte Ingrid weise vor sich hin. Sie erschrak über die Massen, als sie an Jürgens Erstaunen gewahr wurde sie habe ausgesprochen: Oh: rief sie, und sehr schnell sagte sie hinterher: Bitte Jürgen es hatte nichts mit deiner Rede zu tun, wirklich nicht, ich dachte an ganz was anderes...! Sie hob sich zu Jürgen hin und hielt seinen Kopf an den Händen

vor ihre Augen um zu sehen ob er es glaube. Jürgen glaubte es wohl, wiewohl er nicht gerade das Richtige vermutete. Ingrid nahm die dickrandige schwarze Brille aus seinem Gesicht, umrahmte seine angestrengten Augen mit vorsichtigen Fingerstrichen, sagte: Schaff dir bloss mal ne andere Brille an. Is scha fürchterlich! Aber das half ihr nichts. Jürgen wiegte sie hin und her an ihren Armen und erstaunte sich boshaft: Was du bloss alles in deinem Kopf hast, lieben Ingrid… Zu solcher Verhöhnung kam noch Klausens verdrossene Bestätigung: Das will'ch dich sahng. Ingrids Gesicht war plötzlich ganz für sich allein und bestürzt. Es war ihr nicht recht dass Klaus so redete als wisse er was sie alles in ihrem Kopf habe, aber sie wunderte sich dass es ihr nicht recht war. Klausens Tonfall hatte ganz fremd geklungen, das tat ihr leid.
Jürgen sah dass Ingrids Bedenklichkeit nichts mit ihm zu tun hatte und wollte ihre Arme loslassen, daran wachte Ingrid auf aus ihren Gedanken, und ehe er sich dessen hatte versehen können, küsste ihn Ingrid zum anderen Mal: vorübergehend zwar aber unzweifelhaft. Klaus sammelte schon seit langem die Hefte aus dem Gras, dabei bedachte er die wunderlichen Einsichten des Herrn Niebuhr: der hatte dies vorhergesehen an Ingrids raschem Blick zu Jürgen von vorhin. Sie sahen von ihm den Rükken, und so konnten sie nichts wissen von seinen spöttisch bewegten Mundwinkeln.
Klaus brachte sie mit dem Kahn zurück über den Unteren See. Er sass in der Mitte und ruderte mit langen grossen Schlägen. Jürgen war ihm gegenüber am Ruder und musste sich manchen Hinweis gefallen lassen auf die Bögen, die er steuerte. Aber Ingrid sass vorn im Stern und hielt ihre Füsse ins Wasser; das Übergewicht, das das Boot so nach links bekam, musste Jürgen hinten wieder ausgleichen, er sagte: Ingrid habe gut reden, und das hatte sie wohl. Die Stadt lag mit flimmernden Schattenkanten vor der Sonne,

an Ingrids Füssen kletterte das Wasser plätschernd hoch, die Luft ging warm und träge.
Da sass ein Angler geduldig und eingetrocknet in der Sonne. Als sie an seinem Boot waren, sagte Ingrid Petri Heil zu ihm. Er wendete sich halb um zu dem Schleusenkahn und besah mit Langsamkeit die beiden Jungen und das fröhliche Mädchen im Stern. Endlich gab er zur Antwort: Petri Dank. Öwer dat helpt nich veel. Als er sah dass sich mit Ingrid reden liess, fuhr er nach eindringlichem Räuspern fort: Hüt hew ik man drei sone lütten Dinger hatt (er zeigte wie klein sie gewesen waren: nicht eine Hand lang), de Biester bieten sche nich. Er betrachtete mit Verdruss seine Schnüre, aber auch jetzt regte sich nichts. – De bieten nich? verwunderte sich Ingrid. Sie war ganz bei der Sache: De könen doch noch nich satt sin? – Nee-i: gab der andere zu. – Öwer de Hitt, Mäten, de Hitt!
Klaus meinte: die Aussprache sei nun wohl am Ende, und er brachte das abgetriebene Boot mit paar Schlägen wieder in die Richtung der Dampferbrücke. Aber als er sich nun anschicken wollte weiterzurudern: da rief Ingrid hinter seinem Rücken zu dem Alten, der war nun schon achteran, aber er konnte das wohl noch gut hören: Wenn es sich ergebe mit einem Hecht, nämlich den wolle sie haben. Es war auch hier zweifelhaft ob die Unterhaltung beendet war, aber Klaus setzte die Riemen ein und ruderte unwiderruflich weiter; er griente darüber dass die Uneinigkeit anfing derart auszusehen. Vor ihm sass Jürgen in gewaltigem Grübeln, über dem stand das Ruder gleich quer, dachte er sie wollten Kreise fahren? – Eins seihn wat sik daun lätt rief es aus dem anderen Boot, und Klaus hörte Ingrid lachen, sie winkte wohl. Ja, sie winkte; aber eben nicht für Klaus, und er drehte sich wieder um. Jetzt lagen sie schief und sie fuhren im Kreis: da siehst du mal was alles vorfallen kann, wenn drei in einem Boot für sich allein sind und uneinig zusammen. Klaus ruderte also mit heftiger

Hingabe nur an der einen Seite. Das sollte Jürgen wohl auffallen. Der schrak auch auf und stellte sich mit seinem Steuern auf Klaus ein, er lachte. Vor ihm beugte sich Klausens verschwiegenes Gesicht vor und zurück über den Riemen, und Jürgen wiederholte schweigend vor Klausens Augen was er bedacht hatte.

Ingrid kannte den Alten doch gar nicht, weder ihn noch sein Boot, sie redete so freundlich und anteilnehmend mit ihm... siehe: das war etwas was er, Jürgen, eben nicht zustande bringen würde bei allem guten Willen: so unbefangen heiter zu sein und Vertrauens voll von vornherein; siehe: Ingrid hatte die Verbindung zu den Massen, und er hatte sie nicht. Das sollte umgekehrt sein nach Pius' Meinung, aber der hatte sie auch nicht. Und: ob er wohl verstanden hätte es genau so passend wie Klaus einzurichten mit dem Rudern, während Ingrid redete mit dem anderen Boot, so dass das Weiterkommen sich schickte in das Gespräch? (Jürgen meinte es habe sich geschickt), er beschied sich: er würde es nicht so verstanden haben. – Was grinst du: sagte Jürgen. Klaus antwortete und sprach: Du bist so andächtig.

Sie legten an der Brücke an. Jürgen kletterte hoch und blickte wohlwollend auf sie hinunter. Ingrid stieg nach hinten um und reichte zwischendurch ihre Hand hoch. – Ist doch ne Partei-Sitzung? fragte sie. Jürgen nickte. Ingrid rückte sich auf dem Achtersitz zurecht und griente anschlägig gegen die Sonne. – Grüss man Pius: sagte sie. Klaus besah Jürgens Gesicht: ob es noch andächtig sei. Er nickte beiläufig und drückte das Boot ab von den Pfählen. Weiter draussen hielt er an. Sie sahen Jürgen nach, der über die Brücke davon ging zu seiner Sitzung.

Das Boot ging schräg über die Bucht auf Sedenbohms Steg zu. Ingrid besichtigte die grossen Wolkenhaufen am Himmel. Manchmal suchte sie auch auf dem Ufer als habe sie jetzt etwas Neues herauszufinden an den Häusern der See-

strasse. Klaus war völlig mit Rudern beschäftigt. Aber Ingrid widerfuhr es dass ihre Augen sozusagen versehentlich die Klausens trafen, da erschrak sie. Sie war froh dass Klaus anhielt zu rudern, er hätte ja aufhören können und etwas sagen. Jedoch er legte sich gelassen und regelmässig in die Riemen, hielt nicht ein und sagte nichts. Wohl sah er sie an dabei, aber er überliess es ihr das so oder anders auszudeuten. Ingrid hielt endlich die Unruhe und Klausens boshafte Gefälligkeit nicht mehr aus, es kam aus ihrem Munde und sie wusste nicht genau was es war: Du Klaas es tut mir schrecklich leid – – um unser dschunges Glück: sagte sie, und Klaus nickte beifällig. – Links: wies er an, und Ingrid brachte das Ruder nach links. – Ja. Was ein'n Äge! seufzte er mürrisch und spöttisch, es ging wieder einmal alles durcheinander in seinem Gesicht, und Ingrid musste lachen als sie sah dass dies Klaas war.
Mittlerweile waren sie dicht am Ufer, und Klaus brachte das Boot langsam und vorsichtig an Sedenbohms Steg. Während er die Riemen einzog, glitt das Boot gegen die Pfähle und Klaus hielt sich mit einer Hand fest an den Planken. Sedenbohms Steg war ziemlich schadhaft. Die Pfähle standen schief im Wasser, die Bretter waren morsch und ab und zu waren grosse Lücken zwischen ihnen. Das war wohl etwas, das man Anteil nehmend besichtigen konnte, während Ingrid ausstieg. Aber nun sah sie auf ihn herunter. Klaus nahm den Kopf hoch.
– Ja: sagte er. Ingrid betrachtete ihre Schuhe oder Klausens Hände davor. Endlich sagte sie auch etwas: Was machst du heute abend? Das war eine dumme Frage, wenn sie nicht hiess: Ich möchte wohl dass wir..., sie hiess heute nicht so. Was machen Sie denn heute abend, Herr Niebuhr. – Irgend was: gab Klaus zur Antwort. Das hörte sich unschlüssig an. Aber Ingrid wusste eben nicht ob Klausens Verlegenheit glaubwürdig war, es war nicht oft zu sehen was mit Klaus war. Der fuhr fort: Mathematik natür-

lich..., Latein auch... Ingrid kam sich verspottet vor, sie wollte nicht böse sein deswegen, aber es war wohl besser, wenn sie jetzt ging. Nicht wahr. Siehe, es liess sich sogar einrichten, sie beugte sich hinunter und wischte wie aus Schabernack Klausens Haare noch ein bisschen mehr durcheinander. – Ja bis morgen Klaas: sagte sie. Sie sah dass er jetzt erstaunt war, aber sie war eben dabei zu gehen. Stieg vorsichtig über den hinterhältig schaukelnden Steg, kam unter die niedrig hängenden Weidenzweige, sprang an Land. Sie verschwand hinter der Hecke, und Klaus mochte meinen sie sei ohne Aufenthalt weitergegangen. Sie stand hinter den Büschen und sah zu wie er wegstakte.

Klaus wusste das nicht; sein Gesicht war ganz ruhig und in Ordnung ohnehin. Weiter draussen wendete er und richtete sich aus auf den roten Dachfleck neben dem Baumgrün schräg über dem See. Er würde etwa eine halbe Stunde zu rudern haben bis zur Schleuse; es mochte auch länger dauern. Er war sehr müde. Als Ingrid sich langsam abwandte, grinste er eben.

Wie hatte Dr. Drögmöller gesagt als Hannes so aufgeregt war bei der letzten Biologie-Arbeit? Er hatte gesagt: Die Naturwissenschaften bewirken einen erhabenen Gleichmut. Der Schüler Niebuhr würde Spasses halber sich mit den Benzolreihen befassen, sobald er in der Schleuse war.

25

Jürgen riss vorsichtig ein Streichholz an der Reibfläche entlang. Es zischte hässlich und begann zu stinken. Das nächste sprühte Funken über die Tischplatte und brach überhaupt ab. Die Flamme des dritten hielt Jürgen achtsam vor die Zigarette Des Blonden Giftes. Das Blonde Gift

betrachtete prüfend die Glut, atmete den Rauch hoch aus und lehnte sich zurück in dankender Verbeugung.
Pius redete schon seit längerem. Seine Worte schwangen sich durch die Stille, spannten sie aus und liessen sie schlaff und beklommen zurück. Jürgen gegenüber sass Genosse Lortzing und sah angestrengt auf Jürgens Streichholzschachtel. Genosse Lortzing war der Leiter des Internats. Peterken war im Internat. An dem langen Tisch im Lehrerzimmer sassen die zwei Reihen der Angehörigen der Sozialistischen Einheitspartei sich gegenüber und warteten auf die Sätze des Genossen Vorsitzenden. Ab und an sagte der Genosse Lenz ernsthaft einen kürzeren Satz, und jedes Mal kehrten sich ihm alle Gesichter zu von gegenüber. An den Wänden war ein langer Spruch aus einzelnen blauen Buchstaben. Auf einer ausgebreiteten und rotbunt gestickten Fahne hing ein grosses Bildnis des Führers der Kommunistischen Partei der Sowjetunion.
Pius gab das Wort an den Genossen Lenz. Genosse Lenz richtete sich schräg gegen die Anwesenden und redete mit sparsamen erläuternden Handbewegungen. Er stellte den Antrag auf Ausschluss der Schülerin Rehfelde aus der Freien Deutschen Jugend und auf Ausschluss der Schülerin Rehfelde (11 A) aus der Schülergemeinschaft. Pius trat den Anträgen als Schulleitung bei. Indem der Vater –
– Das wird nicht gehen: sagte der erstaunte Jürgen. Die Gesichter wandten sich ihm zu. Das Blonde Gift betrachtete sein Vorbeugen mit leisem ungläubigem Kopfbewegen.
Pius hatte seinen Kopf hoch erhoben und fragte aus vorgeblicher Verwirrung: Was wolle der Genosse Petersen damit sagen? Habe die Schülerin Rehfelde nicht das Mitgliedsbuch der Freien Deutschen Jugend zu Boden geworfen?
– Nachdem sie in ungeschicktester Weise provoziert

wurde: sagte Jürgen. Er gab sich Mühe zurückgelehnt zu bleiben.
Pius wiegte betrübt sein Haupt. Also er müsse den Schüler Seevken doch nachdrücklich in Schutz nehmen. Seine gerechtfertigten Vorstellungen –.
– Die Schülerin Rehfelde ist nach wie vor im Besitz ihres Mitgliedsbuches: erklärte Jürgen geduldig. Jetzt sahen ihn alle an.
Der Genosse Petersen habe ihr das Buch zurückgegeben? fragte der ernsthafte Genosse Lenz.
Der Genosse Petersen habe ihr das Buch zurückgegeben.
Und was habe sich der Genosse Petersen dabei gedacht? fragte Pius.
Der Genosse Petersen habe gemeint: der Schüler Seevken habe eine falsche Art, die Überzeugungsarbeit anzufassen. Es liege eine Verwechselung mit individuellem Terror vor.
Pius war ernstlich erzürnt. Er kritisierte des Genossen Petersen Meinung von der Ehre der Freien Deutschen Jugend. Er schlug vor eine Ermahnung für den Genossen Petersen wegen eigenmächtigen und parteischädigenden (versöhnlerischen) Verhaltens. Nehme der Genosse Petersen die Ermahnung an?
Jürgen beugte sich wieder vor und sah Pius an; seine Augen schmerzten. Jetzt sahen alle dass er errötet war. Er fragte höflich, und am Anfang war seine Stimme etwas unsicher: Sei das Verhalten des Schülers Seevken nicht auch eine Eigenmächtigkeit gewesen?
– Aber. Eine nützliche! sagte Genosse Lenz unwillig. Pius sah Jürgen an und schien sich zu schämen für ihn. – Eine die uns vor-wärts-bringt!
Jürgen sagte: er nehme die Ermahnung an. Später bat der Genosse Lortzing hilfreich um Jürgens Streichhölzer, und Jürgen wusste dass dies hilfreich gemeint war. Er nahm

schweigend die angebotene Zigarette und das brennende Streichholz. Pius redete immer noch über die durch den Genossen Petersen gefährdete Lage. Jürgen schob Dem Blonden Gift den Aschenbecher in handliche Nähe. Das Blonde Gift drückte im Vorbeugen die Zigarette aus, lächelte Jürgen hilfreich zu und begann zu reden.

26

Er kam natürlich zu spät nach Hause. Er war ärgerlich über das »natürlich«, so zog er den Schlüssel heraus, der unordentlich im Schloss hing; gewohnt bemerkte er den hässlichen Riss quer durch das Namensschild PETERSEN, während er eintrat. Er konnte nicht mehr verhindern dass er die Schlüssel auf den Küchentisch warf; es tat ihm sofort leid. Seine Mutter stand am Herd und wendete die Bratkartoffeln um; der erdige Gartenkorb stand noch auf dem Tisch und ihr Kittel hing über der Lehne des Stuhls vor ihm. Ihre Stimme sagte heftig ohne dass sie ihn ansah: Das gehe ihn gar nichts an ob sie die Schlüssel im Schloss stekken lasse oder nicht.
Jürgen hatte gar nicht vor etwas zu antworten. Er war plötzlich gewahr geworden wie nervös er war. Zudem mochte er wohl nicht der rechte sein anderen Unordnung vorzuwerfen. Er hing den Kittel an den Haken und trug den Korb wohin er gehörte. Dies meinte er gutwillig, aber er war sicher dass es nicht so aussah. Seine Mutter schwieg.
Müde setzte er sich an den Tisch und sah seiner Mutter zu. Sie hatte Teller aufgestellt und kam nun mit den Kartoffeln. Sie war sehr erschöpft. Ihr Gesicht war haltlos und gleichgültig. Aber sie sagte, und ihre Stimme war überraschend heiser nun: Wo warst du.
Indessen kam Grete in die Küche und liess sich schwei-

gend bei ihnen nieder. Jürgen streckte seine Hand aus und hob ihren Kopf hoch. – Guten Abend: sagte er. Grete nickte vorsichtig und sah ihn an; Jürgen war es leid um ihre Bekümmerung.

Er antwortete: er habe eine Partei-Sitzung gehabt, die dauerte leider etwas länger; er versuchte durch einen bedauernden Tonfall eine Entschuldigung. Während sie zu essen begannen, sagte sie auf die Kartoffeln hinunter, die sie lustlos hin und her schob auf dem Teller, sie sagte wie für sich selbst: Sie wünsche nur zu erfahren ob es noch einmal so etwas Schuftiges gebe wie ihn. So etwas Niederträchtiges, und sie verstehe nicht wie so etwas ihr Sohn sein könne. Möcht ich bloss mal wissen.

Dies pflegte sie oft zu sagen. Manchmal war es ein bisschen anders, aber es war auch dann leicht zu erkennen; sie hatten nichts mehr zu bereden ausser dem. Ja und er schwieg, sie schwieg und ass ebenso. Jedoch er hörte es alles. Denn das einzige was er hatte tun können war zu schweigen und sich zu gewöhnen. Einmal sah er hoch und betrachtete das Gesicht seiner Mutter; er erinnerte sich es sei früher schön gewesen. Er hatte ein Bild von damals. Aber diese eigene Art von Familienleben und noch mehr wohl die heftige vorsätzlich erschöpfende Arbeit in der Gärtnerei hatten ihr Antlitz vergröbert und ermüdet. Ja früher: das war dies versteckte Bild in seiner Brieftasche, die Fotografie einer stillen sonntäglichen Frau, die an einem Weg im Grossen Eichholz stand und ihre Hand in die Zweige eines Kiefernpulks hielt; Sonne war auch auf dem Bild und alles in allem lächelte sie wohl. Jedoch war das vor dem Krieg, nun hatten sie ihn gehabt und sollten zusehen wie sie zu Rande kamen. Vielleicht sollte er sich mehr Mühe nehmen seine Mutter zu entschuldigen mit ihrem Unglück, aber manchmal ging es nicht mehr anders als jetzt: dass er den Teller von sich schob und aufstand. Er mochte nicht mehr essen.

Jürgen ging in Petersens ehemalig Gute Stube. Er blieb am Tisch stehen und sah auf Gretes Schularbeiten ohne sie zu sehen.
– Rechnest du mal nach? fragte Grete durch den Türspalt. Sie kam aber näher und flüsterte eifrig, während sie ihm das Heft hochhielt: Sie ist auch eben erst gekommen. Jürgen strich mit seiner Hand durch ihre Haare und lächelte.
– Siehst du: sagte er.
Während in der Küche Tellerklappern begann, stand Jürgen am Tisch mit Gretens Heft in den Händen und begann zu rechnen. Dann setzte er sich und malte ihr eine Sieben nach der anderen auf den Zeitungsrand, denn ihre waren alle sehr ungeschickt.

27

Onkel Martins Schatten stand breit und schwarz gegen den dämmerigen Himmel; von seiner Pfeife hoben sich dunkle wirbelnde Rauchsträhnen vor das Grau. Das Röcheln des Tabaks war bis zum Bootssteg hinunter zu hören.
Günter sah von Onkel Martin wieder auf den See. Es ging ein bisschen Wind, kleine Wellen trieben glatt und schwarz unter den Steg. Der Ruderkahn scheuerte leise am Bord. Querüber lag düster und klarkantig die Stadt; hinter dem Dom hielt sich noch Helligkeit.
– Giwt dat Rägn? fragte Günters Stimme über Klaus zur Torbrücke hoch. Klaus lag längelang neben ihm auf den Planken, er hatte die Hände hinter seinem Kopf verschränkt und starrte in den Himmel. Der war trüb verwischt und unruhig; die Wolken trieben sich immer finsterer zusammen.
Aus dem Schatten am Geländer löste sich ein Arm, der nahm die Pfeife aus Onkel Martins Mund, Onkel Martin

sah langsam um sich. Endlich sagte er zu ihnen hinunter: Nee-i. Glöw nich.
Günter kauerte sich noch mehr zusammen und sah seitlich auf Klausens starrendes Gesicht. Seine Augen waren fast nicht mehr zu erkennen, aber sie waren wohl offen. Günter wandte sich um und drückte sein Gesicht auf seine Knie. Klaus hatte sicherlich gar nicht gehört dass es wohl wieder keinen Regen geben werde.

28

Aber Ingrid kauerte auf Sedenbohms Steg in der warmwindigen Nacht und sah über den Unteren See zur Schleuse. Neben dem Kleinen Eichholz waren die beiden Lampen, die die Einfahrt bezeichneten. Vor ihnen sprang das Durchfahrtzeichen weiss und scharfeckig aus der Schwärze, verschwand wieder. Das unsichere Gefüge des Stegs schwankte mit ihr, um sie redete die laute Dunkelheit des Sees. Dort drüben war Licht. Eine Stunde zu schwimmen. Der Wind warf ihre Haare hin und her; sie hielt ihre Knie mit beiden Armen umfasst und schmiegte sich ganz hinein in ihr Dasitzen. Nun kam das Licht wieder.
Sie lag noch lange wach auf ihrem Bett. Dehnte sich unter den schwarz und weissen Streifen ihres Schlafanzuges, schabte ungeduldig mit einem Bein die Hose am anderen herunter und las in einem aufgestützten Buch über das lateinische Gerundium.
Einmal stand sie auf und ging vorsichtig zum Fenster, – Ja? sagte sie. Aber es waren keine Schritte gewesen.
Im Fenster gegenüber sah sie neben dem warmen Dreieck der Lampe Sir Ernests Kopf an dem hohen Rücken seines Stuhls lehnen. Undeutlich und leise war der See zu hören. Auf der Strasse zitterte das Laternenlicht an den Blättern und machte sie durchsichtig.

III

Mitten in der Nacht wachte Ingrid auf, aber es war ganz still. Die helle Dunkelheit war zierlich eingefasst von dem verbogenen Gestänge des Balkons und am Horizont mit unbeweglichen Lichtpünktchen an die Erde gehalten. Wie hiess die Strasse? Bis dahin war eine wellige Ebene von Haustrümmern gewälzt. Jetzt lief ein Licht an den anderen entlang.
Ingrid wandte ihren Kopf auf die andere Seite. Hinter der Glastür war noch immer das dürftige Licht der Hängelampe in Jochen Schmidts möbliertem Zimmer. Jochen Schmidt war zwei Jahre vor ihnen hierher gekommen. Sie hatten ihn vor dem Flugbüro getroffen, sie hätten ihn nicht treffen müssen. Er hatte gefragt ob sein Stuhl noch leer und wie es überhaupt mit der Schule sei und hatte erzählt wie es sich mit dieser Schule verhalte und am Ende war da nicht viel zu reden. Klausens Rücken stand innen an die Balkontür gelehnt, neben ihm war Jochen Schmidt zu sehen, der auf seinem gemieteten Tisch sass und kopfnickend vorgebeugt trommelte auf dem schwarzen Leib der Guitarre, die er zwischen seinen Knien hielt. Sie mochten schon eine Weile so geschwiegen haben. Jochen Schmidt hatte damals neben Jürgen gesessen. Ingrid sah wieder in die Nacht. Die Luft stand gedämpft und unbeweglich um das Haus.
Dann hörte sie Jochen singen mit seiner nicht veränderten heiseren Stimme. Die Guitarre schrie heftig und ungeduldig hinein in das nachdenkliche und ausführliche GO DOWN. *Go down:* MOSES*! Way – down – in E-gypts lan-d. Tell – the old Pharao.* PHARAO*? Und sehr unvermutet, beiläufig und befriedigt kam in einem Zuge das to let my people* GO*… Tief unter Ingrid schliff ein rasendes Auto die glatte Strasse leise mit sirrenden Reifen.*
– Ihr seid ja so frei: sagte Klaus in erschütterter Ausspra-

che, und Jochen Schmidt grinste anerkennend. Ihre Stimmen waren undeutlich hinter dem Glas. Sie redeten irgend wie von Brückenbögen.
– Aber das passt mir eben!: rief Jochen Schmidt.
Klaus sagte: Jochens neuerliche Freiheit sei seit Jahrhunderten eingeübt und überliefert, er merke gar nicht mehr was daran sei. – Ich will dir sagen! wandte Jochen ein mit Dringlichkeit, und Klaus erinnerte sich dass er schon in der zehnten Klasse seine Reden so eröffnet hatte. Er war jetzt in einer so genannten Oberprima und erzählte eine längere Geschichte von der Grenze und den Kontrollen, er habe das Grosse Eichholz nie wiedergesehen. – Ja-a: antwortete Klaus schliesslich. Seine (Klausens) frühere Freiheit sei eben jünger und knirsche also noch in ihren Gelenken. Jedoch sie werde nicht wiederholen was Jochens in den bürgerlichen Jahrhunderten falsch gemacht habe. Aber Klaus hatte nie so viel geredet auf einmal.
Als Ingrids Wachheit stromweise und mit Gedankenverbeugungen in den Schlaf kam, sang Klaus in vorsichtiger Höhe zu zirpenden Saiten nobody knows: nobody knows. BUT JESUS. *Und ohne Ende vollkommen und zögernd und staunend unterbrochen* GLORY. *Glory allelujah, allelujah.* ALLELUJAH. *Und sie redeten die ganze Nacht von der Freiheit.*

29

In der weissnebligen Kühle dieses Donnerstagmorgens stand Günter am oberen Tor der Schleuse und sah zu wie der frühe Dampfer vorsichtig drehte in der Ausfahrt. Am Heck wälzte sich das Wasser über der Schraube, langsam kam Fahrt auf. Günter stand so durchaus amtlich da dass er die beiden Jungen an der Reling gar nicht bemerkte; ebenso unwichtig waren vor ihm die Frauen mit den grossen Körben auf dem Achterdeck (heute war Markttag) – das waren einfach Fahrgäste. Er aber war ein bedeutender Mann an der Hauptschleuse und sah dienstlich zu: ob auch alles seine Ordnung hatte: ungewaschen wie er war und nur mit seiner schwarzen Turnhose angetan.

Onkel Martin stand weiter unten am Rand des Beckens und betrachtete die Papiere in seiner Hand. Als er winkte und ins Haus ging, drehte Günter die Tore zu und machte sich daran die Schleuse wieder umzufüllen. Die Sonne stand schon ziemlich hoch. Allmählich wurde der Morgen warm. Aber die Steine waren noch kalt von der Nacht und vom Tau, Günter zog den Schuh wieder an.

Während das Wasser nach unten ablief, rannte Günter hinaus auf den Bootssteg. Vorn stand er still und starrte über den See. Der Nebel wich mehr und mehr zurück. Der Dampfer zog sich in schrägem Bogen vor die kühldunstige Stadt. Das Wasser begann immer dichter zu glitzern.

Günter drehte seinen Hals und beäugte das Fenster in der Giebelwand über den Fliederbüschen: nichts regte sich, Klaus schlief also immer noch. Wie konnte das angehen dass Klaus so lange schlief. Na: das machte ja nichts aus. Jedenfalls hatte Günter ihn jetzt auch den Dampfer verschlafen lassen. Mit dem wäre Klaus immerhin zur zweiten Stunde passend gekommen, aber siehst du wohl: da schwimmt er. Günter griente in seinem Vorbedacht. Indessen horchte er in sich hinein: hatte er Hunger? Er hatte grossen Hunger. Tanten Gertrud hatte nichts ausrichten können mit Kaffee und Butterbrot gegen so rücksichtvolles Warten. Ja. Und dann musst du ihn gleich gründlich ablenken, damit er gar nicht erst auf unnütze Gedanken kommt: einfach ablenken. Siehe: was man nicht alles zu bedenken hat mit dreizehn Jahren und einer sommersprossigen Nase im Wind.

Günter lief zurück. Er holte die grosse Leiter vom Schuppen und schleppte sie ächzend um das ganze Haus. Als er sie eben an den Giebel gesetzt hatte fast ohne Geräusch (gestöhnt hatte er wegen der übermässigen Vorsicht), trat Onkel Martin um die Ecke und sagte spöttisch: Dat harst bequemer hebbn künnt. Aber er sprach ja wohl ganz leise und störte nicht weiter? Günter griente, er zog sich die Turnhose höher und stieg nahezu atemlos unhörbar nach oben. Onkel Martin brachte seine Pfeife zum Brennen und betrachtete Günters Erkundungsreise mit erheiterter Genugtuung.

Der war oben angekommen und bog sich verschwörerisch langsam zwischen den Leitersprossen ins Fenster, aber Klausens gelassene Stimme empfing ihn sogleich: Zeigen Sie mal Ihren Ausweis. Er lag mit offenen Augen auf dem Bett, neben seinem Kopf war ein breiter Buchrücken aufgestellt. Klaus sah Günter entgegen als habe er Stunden lang erwartet dass da am Fenster etwas vor sich gehe. – Hee-i! rief Günter ausgelassen, ja nun lenke ihn mal ab. – Guten Morgen: sagte der unbewegliche Klaus, und: Was machen wir denn mal als nächstes. – Wir gehn ins Wasser: schlug Günter düster vor. – Gut: sagte Klaus ebenso finster: Recht gut. Er sprang auf, er hatte wahrhaftig schon die Turnhose an, und Günter lief beinahe die Leiter hinunter um seine Hände zu retten vor Klausens eiligen Füssen. Unten hielten sie sich nicht weiter auf, Klaus sagte noch schnell: Morgen Onkel Martin – da liefen sie schon auf dem Steg, zogen sich geradezu im Laufen aus und sprangen ohne Aufenthalt ins Wasser. Der alte Niebuhr hörte Günters lustiges Johlen, Klausens tiefe Stimme zwischenreden, das Wasser spritzte hoch auf. Bald schwammen sie weit im See. Ihre Köpfe waren ruckende Farbpunkte in dem flackernden Wasser.

Die alte Frau Niebuhr kam auf den Flur und sagte mit unglaubhafter Empörung: Nu maok ik denn Kaffe dat drüdte Maol waam! Onkel Martin räusperte sich und lachte zugleich in seiner rauhen Kehle. – Wo de de Lerre hochgüng: as ne Katt! sagte er lachend. – Dise Bräude: sagte sie, sie schüttelte ihren Kopf in sehr abfälliger Weise. Er knurrte und drückte behutsam ihren Haarknoten zurecht, der aber ganz in Ordnung war; sie lächelte auch nicht deswegen. Den Schleusen-Niebuhrs hatte nichts bewiesen werden können, als die Eltern der beiden Jungen verhaftet wurden. Aber als Klaus in die Oberschule gekommen war, hatte Onkel Martin ihm die Geschichte der »Gruppe Niebuhr« haarklein erzählen können; er redete aber nicht viel. So waren die Squit und zwei schadhaft bedruckte Flugzettel das einzige Erbe von Günter und Klaus. Sie waren nun schon lange hier zu Hause, und manchmal hielten die Schleusen-Niebuhrs sie vergesslich für ihre Söhne. Sonst hätten sie sich wohl nicht so verstanden mit ihnen ohne Frage und Vorschrift; für Günters gelegentliche Ausrichtung kam Klaus auf. – Kiek, wo hei mi ähnlich lett: sagte Tanten Gertrud manchmal von Günter. Dann wollte sie ihre weissen Haare immer nicht wahrhaben.

Nach dem Frühstück stand Günter vor dem grossen Hauklotz am Schuppen und hackte Holz. Er schlug die Kloben säuberlich in Scheiben, die zerteilte er sozusagen spielend mit dem Beil, ein Stück nach dem anderen spritzte zu Boden.

Neben ihm auf einem Balkenstapel sass Franz. Er hatte die Uniform am Halse geöffnet wegen der frühen Hitze und hielt die Hände auf dem Rücken an dem Gewehrkolben. Nun wandte er sich halb um zu Günter und fragte ob Klaus denn heute keine Schule habe. Günter hielt inne und sagte vergnügt: Och... wir wollten uns mal wiedersehn. Franz schüttelte den Kopf und wischte mit einem Taschentuch an seinem Hals. – So möcht ich das auch haben: sagte er.

Aber Klaus stand schweigend am unteren Ende und sah zu wie der Prahm auf den Fluss kam. Die beiden Schiffer verbogen sich über den Stangen, die sie an die Pfahlgruppen vor dem unteren Tor gesetzt hatten, angestrengt verbeugt traten sie langsam vorwärts in den Laufgängen, indes der Prahm schräg ans Ufer drehte unter ihrem Schieben. Klaus drehte sich um und hielt seine Hand gegen das obere Ende. Der alte Niebuhr winkte weit ausholend zurück.

Als Klaus an Günter vorüberkam, schleppte der neue Klötze heran, er hatte grosse Flecke an seinen Beinen und sogar an seinem Kinn von Harz und sah lustig hoch zu Klaus und sprach von der Bedeutung des Mannes für die häusliche Arbeit! Aber Klaus nickte nur und ging wortlos weiter zum oberen Ende.

Günter sah ihm betroffen nach. Er warf die Klötze an den Haublock, stand still und kratzte bedenklich an seinem Hinterkopf. Das tat Onkel Martin auch, wenn er uneinig war mit sich.

30

In der Pause nach der zweiten Stunde trat Jürgen aus dem Konferenzzimmer auf den Flur. Inmitten des Gesprächlärms und Johlens und Türenknallens wurde er gewahr dass er seine Zigarette mitgenommen hatte. Er ging zu dem Feuerlöscher und drückte die Glut auf der Ventilschraube aus.

Der schiebende Strom der zehnten und elften Klassen trug ihn auf den unteren Flur. Er sah angestrengt auf den Jakkenrücken vor ihm und war bemüht nichts zu denken. Unten wandte er sich aus dem Gedränge heraus, ging ins Kartenzimmer. Brigitt betrachtete zweifelnd den Obmann der 9 BI und sagte geduldig: Römische Geschichte haben wir viel. Der Junge aus der 9 BI begann ein heftiges Nachdenken.
Ingrid lehnte am Fenster und betrachtete den Betrieb der Pause auf dem Hof. Jürgen trat zu ihr und fragte nach Klaus. Ingrid schüttelte den Kopf. Neben ihnen gab Brigitt die Karten aus. Der von der 9 BI war gegangen. – Hast du mal zwanzig Pfennige? fragte Jürgen.
Brigitt kam beiläufig zu ihnen und holte aus ihrer Kleidtasche zwei Groschen. – Hier: sagte sie hinwerfend. Sie stritt sich oft mit Jürgen. Sie besichtigte ihn noch einmal von der Seite sehr aufmerksam; dann suchte sie weiter nach der Karte von Spanien (geografisch). – Immerzu Sitzung? fragte Ingrid höflich. – Ja: sagte Jürgen. Er war noch gar nicht in der Klasse gewesen. Als er ging, bedankte er sich bei Brigitt. Brigitt holte aus mit Spanien (geografisch) und redete wütend auf ihn ein: Jetzt mach aber dass du rauskommst! Sie knurrte wahrhaftig vor innigem Ärgernis.
Die von Bodmer wunderte sich über Jürgen, der immerzu heimlich lächelnd in ihr Sekretariat kam. Ob er wohl telefonieren dürfe? – Das ist verboten! sagte die von Bodmer streng und schob ihm einen Karton hin. Jürgen warf Brigitts Groschen auf die anderen verbotenen Telefongelder und nahm den Apparat zu sich. Die von Bodmer rechnete völlig versunken in den Stipendienlisten.
Dies war wohl die alte Frau Niebuhr. – Mogn Schügn: sagte sie. Ja, Klaus sei da. Töw man.
Jürgen lehnte am Schreibtisch der von Bodmer und sah auf den Hof. An der Mauer standen Klacks und Dicken Bormann und Hannes zusammen und besprachen die allge-

meine Lage im besonderen. Die von Bodmer seufzte auf und schob die Listen von sich. – Sie können rauchen: sagte sie zerstreut. Jürgen nickte. Jetzt kam Peter Beetz an der 12 A vorüber. Er ging ganz allein über den Schulhof, er hielt die Hände lehrerhaft auf seinem Rücken und schritt immer so vor sich hin. Jürgen stiess spöttisch Luft durch seine Nase.

– Denn ist da wohl die Schulleitung: sagte Klaus.

– Morgen: sagte Jürgen.

Ja also (sagte Klausens Stimme). Er habe auch noch mehr zu tun als mit der Oberschule zu telefonieren.

– Du tätst mir'n Gefallen, wenn du zur vierten Stunde kämst: sagte Jürgen. Er hörte Klaus sich hinsetzen, Onkel Martins Lederstuhl knarrte.

Peter Beetz war nun an den Stadtgraben hinuntergegangen. Aber niemand hätte ihn fortgeschickt, wenn er zu einer der Gruppen getreten wäre: beispielsweise zu der der 12 A. Die 12 A mochte ihn leiden, sie achteten sehr seine Aufrichtigkeit; sie wunderten sich über den Mangel an Rücksicht, mit dem Peter Beetz sich verständlich machte. Manchmal schien es erstaunlich dass Pius ihn noch nicht des Hauses verwiesen hatte; Pius war Klassenlehrer der 12 B in diesem Jahr. Aber Peter Beetz kam nicht. Und Brigitt hatte Dienst im Kartenzimmer. Klaus schien sich auf ein längeres Schweigen eingerichtet zu haben.

Klausens Angelegenheiten seien Klausens: sagte Jürgen.

– Ich mein aber wirklich, übrigens: ihr könntet euch wieder vertragen.

– Thank you ever so much: sagte die Schleuse.

– Also zur vierten Stunde: verordnete Jürgen, er wurde nun ein bisschen ungeduldig.

– Wegen dieser albernen Lateinarbeit?

– Fünfte und Sechste Stunde Versammlung: sagte Jürgen.

Die von Bodmer suchte etwas unter raschelnden Zetteln, sie murmelte ärgerlich.

Die Schleuse sagte: So lange. Jürgen legte den Hörer zurück. – Sitzen Sie vielleicht auf der Tischlerrechnung? fragte die von Bodmer. Jürgen nahm ihr alterszierliches freundlich spöttisches Gesicht in sich auf, indessen er nachsah ob er auf der Tischlerrechnung sass.
Auf dem Hof hing sich Peterken an das Stück Eisenschiene neben dem Eingang und schlug entsetzlich mit einem Stein dagegen. Die Pause war zu Ende. – Er übertreibt würklich 'n büschen: sagte Itsche abschliessend. Sie hatten über Peter Beetz geredet. Nun standen sie wartend und überliessen das Gedränge den jüngeren Klassen: denn sie besassen bereits einen gewissen Ernst der Lebensführung.
Pius sah mit liebenswürdigem Lächeln auf, als Jürgen wieder in die Sitzung kam. Jürgen blieb wartend an der Tür stehen eine Zeit lang, er sah auf Pius' sehr ruhige Hände und hörte einen der auswärtigen Funktionäre reden. Als Pius wieder aufblickte, war Jürgen eben zu seinem Platz gegangen.

31

– Jaja, Klaas: sagte Söten und gab ihm die Hand und verbeugte sich auch; aber Pummelchen blieb halb abgewandt und schwieg: er hatte sie gestern geärgert. Es war unwichtig, aber Klaus stieg um sie herum, er begrüsste sie von vorn und mit so besorgter Gemessenheit dass Pummelchen ihren Unwillen aufgab, sie lachte nämlich. Er redete mit Eva und sprach: Du siehst reizend aus; nun war das wirklich so. Jedoch fiel sein Ton derart gelassen aus dass Eva nicht ganz zu Rande kam mit ihrem Lächeln, und sie sagte zudem sicherlich gegen ihren Willen (während sie ihre Hand herauszuwinden suchte aus Klausens freudigem Griff): Ja, was du nicht sagst.
Dies waren Geleise, in denen nur eine bestimmte Art der

Fortbewegung möglich war. Bei der Gruppe von Dicken Bormann und Itsche und Klacks war es nicht gleich einzusehen, aber es würde schon gehen. Die drei waren uneinig über das Ergebnis eines Fussballspiels; Klaus hielt mürrisch seine Hand zwischen die streitenden Köpfe, bis sie bemerkt wurde. Sie schüttelten ihre Hände mehr oder minder heftig, sagten Guten Morgen oder etwas dazu. Klaus sagte: 16 : 8 für Lok Leipzig, er habe es im Radio gehört. – Was sagst du? Sechzehn zu acht –? Das is ja Quatsch. Klaus sagte: das sei es wohl, aber Quatsch bereichere die Gespräche und ergebe neuartige Einsichten. Sei 16 : 8 denn Lokomotive Leipzig unter keinen Umständen zuzutrauen? – Unter keinen: erklärte Itsche ernsthaft und unerbittlich. Klaus sagte: Das erstaune ihn.
Sechs Tische standen im Klassenraum der 12 A, je zwei hintereinander. Klaus sass am hinteren in der Fensterreihe. Als er dort ankam, gab er zunächst Hannes die Hand und legte seine Mappe auf seinen eigenen Platz. Hannes sah ihm zu, er gähnte das ganze Elend unermesslicher Müdigkeit aus sich heraus: geräuschvoll und verzweifelt. – Ja: sagte Klaus, er suchte etwas in seinen Taschen, während er redete: Das sei so eine Sache mit dem freischaffenden Familienleben; er solle ihm dies geben von Elisabeth. Hannes gähnte ungläubig weiter, aber der Faltzettel zwischen Klausens Fingern sah ihm plötzlich besonders aus, siehe: er war von Elisabeth. Während Hannes las, sagte Klaus: Er finde dies niedlich. – Was findst du niedlich: fragte Hannes, er sah drohend auf. – Ja: antwortete Klaus: Jetzt bist du so müde und kriegst doch schon einen Brief. – Hm: sagte Hannes, und las weiter.
Klaus schien etwas einzufallen. Er wandte sich um zum vorderen Tisch und sagte: Guten Morgen, Ingrid.
Marianne, die neben Ingrid sass, Marianne hatte schon das Heft vor sich liegen und las darin mit andächtigem und ehrfürchtigem Ausdruck. – Sieh mal: sagte Klaus zu irgend

wem: Jetzt verrichtet sie schon wieder Andachtübungen, das ist wohl Pflicht für die gebildeten Stände. Mariannes Rücken krümmte sich in einiger Unschlüssigkeit, aber sie begab sich von neuem in das Studium der deutschen Literatur. – Oh bitte: sagte Klaus, aber es war schwunglos, und galt es eigentlich Jürgen, der eben in die Klasse kam? Während Klaus sich um Hannes herum zu seinem Stuhl begab, betrachtete er Ingrid mit Beiläufigkeit. Sie sass auf dem Tisch, ihre Beine hatte sie auf dem Stuhl; Klaus besichtigte ihren engen blaugrauen Rock, und er bedachte dass er den aber nicht leiden mochte. Ingrid hielt ihren Füllfederhalter prüfend gegen das Licht und blies über ihre Nase hinweg auf ihre Stirn; es war immer die selbe Sache mit den Haaren, die gar nicht störten. Vielleicht waren sie ein Vorwand für das Blasen. Sie waren aber schon wieder recht hell. Im Winter waren sie dunkler. – Guten Morgen, Klaas: sagte Ingrid und sah ihn eingehend an einen Augenblick lang.
Klaus setzte sich dann auch auf seinen Stuhl: nunmehr weder herzlich noch liebenswürdig sondern ganz einfach müde. Wozu soll das alles denn wohl gut sein: dachte er. Vorhin war er noch unzufrieden gewesen, jetzt war er aufrichtig verdrossen.

32

Sir Ernest stand am Fenster und beschaute seine Zwölfte Klasse mit einem Ausdruck, der schwankte zwischen Belustigung und Missbilligung. Endlich legte er die Hände auf den Rücken und begann vor den Tischen auf und ab zu gehen.
Die gesenkten Köpfe der 12 A boten ihm hingegebenes Streben dar, wenn er sie beobachtete. Sobald er sich abgewandt hatte, erwachte aufgeregter Betrieb: Zettel wander-

ten vorsichtig von einem Tisch zum anderen, bemühte Blicke suchten im Heft des Nebenmannes zu lesen, andächtiges Flüstern vermittelte die letzten Erkenntnisse auf dem Gebiet lateinischer Satzlehre. Es wurde eine lateinische Übersetzung geschrieben.

Sie wurde abgeschrieben, und das wussten beide Seiten recht wohl. Doch geschah dies nicht freiwillig und als Sport sondern sozusagen unter dem Drucke zwingender Umstände. In der Vergangenheit hatten sie nicht viel für Latein tun können, denn es war langweilig. Jetzt war zur Langeweile Wichtigkeit gekommen; wie sollte solche Vergangenheit bestehen in mündlicher Prüfung? Gute Vorzensuren hatten Wert, und ein bisschen war bei jedem hängengeblieben. Dies wenige musste also ausgetauscht werden, denn erstens sind Aktionen gegenseitiger Nothilfe etwas durchaus Rühmenswertes. Zweitens übte das in gewissem Masse. Bei der mündlichen Prüfung würden sie auf Gedeih und Verderb sich selbst befragen müssen: weniger auf Gedeih als vielmehr auf Verderb. Das war gar nicht mehr so lange hin.

So sollten sie durch die Gebote der Selbsterhaltung völlig gerechtfertigt sein. Dennoch war keiner ohne das unbequeme ja störende Gefühl: er begehe etwas Unanständiges. Sie suchten (ohne zu wissen warum dies noch) ihre Notmassnahmen zu verbergen, bemühten sich um den Anschein durchgängiger Ordnung. Es war unbegreiflich dass Itsche beim Nahen der geduldigen Schritte eine hastige Hitze ins Gesicht fuhr, warum gebärdete er sich denn so überstürzt mit seinem Löschblatt? Dies waren doch Notzeiten.

Und es war nicht die Furcht vor Entdeckungen. Alle wussten dass jene Schritte nicht Gefahr bedeuteten. Sir Ernest schien es aufgegeben zu haben. Sie hielten viel von ihm, sie sahen ein dass seine spöttische Gleichgültigkeit die vornehmste Art von Benehmen war angesichts dieser Um-

stände, aber es war ihnen nicht recht. Eine Schreckensherrschaft wäre ihnen lieber gewesen. Jedoch er enthielt sich. Er ging vor den Tischen einher mit seinem geringschätzigen Lächeln und sagte etwas über die Schädlichkeit verkrampfter Augenstellung: vom Standpunkt des Augenarztes aus. Sie hatten eine grosse Wut auf ihn, sie mochten ihn leiden. Sie wussten nicht was hinter seinem undurchsichtigen pergamenten zerfältelten Gesicht stehen mochte, aber sie wussten dass er bürgerlich war und unzuverlässig. Er war ein alter Mann mit vielen Büchern und einigen ehemaligen Schülern, die ihn besuchten, und von dieser 12 A hielt er gar nichts. Das war einem Manne seines Lebenslaufes nicht zu verdenken. Und von dieser 12 A hielt ja niemand etwas.
Klaus hörte auf zu schreiben und sah grübelnd aus dem Fenster: an Ingrids Kopf vorbei. Aber wenn er sich ein wenig zur Seite hielt, sah er wohl Ingrids bekümmertes Gesicht über das Wörterbuch gebeugt, sie blätterte geduldig hin und her und achtete auf nichts ausser dem. Klaus wusste wohl dass er jetzt irgend etwas hätte vor sich hin flüstern sollen; solange er aber Sir Ernest besichtigte, ihm fiel da nichts ein. Er sah wieder auf sein Heft.
Sir Ernest (sie nannten ihn so) war wieder am Fenster angelangt. Dort stand er still und lehnte sich etwas krumm gegen das Fensterbrett; so besichtigte er die redliche Oberfläche, die sie ihm darstellten. Er sah auch flüchtig in die Ecke, aus der ihm eben Klausens Blick zugekommen war. Dort sassen Hannes und Klaus arbeitsam still nebeneinander. So sah das aus, und er pflegte an die beiden mit besonders achtungvollem Misstrauen zu denken. Sie hatten eine besonders verruchte Hinterlist ausgedacht. Von Goretzki (Hannes) sah Herr Sedenbohm nur dass sein Gesicht nachdenklich war, und Niebuhr sass so genau wie möglich hinter der Schülerin Babendererde, er schien zu schreiben. Sir Ernest brachte ein Fragezeichen an hinter seinen Gedan-

ken. Dann ging er an die Tafel und verkündete dort schriftlich: Noch 35 Min. Als die Köpfe hinter ihm hochkamen, sagte er beiläufig: Jetzt sei es 10.30 Uhr. Wollten sie wohl in diesem Punkte Übereinstimmung mit ihm herstellen? Um 11.05 Uhr werde er die Hefte einsammeln. Die 12A stellte ausführlich alle verfügbaren Uhren (Klacks hatte einen Wecker mitgebracht) und dachte: dies habe er recht ansprechend gesagt. Nach der kurzen Welle des Tuschelns und hörbaren Grinsens war wieder Schweigen: das Schweigen angestrengter geistiger Arbeit.
Als Klaus hochgesehen hatte, stand in seinem Heft: Es geht die Rede: Ein gewisser Mensch mit dem anglischen Namen Wolfrat sei von göttlicher Liebe getrieben in das Land der Sueben gekommen und habe den Heiden das Wort Gottes gepredigt mit grosser Zuversicht. Nachdem er viele zum christlichen Glauben bekehrt hatte durch seine Predigt, begann er auf dem Versammlungsplatze der Heiden stehend das als Thor benannte Götterbild des Stammes zu verfluchen und zerschlug es mit rasch erhobener Doppelaxt in kleine Stücke. Und jener war für ein solches Wagnis sofort mit tausend Wunden verletzt und sandte seine des Lorbeers würdige Seele (martyrii) in den Himmel.
Da hatte Hannes seinen linken Mundwinkel geöffnet und zischelte unhörbar: Divini amoris – instinctu, instinctu, was heisst das?
– Moment: sagte Klaus. Er suchte auf Sir Ernests faserigem Durchschlagpapier nach divini amoris instinctu. – Das ist ein Druckfehler: sagte er.
Die Barbaren (schrieb Klaus) versenkten seinen zerfetzten Leib nach vieler Spötterei in einen Sumpf. Als Klaus den Punkt machte, gab Sir Ernest die Uhrzeit zu wissen und Klaus schob das Heft nach rechts, Hannes hatte bereits ungeduldig gewartet und machte sich eilig darüber hin. Selbstverständlich hatten sie ihre verruchte Hinterlist.

Nun hatte Klaus kein Heft mehr, aber er musste durchaus so tun als habe er es noch und sei innig damit beschäftigt. Er pflegte sonst tiefsinnige Männerchen zu malen. Heute riss er einen Zettel aus seinem Deutschheft und begann darauf zu schreiben; die Grübelei in seinem Gesicht wurde ausführlicher. Bald war er so versunken. Er bemerkte nur nebenbei dass Hannes das Heft weglegte und die Kurzschrift in eine lateinische Übersetzung zu verwandeln begann. Er schrak ärgerlich hoch, als Sir Ernest neben ihrem Tisch stand und fragte: Was schreiben Sie denn da, Niebuhr. – Oh: sagte der erstaunte Schüler Niebuhr: Er schreibe das erst mal ins Unreine.
Herr Sedenbohm schien nicht durchaus überzeugt dass es so war, aber er wandte sich ab. Er wollte wohl nicht stören. Hannes grinste höflich zu Klaus hinüber. Der schrieb schon wieder, er schien in Eile. Mitunter hielt er inne und betrachtete belustigt Ingrids Hinterkopf. An den Schläfen waren ihre Haare ganz straff. Plötzlich brach er die Besichtigung ab und stürzte sich abermals in sein Unreines.
Er schrieb noch, als Sir Ernest die Hefte einsammelte. Hannes und Klaus waren schliesslich die letzten, die noch nicht abgegeben hatten; aber das merkte Klaus erst, als Sedenbohm vor ihnen stand und die Hefte verlangte. Nun wurde es bisschen aufregend, denn Klaus hatte nur einen Zettel. Oh Hannes!
Hannes stand auf und übergab sein Heft. – Herr Sedenbohm: sagte er, aber gelegentlich solcher Aussprüche ist man ungeschickt in anderen Dingen; Hannes' Ärmel wischte zwei Hefte vom Tisch. Er wollte sich bedauernd bücken, aber Klaus war schon unten. So konnte Hannes dringlich fragen: Herr Sedenbohm, ich habe martyrii nicht mitübersetzt, das kann man doch auslassen, kann man das?
Klaus fand auf dem Fussboden zwei Hefte mit blauem Umschlag, eins davon war das für »Lateinische Arbeiten

Niebuhr 12 A«. Er richtete sich wieder auf über den Tisch und war auch richtig etwas rot von anstrengendem Bükken.
– Das können Sie mit gutem Gewissen auslassen: sagte Herr Sedenbohm heiser und lächelnd (er zog seine ohnehin schmalen Lippen noch mehr in die Länge, das sah lächelnd aus). Dem Sinne nach sei das ja ersichtlich. Seien sonst noch Unklarheiten? Er kniffte zwischen seinen Fingern Klausens Zettel.
Ihr Schweigen besagte: es sei in der Tat alles ersichtlich; Klaus überreichte das eine von den Heften. Hannes (und vielleicht auch Ingrid, die stand aber schon an der Tür und achtete auf wer weiss was) sahen bedauernd zu. Herr Sedenbohm schlug das Heft zu den anderen auf seinem Arm, riss seinen hageren harten Kopf in die Höhe und zog seine Lippen noch einmal lang. Er schritt davon, zwischen den Schultern seiner Jacke sprangen zwei heftige Falten hin und her.
Hannes befand sich unter dem Tisch und suchte knurrend das andere Heft. Als er wieder oben war, sagte er mit ärgerlichem Kopfbewegen: Was die Leute neugierig sind, nich?
– Ja: sagte Klaus. Er ging eben aus der Tür auf den Flur. Hannes warf das Heft auf seinen Platz und murmelte Unverständliches in der leeren Klasse.

33

Klacks hielt die Tür einen Spalt breit offen und spähte auf den Flur. Jetzt streckte er seinen Arm weit von sich und sagte gefährlich warnend: Hei kümmt! Das meinte Pius. Die wartende 12 A begab sich eilig auf ihre Plätze. Sie hätten viel darum gegeben, wenn sie jetzt sein Gesicht hätten sehen dürfen.

Auf dem Flur waren bedeutende Vorbereitungen getroffen anlässlich des Empfangs für den allseitig verehrten Direktor der Gustav Adolf-Oberschule. Draussen neben der Tür stand ein Stuhl, dessen Rückenlehne bemalt war mit LEHRER. Auf diesen Stuhl zu führten von der Treppe her mit Kreide gezeichnete Fuss-Spuren (das Mass dazu hatte Dicken Bormann gegeben, denn er trug auch die Schuhgrösse 45). Vor dem Stuhl machten die Spuren eine jähe Wendung und liefen zurück über den Flur zur Treppe. Neben diesen war ein sorgfältiger Pfeil angebracht.
Vor dieser fürsorglichen Einrichtung mochte Pius jetzt stehen. Lass ihn man stehn, soll er sich mal genau ansehn, den Anblick hat er so bald nicht wieder. Soll er ruhig bis vor die Tür kommen mit seiner Schuhgrösse 45 und sich den Stuhl ansehen, auf dem er bei uns sitzen will, aber dann kann er auch wieder weggehen. Und damit Pius dies auch nicht in den falschen Hals kriegte, hatten sie ihm einen Pfeil in die rückwärtige Richtung gemalt. Nämlich Hannes hatte vorhin eine Geschichte erzählt. Er sei doch in der Pause nicht dagewesen. Nicht aufm Hof. Klar warst du da, ach nee. Nee, er war nich da. Na, und? Mal los!
Ja (sagte Hannes), er sei im Sekretariat gewesen, Kreide holen. Ich sage also zu der Bodmer: Drögmöller hat soviel Kreide verbraucht, wir müssen wieder welche haben. Und so, nich? Kommt Pius rein, grinst so fininsch, nich, und sagt: Ach haben Sie wohl mal einen Moment Zeit, Goretzki? Ich sage: Nich viel, Herr Siebmann. Na, wir gehen denn in sein Zimmer, er lehnt sich gegen, und denn fragt er:
– Sind Sie eigentlich mit der Rehfelde aus der 11 A befreundet, ich glaub doch?
– Ja-a: sage ich: Das stimmt.
– Jaa: sagt er: Ich hab eben gehört, Sie sind in Deutsch schwach, und in Geschichte is das ja auch nicht besonders.

Und nu is doch übermorgen die schriftliche Prüfung, und im Juni is die mündliche... wär das nicht besser (sagt er, kannst dir ja vorstellen): Sie würden die Beziehungen zu Ihrer Freundin bisschen einschränken? Kriegen dann bestimmt'n besseres Zeugnis. Und – sehen Sie mal: das Mädchen lässt ja auch nach in den Leistungen, verstehen Sie. Will Sie ja gaa nich sswingen, is ja bloss in Ihrem eigenen Interesse, nich?
Ich sage ssu ihm: Da kann ich nichs versprechen, Herr Siebmann. Ja Mensch sach doch bloss mal, was geht denn das diesen Radfahrer an was ich mit meiner Freundin mache, sach mir das mal. Das geht den einen feuchten Dreck an will ich dir sagen! Was?
Die öffentliche Meinung stand vor der Tür, und Pius kam in die Klasse. Er zog dabei einen Stuhl hinter sich her. 12 A erhob sich. Pius hatte von Berufs wegen etwas gehemmte Bewegungen, und er mochte denken die bekämen durch Beschleunigung ein gefälligeres Aussehen. Er trug heute wie gestern seinen feinen hellbraunen Jackettanzug, aber er sollte besser nicht immer wieder seine Hände in die Taschen stecken. Das hat nämlich eine ausbeulende Wirkung. Sein Gesicht war ziemlich rund und jungenhaft (er sah wohl klug aus), aber er war immer so ernsthaft darin. Sein Haar war blond und glatt. Jetzt war er böse. Und in der 12 A stand hinter dem Lehrertisch ganz regelmässig ein Stuhl, dessen Lehne beschrieben war mit LEHRER. Der war aber vorhin aus der unbewachten 9 BI gestohlen worden, und da Pius das gar nicht wusste, erkundigte er sich also: Würden Sie mir bitte mitteilen was dieser Unsinn zu bedeuten hat?!
12 A hielt das für eine ungeschickte Frage, 12 A kam sich vornehm angeredet vor, 12 A schwieg. 12 A sah unmässig beherrscht auf Pius, der die Bedeutung eines vor die Tür gestellten Stuhls nicht kannte. Klaus sah gelangweilt aus dem Fenster. Ingrid war die erste, die sich wieder setzte.

– Bitte Herr Direktor (Dicken Bormann sprach als Vorsitzender der Freie Deutsche Jugend-Gruppe 12 A:) was ist denn eigentlich? Wir wissen gar nicht was los ist.
– Wir haben doch schon einen Lehrerstuhl: sagte das verwunderte Pummelchen. Alle sahen hin und her zwischen dem Stuhl am Lehrertisch und dem an Pius' Hand.
Also er werde diesen Vorfall genau untersuchen: versprach Pius der ernsthaften 12 A mit zerstreuter Erbitterung. Jetzt sei dazu keine Zeit. Warum sie nicht in der Aula seien?
Was sollte 12 A denn in der Aula? 12 A hatte jetzt Geschichte. Ach, da sei eine Schülervollversammlung? Ob ihnen denn niemand Bescheid gesagt habe? Das sehe wohl so aus. Wir hatten unsern Lautsprecher abgestellt: wegen Klassenarbeit. Denn man los. Wolln wir mal hingehn: sagte 12 A.
Seltsamer Weise gab es nun nichts mehr zu lachen. Die ganze Vorrichtung hätte dastehen können wie bestellt und nicht abgeholt, Pius war ja nur zufällig noch gekommen und gewiss durfte die Schule anstellen mit ihren Schülern was ihr so beliebte, warum sollte sie das nicht dürfen. Sie gingen ziemlich missmutig über die Kreidespuren in der Richtung des Pfeils zur Versammlung, eigentlich war jeder verdrossen. Wenigstens war die Schuhgrösse 45 hergestellt mit eben der Kreide, die Hannes aus dem Sekretariat geholt hatte. Ein'n Trost möt'n hebben: sä de Mus. Dor hett de Katt sik ierst eins wat spelt mit ehr.

34

Dicken Bormann würde heute sagen: die Versammlung sei interessant gewesen. Das war sie wohl auch, so war die öffentliche Meinung. Aber da hielt sich ein besonderes Schweigen, das war gereizt und neugierig und wachsend

aus einer Gefahr, an der man nicht teilzunehmen brauchte: gleichwohl aber hätte teilnehmen können.
Die Gustav Adolf-Oberschule hatte eine schöne Aula. An den Wänden war gutes altes Holz, auch in der Decke war so ein Holz-Kasten ausgespart, in dem die Streben der Dachverspannung hin und her gingen. Alles war sehr hell, denn die Wand zum Domplatz hin bestand fast nur aus hohen breiten Fenstern, durch die konnte man den Domturm sehen und die in der Sonne leuchtend aufgekanteten Dächer um ihn. Die Aula roch staubig und trocken. Über der Täfelung hing in der Mitte der Wand das Bildnis des Führers der Kommunistischen Partei der Sowjetunion. An der Stirnwand war unübersehbar eine grosse rote Fahne an die Wand genagelt, darauf hatte die 9 BI die Losung befestigt aus einzelnen weissen Pappbuchstaben: REINIGT WACHSAM UND UNERBITTLICH UNSERE REIHEN VON DEN FEINDEN UNSERER DEMOKRATISCHEN ORDNUNG. Der siebenunddreissigste Buchstabe hing schief.
Davor auf den langen Bänken sassen versammelt alle Schüler, die am heutigen Tage zum Unterricht erschienen waren. Neben der Tür war angeschlagen ein Plan von Pius' Hand, der die Sitzgelegenheiten unter die Klassen verteilte; nach dem befand sich die 12 A auf der hintersten Bank des Raums. Jürgen war nicht im Präsidium. Er sass neben Klaus am Gang. Er hatte nach vorn gehen wollen, aber da hielt Klaus ihn am Ärmel fest, er rührte sich gar nicht dabei und sagte: Setz dich mal hierher, du Veteran der Arbeiterbewegung. Jürgen blieb stehen und lächelte nachdenklich in seinem Gesicht, dann liess er sich nieder neben Klaus. Vor ihm sass Peter Beetz, und er betrachtete dessen nahezu kugeligen Hinterkopf. Peter Beetzens Haare waren da ganz kurz und schwarz, das nahm sich sonderbar aus zu seinem braunen Nacken. Neben ihm war Brigitt, und neben Brigitt hielt sich Ingrid gegen die breite Rückenlehne. Sie hatte ihren Hals hoch aufgereckt und sah

Pius zu. Pius stand an dem rot verkleideten Rednerpult und redete; er schien damit im Unendlichen angefangen zu haben und bewegte sich nun wohl in der selben Richtung. Jürgen sah wieder auf Peter Beetzens Hinterkopf und dann auf die Lehne vor ihm. In das Holz waren tief zwei Anfangsbuchstaben eingekerbt. Wer war A. S. gewesen? Klaus neben ihm hatte seinen Kopf weit zurückgelegt gegen die Wand, er schien zu schlafen mit offenen Augen. Er sah so über all die Köpfe vor ihnen nach vorn. Hinter Pius befand sich an ebenso rot verhängten Tischen das Präsidium. In dem waren vier völlig fremde Gesichter über blauen Hemden, ein Platz war frei.

– Die illegale: sagte Pius und atmete. – Die illegale Verbrecherorganisation. Vom kapitalistischen Ausland bezahlter Volksfeinde!... Die in der sozialistischen Heimat ihre reaktionäre Irrlehreverbreiten! Er sprach feierlich und in grosser Entscheidung gefasst. Nachdem er nun die terroristische Rolle der anarchistischen Jungen Gemeinde klar erwiesen habe, fordere er ihre anwesenden Mitglieder auf: durch eine unzweideutige. Stellungnahmezubeweisen. Dass sie würdige Schüler. Einer demokratischenOberschulesind. Er trat zurück und begab sich hinter die Tisch-Reihe des Präsidiums. Das Präsidium sah wartend und bereit in der Aula umher.

Peter Beetz stand gelassen auf vor Jürgen und ging an den Bänken entlang nach vorn. Ihm entgegen kam eine Welle von schweigend aufgewandten Gesichtern, die fiel gleich zurück. Die Aula war sehr still, alle hörten Dicken Bormanns ärgerliches Knurren. Sein auf die vordere Bank gestützter Fuss war abgeglitten; das hatte ihn so überrascht.

Peter Beetz erstieg das Podium und drehte sich um, er sah die Versammlung freundlich an. Er schien ein wenig zu lachen in seinem ordentlichen Gesicht; vielleicht sass Dieter Seevken gerade vor ihm. Da war eine Pause wegen seines

Lachens (oder was das sein mochte), dann sagte er auf eine ebenmässige Weise: Das ist alles nicht wahr.

Die Versammlung wunderte sich dass er noch da stand. In den hinteren Reihen wurde jemand von innigem Gelächter geschüttelt.

Und Pius beugte sich erstaunt vor und fragte: Was der Schüler habe damit sagen wollen, und der Schüler Beetz sagte: Er habe damit sagen wollen dass das alles nicht wahr sei, sie seien keine illegale Organisation, und das Verhältnis war unbequem für den Schüler Beetz, denn er wollte sich Pius zuwenden, aber er mochte auch die Versammlung nicht vernachlässigen, so ging das hin und her, und das wurde immer schleuniger, sie sahen bald nur noch den grossen Rücken von Peter Beetz und die vorruckenden Oberkörper über den rot verhängten Tischen, und sie sagten: Peter Beetz sei doch illegal, und Peter Beetz sagte: Warum ihnen das eben auffalle während des behördlich verschärften Klassenkampfes?, da sagten sie: Sie sähen jetzt deutlich den organisierten Charakter der Jungen Gemeinde an Mitgliedsbüchern und Abzeichen. Peter Beetz sagte: Das Abzeichen sei ein Bekenntnis und die Verfassung der Republik versichere die Freiheit des Bekenntnisses, da fragten sie: Was ihm einfalle?, da sagte er: Ihm falle ein die Verfassung zu kennen, die gehöre nämlich zum Unterricht der zehnten Klasse, da verwarnten sie ihn. Danach sagte er: Und er bezahle keinen anderen Mitgliedsbeitrag als den für die Freie Deutsche Jugend, und die Junge Gemeinde habe ja auch keine Mitgliedsbücher. Da sagte das Präsidium: Die Junge Gemeinde habe doch Mitgliedsbücher. Peter Beetz sagte: Sie habe keine Mitgliedsbücher, und nun sollte er sachlich diskutieren, und er sagte: Also sie habe Mitgliedsbücher, und da sollte er sachlich diskutieren und sie verwarnten ihn abermals. Und die Junge Gemeinde habe am siebzehnten März abends einundzwanzig Uhr die Stellung Martin Luthers im deutschen Bauernkrieg christlich gedeutet, was sage Peter Beetz nämlich zu dieser Schändung der heroischen Revolutionsgeschichte des deutschen Volkes? Dazu sagte Peter Beetz: Die Verfassung der Republik gestatte den Religionsgemeinschaften eine Meinung über die Lebensfragen des deutschen Volkes. Sie sagten: Er habe aber damit zum Boykott gehetzt, und er sagte: Er müsse wohl erst noch Theologie studieren um das verstehen zu können, und so verwarnten sie ihn zum dritten Mal. Dann stritten sie: Ob es die Regel sei dass in christlichen Heimen Körperbehinderte misshandelt würden, aber sie blieben uneinig. Und das Präsidium sagte: Die Junge Gemeinde lasse sich von den Amerikanern bezahlen für Sabotage und Spionage, und als Peter Beetz das nicht glauben wollte, sagten sie: Neulich sei ein Funktionär der Freien Deutschen Jugend nachts in der Eisenbahnstrasse von Angehörigen der Jungen Gemeinde mit Messern überfallen worden, das sei von einem amerikanischen Offizier so bestellt gewesen, und Peter Beetz sagte: Es sei nicht wahr. Und da fragten sie: Ob Peter Beetz meine dass das Präsidium lüge? Und er sagte: Er könne nicht umhin hier einen Irrtum zu vermuten, und er fragte: Warum die Regierung der Arbeiter und Bauern die Verfassung der Republik demokratisch brechen wolle? Da sagten sie: Ob er das so meine?, das meinte er so, und meinte er etwa er sei ein würdiger Schüler einer demokratischen Oberschule?, nein. Dies war nicht seine Meinung.

Er stieg herunter und kam durch den Gang zurück; im Präsidium berieten sie. Klaus beugte sich vor zu Ingrid, er legte seine Hand auf ihre Schulter und sagte: Sieh mal. Denn quer zu den Schülerbänken stand eine einzige lange. Das war die Lehrerbank. Vor der 12 A-Reihe sass Sir Ernest, er blickte verächtlich in die Zeitung des heutigen Tages. Aber das war Herr Sedenbohm. Neben ihm sass die lange Reihe der Lehrer an der Gustav Adolf-Oberschule in zwei säuberlichen Abschnitten: von Herrn Sedenbohm bis zu Herrn Dr. Krantz befanden sich die Bürgerlichen, neben Dr. Krantz sass Frau Behrens. Peter Beetz war eben vor ihr. Sie schüttelte ihren blonden Kopf in einer verwunderten mitleidigen Art. Und Herr Dr. Krantz sass da in verbitterter Stummheit, und Herr Dr. Kollmorgen hatte zu denken an die Zukunft einer unmündigen Tochter, und Fräulein Danzig billigte Herrn Beetz sehr, und Herr Sedenbohm letzten Endes hatte Anspruch auf ein Ruhegehalt.

– Ich finde das gar nicht so lächerlich: sagte Ingrid in Klausens unaufhörliches leises Lachen hinein. Klaus lehnte sich sofort zurück, er lachte aber noch. Peter Beetz setzte sich neben Brigitt. Sie sagten nichts. Aber dann sagte er mit grossem aufrichtigem Ausatmen: Ich würd ganz gern mal baden gehn –! In der Tat war es heiss in der Aula, Klacks riss eben ein Fenster auf. Sofort wandte die Versammlung sich zur linken hinteren Ecke. Klacks stand noch freundlich lächelnd da und setzte sich öffentlich, so: dies war es ja wohl nicht gewesen, auf das man hier wartete, nicht wahr? – Geht man baden: sagte Ingrid. Peter Beetz nickte ihr zu, er stand auf. Brigitt ging hinter ihm her. Sie hatten fünf Schritte bis zum Ausgang. Als die Tür hinter ihnen zu war und die Klinke oben, begann Jürgen zu sprechen.

Denn Jürgen war inzwischen ohne Eile nach vorn gegangen, stand über den Präsidiumstisch gebeugt, Pius nickte mehrmals gemessen mit seinem Kopfe, Jürgen begab sich an das Rednerpult. (Er hielt sich nicht so üblich angstvoll fest mit beiden Händen, er stand nahezu daneben.) Er bedaure sehr dass Peter Beetz sich seiner (Jürgens) Antwort entzogen habe. Nämlich er wünsche zu sagen dass er Peter Beetzens Offenheit für dankenswert halte: im Gegensatz zu dem unartikulierten Schweigen, das die Versammlung ansonsten vereine. Auf der anderen Seite –: Jürgen war ein guter Redner, er hatte eine zuverlässige vertrauenswürdige Art zu reden, er war jetzt der bestgehasste Mann der Oberschule. Er sagte aber dieses: Peter Beetz sei ein Böses Kind; und jenes war: dass Peter Beetz nun mit vorgeschobener Unterlippe würde nach Stuttgart reisen müssen oder nach Hamburg. So sagte Pius dieses und die ihn anhörten fürchteten dass er jenes wollte. Sie konnten seit langem die Bedeutung der Worte nicht mehr übersehen, sie waren also bedacht wenig gesagt zu haben. Aber nächstens würden sie sagen müssen als Gute Kinder: der neben mir sitzt ist ein Böses Kind, und er soll nicht neben mir sitzen; und das Böse Kind würde zu jenem gezwungen sein. Und sie würden die Hände heben zum Zeichen ihres einmütigen Willens, und indem sie dieses taten, würden sie hoffen jenes nicht gemeint zu haben. Also beobachtete Klaus den redenden Jürgen wie etwas Belustigendes und Seltsames, er lag zurückgelehnt und lächelte dann und wann besonders. Vor ihm sass sehr aufgerichtet Ingrid und sah von jedem Worte Jürgens wie er es aussprach. Sie beachtete nicht einmal Dieter Seevken, der an ihr vorüber auf die Tür zuging und sich amtlich-wachsam davor aufstellte; sie beobachtete mit ihrer unheimlichen Aufmerksamkeit wie Jürgen nach seiner Rede sich auf den leeren Stuhl in der Mitte des Präsidiums setzte; der neben ihm war der, der jedes gesprochene Wort verzeichnete, Jürgen sagte ihm im Folgenden die Namen der Redenden. Die konnte der ja nicht wissen.

Nach dem dritten Referat (eines der Auswärtigen) erhoben sich nacheinander die Vorsitzenden der Gruppen 9BI/ 11A / 10A / 10BII /9BII / 9A und veröffentlichten namens ihrer Gruppen heftigen Abscheu. Sodann erfolgten Lossagungen. Acht Schüler (davon fünf Mädchen) gaben Reue-Erklärungen, an einzelnen Stellen der Aula wurden Hände zusammengeschlagen. Kurz vor dreizehn Uhr wurde die Versammlung abgebrochen; der Neubeginn war festgesetzt auf vierzehn Uhr dreissig Minuten. Die Insassen der hinteren Bänke sprangen schon vor dem verordneten Ende auf die Tür zu; im allgemeinen Gedränge konnte Dieter Seevken nicht unterscheiden: von wem er den ersten beiläufigen Hieb auf seine Armmuskeln bekam und von wem den zweiten an den Hals. Bei einer späteren Untersuchung konnte nur festgestellt werden dass Schüler aus den vorderen Reihen zu Unrecht waren verdächtigt worden, indem sie nämlich am weitesten von der Tür entfernt gesessen hätten.

35

Klaus holte das Klassenbuch und trug es ordentlich ins Lehrerzimmer. Er hatte aber seine Mappe im Klassenraum vergessen, so musste er abermals zurück. Als er nun zum zweiten Mal durch den Flur zur Treppe ging, sah er Ingrid auf dem Brett vor dem letzten Fenster sitzen; sie umfasste die Tasche auf ihren Knien und sass ganz still. Die Sonne fiel mächtig über sie hinweg auf den von Fuss-Spuren verschmierten Boden, ihr Schatten war vor ihr. Klaus blieb einige Schritte vor ihr stehen und betrachtete sie ausführlich.

– Weisst du wohl dass ich hier stehe? fragte er endlich.

– Das weiss ich wohl: sagte Ingrid. Ihre Tasche fiel auf den Fussboden und schurrte an den Heizröhren entlang, während sie auf ihn zuging. Sie küssten einander.

– Du bist so ein kluges Kind: sagte Ingrid, als sie auf die Treppe kamen.

– Hm: sagte Klaus. – Warum verstehst du dies denn nicht?

– Ich will dir sagen: antwortete Klaus, nämlich: Heute um vierzehn Uhr dreissig sind wir schon auf der Höhe von Holthusen – wenn du gleich mitkommst.

Ingrid sah vor sich hin, sah auf die mit einem braunen

Spruch beschriebene Wand, gegen die die Treppe anlief. Durch den Treppenschacht schallte die kleine empörte Stimme der von Bodmer. Sie redete über Papierschnitzel oder so etwas. – Ich will dir auch etwas sagen: sagte Ingrid.

– Ja? fragte Klaus sehr schnell und aufmerksam.

– Ich soll vierzehn Uhr dreissig Minuten reden über Die Junge Gemeinde Und Die Rechte Der Kirche. Sie kamen um die Ecke, Ingrid liess ihre Hand auf dem glänzenden Geländer prallen, mitspringen. Klaus schwieg. Ingrid erzählte ausführlich: Weisst du, der zweite von rechts neben Jürgen, der mit den langen Haaren? Der hat mir das gesagt. Im Auftrage von Herrn Direktor Siebmann –! Klaus nickte Frau von Bodmer zu. Die war noch ärgerlich und schlug die Tür zum Sekretariat ungezogen hinter sich zu.

– Das ist ein gutes Thema, ich meine: es ist gut zu bearbeiten. Die additive Zusammenstellung kann man bis zum Schluss als rhetorische Figur beibehalten.

– Jaja lütten Klaas: sagte Ingrid dazu. Sie gingen schweigend über die Ausgangstreppe auf die Strasse, gingen schweigend an den drei auswärtigen Autos vorüber, kamen auf die Brücke über den Stadtgraben. Ingrid warf ihre Tasche auf die Mauer und beugte sich hinüber. Sie sah achtsam in das Wasser. Das war ganz klar; sie konnte einen hellen zerbrochenen Ziegelstein sehen auf dem Grunde, daneben lag ein weisser Scherben; und war da nicht Itsches Taschenmesser, das er gestern hier verloren hatte?

– Da liegt Itsches Taschenmesser: sagte Ingrid gedankenvoll. Klaus hing neben ihr über der Mauer und nickte. Da war es. Itsche würde heute nachmittag fluchend in dies Wasser steigen müssen. Aber da lagen auch Scherben.

– Jedenfalls will ich mir düss mal bis zum Ende ansehen: sagte Ingrid. Sie schaukelte sich vor und zurück auf ihren Ellenbogen und kratzte mit ihren Sandalen an der Mauer.

– Du weisst wohl dass du den Mund nicht halten kannst: sagte Klaus. Ingrid sah weiterhin in den Stadtgraben und sprach: Och. Manchmal kann ich sehr den Mund halten.
– Jaja: gab Klaus ungeduldig zu. Ingrid verstand dies aber anders, sie wandte ihm ihr Gesicht zu und fragte bereitwillig: Wolltest du weitergehen? – Können wir ja auch: sagte Klaus. Sie gingen langsam am Domplatz entlang.
– Ich schäm mich so schrecklich: sagte Ingrid in die heisse weite Stille des leeren Platzes zwischen dem Dom und den Häusern der Schulstrasse. Er kannte ihre Stimme genau, er wusste wie sie ihre Augen hielt beim Reden, er hörte alles was sie sagte: Ich schäm mich so schrecklich. Wenn Brigitt nun nicht gleich mitgegangen wär, und sieh mal. Und Sir Ernest mit seiner Zeitung. Und Fräulein Danzig und Ähnst, und Blumenkrantz und Drögmöller. Und die von Bodmer regt sich auf über Papierschnitzel und Seevken ist drei Zentimeter gewachsen vor Stolz auf seinen angeschlagenen Hals, und Klacks mit seinem Fenster. Und morgen wieder erste Stunde Mathematik! Ich will das nicht mehr, ich will nicht auf dem Oberen See liegen als wenn ich da nie gesessen hätte! Dies alles sagte sie mit ihrer zögernden spröden Stimme in ihrer Kehle auf eine schnelle heftige erzürnte Art. Da war das Schild der Schulstrasse. Sie gingen um den schräg gegen die Hausecke gelehnten runden Prellstein, traten wieder auf den Gehsteig.
– Ist es nötig: fragte Klaus, als sie den Markt schon sehen konnten. Vom Giebel des Rathauses herab hing eine lange weisse Fahne, in deren Mitte eine blaue Taube dargestellt war. Winzig gingen darunter die Leute um die Ecke zum Markt, hielten inne vor dem Übergang zum anderen Bürgersteig der Grossen Strasse. Das Auto schwenkte hastig unter der Fahne hindurch. Klaus begann von neuem, er sagte im Ton einer Frage: Ist es nötig dass du öffentlich mit Pius redest über dies?
– Nein: sagte Ingrid. – Mit Pius will ich überhaupt nicht

reden. Aber ich hab dies angefangen, es braucht mich nichts anzugehen, geht mich aber. Und ich will es bis zum Ende sehen. Entschuldige auch dass ich mich neben Brigitt gesetzt habe, du warst die ganze Pause nicht da, dann machte es sich nicht so. Pius und sein doower Sitzplan.
– Ja-o: sagte Klaus als sei er vergnügt, – Pius is'n orntlichen Minschen: sagte er nicht ohne begütigendes Grinsen.
Ingrid erklärte auf eine sehr bestimmte Art, sie blieb nahezu stehen vor dem Schaufenster des Goldschmiedes Wollenberg, sie sprach so und nicht anders: Lieben Klaas (sagte sie:) ich will das gar nicht dass du so da gehst wie du da gehst!
Klaus stand aber auch still vor Wollenbergs Schaufenster. Er hielt sich gleichmütig aufrecht vor Ingrid und war auch freundlich mit seinen Lippen, aber sonst verhielt es sich natürlich anders mit seinem Gesicht, er sprach mit offenbarer Mässigung und alles in allem war er wohl fürchterlich wütend: Hörst du (sagte er:) hast du nicht die Lehrerbank gesehen? Diese Leute, die nichts weiter haben als was Lehrbefähigung genannt wird und grosskarierte Psychologie, Alleswissende, Vertrauenspersonen –; denen nichts einfällt als dass sie ihr Brot nicht verlieren wollen; sollte mich angehen, geht mich aber gar nicht, finde ich ekelhaft verstehst du!
Siehe, er sah aus wie blass. Und die heftigen verhaltenen letzten Silben klangen noch in Ingrids Ohren. – Ja Klaas: sagte sie ziemlich hilflos. Aber er hatte sich wieder verfangen, aus seiner Nasenwurzel sprangen zwei Falten auf, siehst du, und seine weissen Augenbrauen tanzten beinahe vor spöttischem Zittern, er sagte auch etwas mit seinem Lächeln. Er sagte: Und dieser alberne Betrieb von Parlament und Verfassungsbruch. Lieben Ingrid komm mit segeln. Da ist doch Wind, das riechst du doch, riechst du das nicht?

– Nöh: sagte Ingrid offenbar leichthin und es war gar nicht der Donnerstag nach Pfingsten und dies war nicht Wollenbergs Schaufenster und dies war nicht die Grosse Strasse mittags, da war ja nur Klausens Gesicht und sie redete immerzu gegen dieses Gesicht, aber sie erreichte es nicht, es ging ja gar nicht um Dr. Krantz, aber sie redete eben davon, nämlich Dr. Krantz sei ein bedauernswerter achtbarer Herr mit seinem eingesperrten Sohn, nämlich dies sei gar keine Gelegenheit zu hochmütiger Segelei, sie habe Klaus um Entschuldigung gebeten für ihr Sitzen in der 12 B-Reihe, sie habe so gern gewollt dass er neben ihr sitze, er aber rede nur von Pius. Und was solle wohl human stupidity gemixt mit Vergesellschaftung und was solle wohl Sozialdialektik vor diesem, sie sitze eben nicht über dem Mikroskop und gebe dem ein paar kluge Namen, es sei nicht gut so und sie könne dies nicht leiden, es sei EINFACH NICHT GUT SO, sie rieche unter solchen Umständen überhaupt nichts von Wind!
Wann war Klaus gegangen? Irgend wann nickte er und ging; sie hatte nie so deutlich gesehen wie er ging. Er hatte so eine jungenhafte genaue Art dabei, siehe wie gerade er seinen Hals hielt, jetzt sollte er umkehren, er war schon mitten auf dem Markt. Er würde ja nicht umkehren.
Ingrid sah gar nicht den aufgeregten Herrn Wollenberg, sie kehrte sich schroff um und ging zur Schulstrasse zurück, sie ging sehr hastig und hielt sich gerade. Als sie am Prellstein um die Ecke in die Schulstrasse kam, schlug der Wind hinter ihr her und ihre Haare flogen. Nun musste sie über den ganzen Domplatz und auf dem Wall um die Alte Stadt herum; es war jedenfalls der weitere Weg zur Waldstrasse. Auf dem Wall mochte sie schon langsamer gehen. Aber was half das dem Herrn Niebuhr, der eben ankam vor Wollenbergs Schaufenster? Herr Niebuhr blickte um sich als sei diese Ecke Grosse Strasse/Markt unglaublich verändert, und nun betrachtete er mit grossem Ernst

die Schmuckstücke in Wollenbergs Schaufenster. Dabei mochte Herr Wollenberg nicht zusehen; es sehe aufdringlich aus: meinte er. Er wandte sich in seinen Laden, und Herr Niebuhr ging wieder zurück über den Markt. Er hatte eine sehr genaue und langsame Art dabei mit seinen festen langen Beinen, und Fräulein Babendererde hätte gut ausgesehen neben ihm; sie waren beide so gross und hatten so helles Haar. Aber Herr Niebuhr ging jetzt zäh und angelegentlich um die Gemüsekarren herum, gleich würde er in der Brückenstrasse verschwinden. Herr Wollenberg bewegte seinen Bart mehrere Male und liess den Vorhang wieder fallen hinter seinem Schaufenster.

36

Jürgen war mittags nicht nach Hause gegangen. Er lag am Ufer des Stadtgrabens vor dem grossen Stein im Wasser; er hatte sich auf seinen Ellenbogen gestützt und zog einen Grashalm über seine Finger. Die Wellen warfen sich gleichmässig an den Stein, glitten tanzend herum. Obenauf war der Stein ganz weiss. Wo die Wellen anliefen, glitzerte die Sonne wie auf Scherben.

Nach einer Weile kam Ingrid über den Schulhof gegangen. An der Ziegelmauer blieb sie stehen und sah zum Stadtgraben hinunter; Jürgen hatte ihre Schritte gehört. Als er den Kopf über die Schulter drehte, kam sie aber schon näher. Sie liess sich nieder neben ihm, lag gleichmütig zurückgelehnt im Gras und sagte endlich: Klaus kommt nachmittags nicht.

Jürgen hob seine obere Schulter vor und wieder zurück. Die gleiche Bewegung war in seinen Mundwinkeln, aber dann sah er Ingrid an mit beiläufigem Erstaunen.

– Ach! antwortete Ingrid zornig. Hoch über dem Schulhof flog ein Douglas DC-4 Clipper von Berlin nach Hamburg; es war aber nichts zu sehen und bald ging das leise Geräusch unter in dem geringen verworrenen Wind. Ingrid nahm die Hand von ihren Augen und richtete sich auf. So vorgebeugt starrte sie auf den weissen Stein, blies in ihre Haare hoch, wandte ihr Gesicht plötzlich zu Jürgen. Der sah auf und nickte, als sie nichts gesagt hatte. So war es nun.

Über den niedrigen treuherzigen Häusern auf der anderen Seite des Stadtgrabens dehnte sich eine überaus gross-spurige Wolke in dem unglaublichen Blau des Himmels in feierlicher Faulheit; sie trieb allmählich auseinander in mehrere geflochtene Seile, die sich beständig der Länge nach auflösten. Ingrid hatte nun ihr Gesicht wieder in Ordnung gebracht. Sie hielt ihr Kinn auf ihren Knien und sah überlegsam vor sich hin; der Wind legte die Haare leise hin und her über ihrer Stirn. Das gab ganz leichte feine Schatten. Jürgen lag jetzt völlig rücklings und betrachtete die Veränderung der Wolke. Von ihren schweigenden Umrissen hob sich ab und an Rauch auf, knickte in breiten heftigen Windungen und flog als zierliches Nebelgeflecht langsam davon in die Sonnenweisse und Hitzegewichtigkeit des schönen deutschen Sommertages.

37

Klaus war wohl ein ernsthafter Mensch. An seinem Lächeln sahst du dass er seine Hinterhalte und Fraglichkeiten kaum vergass, dass es zusammengesetzt war aus Sicherem und Anheimgestelltem. Aber für so hinterhältige Höflichkeit des Mundbewegens mochte sich immerhin einstehen lassen, und Ingrid sollte wohl wissen warum sie zu dieser Zeit sass in lieblicher Landschaft vergleichsweise allein und in einiger Hoffnung dennoch auf Herrn Niebuhrs Zuverlässigkeit, die sich unterschiedlich aber gewiss erweisen

würde um vierzehn Uhr dreissig oder zu späterer Zeit. Sie hatte ihn lange genug betrachtet.
Sie war vor vier Jahren auf die Oberschule gekommen ohne sich viel dabei zu denken. Für die Tochter der Lehrer-Babendererdes verstand sich das wie natürlich, die spöttische Hochachtung des alten Wilkes für die unablässig vermehrten Kenntnisse eines schriftgelehrten Mädchens war nicht unerträglich und die Zugehörigkeit zu dem ausschliesslichen und hochmütigen Gemeinwesen der vier Klassen stellte sie zufrieden. Sie erledigte ihre Schularbeiten in notdürftigen Massen, achtete auf die Höflichkeiten, die ihr und Eva Mau erwiesen wurden von den Jungen der höheren Klassen, ging nachmittags mit Eva Mau durch die Grosse Strasse, sie besuchte mit Eva Mau die Tanzstunde, liess sich einladen zu den Festen der damaligen 12 B und erwähnte manchmal die Babendererdes in Lübeck. Sie hielt die Anrede mit »Sie«, die nach der Versetzung in die zehnte Klasse angewandt wurde, zunächst für durchaus zuständig. Ebenso zuständig war zu der Zeit aber eine verdächtige Aufmerksamkeit der Schüler Petersen und Niebuhr, die sich voll belustigter Erwartung umwandten, wenn die Schülerin Babendererde aufstehen musste und Herrn Dr. Kollmorgen erklären: sie bitte um Entschuldigung, sie sei für den Unterricht heute nicht vorbereitet. Dann nickten die beiden mit einer Art von befriedigter Heiterkeit und kehrten sich wieder nach vorn. Damals sassen sie noch nebeneinander. Ingrid wusste wohl dass so erworbene Beachtung nicht zu vergleichen war mit den anerkennenden Reden und Blicken von höherer Seite nachmittags in der Grossen Strasse, und sie war oft in der Laune dem Niebuhr seine Unzuständigkeit in Sachen der Babendererde auszusagen, obwohl ihr sein Benehmen eigentlich vorkam als eine höhere Art von Gleichgültigkeit. Von Zeit zu Zeit vergass sie die leise geringschätzige Spannung ganz und gar, die zwischen ihr und den beiden

schwang; manchmal wusste sie nur von ihnen dass sie auch zur Klasse gehörten und dass sie immer zu tun hatten mit der Freien Deutschen Jugend. Indessen begann sie sich zu langweilen in dem Bezirk des Schulbetriebes, der ihr zugänglich war, und als sie nach dem neunten Schuljahr in den Ferien nach Lübeck fuhr, wusste sie nicht ob sie zurückkommen würde in die Demokratische Republik. Sie verstand sich auch nicht mehr so gut mit Eva Mau.

Der Schüler Niebuhr geriet ziemlich ausserhalb, als er im vorletzten Sommer des Krieges neben Jürgen Petersen in der Grundschule dieser Stadt zu sitzen kam. Die faschistische Schule liess ihnen keinen Zweifel daran dass ihre Väter zu sehr verschiedenen Zwecken gestorben waren und dass die Bewältigung eines solchen Nachbarn für den Schüler Petersen eine Aufgabe darstellte, die er in befriedigender Weise zu lösen hatte. Er lud ihn aber ein zu den Pflaumenbäumen des Petersen'schen Gartenbaubetriebes und verschwieg ihm dass Frau Petersen nichts wusste von diesem. Sie redeten in den Jahren bis zur Abiturklasse über die Bedingungen des Segelns, über die Sozialistische Einheitspartei, über Schularbeiten, über pädagogische Persönlichkeiten, über die Verfassung der Demokratischen Republik, über Motoren, über einen Roman von Thomas Mann, über soziale Dialektik, über Landwirtschaft, einmal beinahe über Katina. Meistens sagten sie nichts. In den Sommerferien arbeiteten sie auf den Dörfern für Korn und Kartoffeln, später für Geld. Als sie genug hatten, setzten sie die Squit instand und brachten sie zu Wasser. Sie bauten die Bootshäuser mit auf und erklärten Günter die Richtung der Zeitläufte und brachten ihm an einer Leine das Schwimmen bei; die Geheimnisse des Tanzens sahen sie sich gelegentlich von anderen ab, wenn sie dessen bedurften. Als sie auf die Oberschule kamen, waren sie fünfzehn Jahre alt und Mitglieder der Freien Deutschen Jugend. In den Ferien nach dem neunten Schuljahr waren sie in einem

Zelt mit Günter an der Ostsee. Als sie wiederkamen, war die Schülerin Babendererde sehr schön von den Ferien in Lübeck, die Bezeichnung »bürgerlich« begann leicht verächtlich zu klingen in den Sitzungen der Freien Deutschen Jugend, nun wurden sie alle angeredet mit »Sie«.
Als die Demokratische Republik ungefähr ein Jahr lang bestanden hatte, trat die Klasse 10 A II vollständig ein in die Organisation der Freien Deutschen Jugend, indem der Lehrer für Geschichte/Gegenwartskunde/Sport Herr Siebmann ihr dies dringlich angeraten hatte. Zum Vorsitzenden der Gruppe 10 A II wurde gewählt Klaus Niebuhr. Jürgen hatte in der Zentralen Schulgruppen-Leitung zu tun. In diesem Herbst war Ingrid viel allein. Sie fuhr nicht mehr zur Badestelle der Oberschule am Oberen See. Sie ging auf dem schon ziemlich verwilderten Fahrweg bis zur Durchfahrt, wo die Brücke zum Reeder Weg gewesen war, die die Faschisten am letzten Tag des Krieges gesprengt hatten. Sie sass viele Nachmittage auf dem verbliebenen Trümmergrat, hielt die Hände um ihre Knie und besah den Unteren See und den Oberen See. Gegen Abend sprang sie in das ruhige tiefdunkle Wasser und schwamm, bis sie sehr müde war. Auf dem Weg nach Hause standen die Farben der untergehenden Sonne im Grossen Eichholz, und sie war sehr in Gedanken, die sie aber nicht erkennen konnte. Einmal abends kam vom Oberen See eine H-Jolle herein, und während Ingrid dem Segel entgegensah, wunderte sie sich dass sie wusste wem die H 83 gehörte. Sie sass neben dichtem Gebüsch, das den Mauervorsprung ziemlich abdeckte gegen den Oberen See, indessen sie den Raum des ankommenden Bootes gut einsehen konnte. Niebuhr war ganz allein. Er sass lehnend am Bord mit einer Hand am Ruder, die Gross-Schot war fest, und liess sich zwischen den Brückentrümmern hindurchtreiben, sein Kopf war leicht nach vorn geneigt und er schien mit Bedenken vor sich hinzusehen. Die weissen Haare auf seinem schmalen

kantigen Kopf waren sehr durcheinander, draussen war wohl viel Wind gewesen. Das hohe Segel glitt langsam zwischen den nahen Steilufern, tief unter Ingrid rieselte das sehr leise Kielwasser, das Ruderblatt schwenkte bedächtig hin und her, über dem Achterdeck hielt sich unbeweglich Niebuhrs überlegsamer Nacken und er war nun den ganzen Nachmittag über den Oberen See gezogen. Als das Boot schon ein ganzes Stück weiter war, wandte Klaus sich um und erkannte Ingrid neben dem Hagebuttenbusch. Er sah eine Weile schweigend hoch zu ihr und nickte endlich. Sie erinnerte sich am Abend nur noch an die helle Farbe seiner Augenbrauen und an die festgelegte Gross-Schot. Am nächsten Tage sagte Ingrid zu Katina: das Wasser sei wohl allmählich zu kalt zum Baden. Die H 83 kam in dieser Woche nicht mehr an die Durchfahrt. In einer Physik-Stunde widersprach Ingrid einer von Niebuhr geäusserten Meinung so lange, bis sie Recht bekam. Niebuhr bemühte sich nicht weiter; er hörte mit einer Art von Geduld an was Fräulein Danzig zu seiner Verteidigung vorzubringen wusste. Er hatte übrigens zu tun.
Er lernte in diesem Jahr die Verantwortung des Funktionärs für seine Gruppe. Unangenehm war ihm die Notwendigkeit vielen Redens; vieles an der Sparsamkeit seines Ausdrucks war Verteidigung gegen den Nebensinn, der in allzu kennzeichnenden Worten wie »bürgerlicher Klassenfeind« und »Führer der Völker« enthalten war. Die 10 A II bekam jedoch eine regelmässige Wandzeitung, manchmal ging mehr als die Hälfte mit zu den Kornsilos oder zu Agitationen und in den Versammlungen wurde nicht viel verschwiegen: indem Klaus bemüht war das Gemeinwesen der Klasse möglich verlustlos zu überführen in eine Gruppe der Freien Deutschen Jugend; wobei allerdings zu bemerken ist dass die organisatorischen Formen wie die der Versammlung und des Wandzeitung-Artikels bald den natürlichen Gebräuchen einer Schulklasse ange-

nähert waren. So wurde das Andenken von zwei Angehörigen der Gruppe, die die Demokratische Republik verlassen hatten, erhoben in einem beiläufigen Gespräch während der Pause zwischen Klaus und Dicken Bormann und Söten, dessen Ergebnis auch in anderen Klassen bekannt wurde, weil man auf Klausens Meinung zu achten gewohnt war, obwohl er das Amt der Richtigstellung hatte; zudem hatte die Babendererde sich eingemischt. Die Babendererde sagte: sie verdenke es den Abgeschiedenen nicht, indem es weder mit der Freiheit noch mit der Bequemlichkeit weit her sei in der Demokratischen Republik. Niebuhr hatte nach einer Weile höflich erwidert: es gehe in der Demokratischen Republik vorläufig weder um das eine noch um das andere sondern darum ob man den Sozialismus wolle oder nicht. Worauf die Babendererde geringschätzig einigen Atem zwischen ihren Lippen hervorgeblasen habe, denn sie misstraute den Leuten, die solche Worte öffentlich aus ihrem Munde kommen liessen. Und auch die anderen sahen anfangs erstaunt auf Klaus, während sie sich seines Amtes erinnerten, was aber alles in allem nicht zu seinem Schaden dazuerzählt wurde. Da Jürgen nicht dabei gewesen war, hatte er nicht bemerken können dass zwischen Niebuhr und Babendererde vielleicht etwas Anderes auch behandelt worden war. Für die Bildung von Lern-Kollektiven wegen allgemeiner Verbesserung der schulischen Leistungen richtete Klaus eine besondere Versammlung ein, in der die Babendererde sich erklären liess: der Erwerb von Kenntnissen auf der Oberschule geschehe in verpflichtendem Auftrage und zu späterem Nutzen der Republik; hierbei hatte Jürgen den Eindruck: die Babendererde habe es gerade auf solche wortwörtliche Verdeutlichung abgesehen und auf die Unannehmlichkeit, die solche Aussprüche für Niebuhr ausmachten. Aber es hatte sich vielleicht nicht von selbst verstanden. Zum vierzehntägigen Kartoffelsammeln in Reed

meldete die Babendererde sich freiwillig, nachdem Niebuhr sie nicht aufgefordert hatte und sie also sicher sein konnte dass er dies nicht erwartete.
Sämtliche zehnten Klassen wurden auf Lastkraftwagen Ende Oktober nach Reed gefahren und blieben dort, bis sie alle Kartoffeln aus der Erde hatten. Sehr gegen ihren Willen fanden Babendererde und Niebuhr sich zusammen in der Gruppe, die auf dem Hof von Itsches Vater arbeitete; sie verfielen aber nicht auf den Gedanken dass dies von Jürgens Geschicklichkeit kam, dem in der Tat daran gelegen hatte. Itsche hiess damals noch gar nicht Itsche. Jürgen nahm bei der Einteilung auf dem Acker auch oft die Strecke neben der von Ingrid und Marianne und sammelte gut und gern ein paar Meter zu weit, wobei Klaus ja kaum zurückstehen durfte, und die Babendererde sagte eines Tages wütend zu Jürgen dass sie sich diese Grosstuerei verbitte, wobei sie Klaus meinte, der für dies ja gar nichts konnte. Es regnete oft in diesen vierzehn Tagen, und am Ende liess Ingrid die Grosstuerei Mariannes wegen zu. Abends sassen sie in der niedrigen Wohnstube um den grossen Tisch und liessen sich von Itsche bedienen; Ingrid pflegte auf dem Sofa zu liegen und sagte sehr wenig. Manchmal hätte sie gern gelesen um auch ihre Gedanken zu ermüden, aber sie wollte irgend jemand der Anwesenden nicht sehen lassen was sie ausserhalb der Schule trieb. Bei einem Pfänderspiel ergab sich die Notwendigkeit eines Kusses für Babendererde und Niebuhr, aber die Babendererde sträubte sich mit allem Anschein von Gutmütigkeit, den sie verfügbar hatte, indessen Niebuhr behauptete mit Petersen verwechselt worden zu sein, was die 10 A II denn in Ansehung der Umstände anzuerkennen bereit war und was die Babendererde endlich bewogen haben mochte das Pfand also öffentlich und zum Beifall aller Anwesenden einzulösen. Hier mag nun wirklich eine Verwechslung vorgefallen sein. In diesen Weihnachtsferien blieb die Ba-

bendererde in der Stadt. Sie ging gründlich durch den Bücherschrank ihres Vaters und redete ganze Abende lang mit Katina über die deutsche Literatur der vergangenen Jahrhunderte. Katina hielt ihr Gesicht in Ordnung und bereitete sich vor auf die Fragen ihrer Tochter, während sie Briefmarken verkaufte und Telegrammworte zählte. Die Babendererde bemühte sich auch ihre Versäumnisse aus dem neunten Schuljahr einzuholen; manchmal ging sie zu Dicken Bormann und liess sich helfen. Beim Schlittschuhlaufen auf dem Unteren See traf sie einmal Petersen und Niebuhr und lief mit ihnen bis an die Durchfahrt und wieder zurück vor Sedenbohms Steg. Niebuhr erklärte auf Befragen: er habe seinem Bruder zu Weihnachten einen Peekschlitten gebaut; das Haar der Babendererde glitzerte unter den harten kleinen Schneeflocken, die sich vor dem blauen Kopftuch ansetzten. Sonst sprachen sie über die Schule.

38

Im Frühjahr wurde der Lehrer für Geschichte/Gegenwartskunde/Sport Robert Siebmann ernannt zum Direktor der Gustav Adolf-Oberschule und betraut mit der Lehrbefähigung für alle Klassen. Unter den Schülern waren wenige mit dieser Beförderung einverstanden. Herr Siebmann begann in dem Jahre, als die Babendererde aufgenommen wurde, im blauen Hemd der Freien Deutschen Jugend Unterricht zu halten, was die Mitglieder der Freien Deutschen Jugend übertrieben fanden trotz Herrn Siebmanns jugendlichen Aussehens. Sie trugen das blaue Hemd nur zu besonderen Gelegenheiten. Herr Siebmann erreichte die allgemeine Einführung des Wortes »Freundschaft« als Grussformel und bat die Schüler der höheren Klassen sie weiterhin mit »du« anreden zu dürfen. Hierbei wurden der Schüler Niebuhr bekannt mit der Empfindung der Würde und die Stadt mit dem, was die Oberschule davon erzählte. Herr Siebmann war damals der Leiter des Internates, in dem die Schüler aus den entfernteren Dörfern des Umkreises zusammengefasst waren, und bald war das Internat verwandelt in eine selbständige Grundeinheit der Freien Deutschen Jugend, deren Tageslauf mit Fahnenweihe, Verlesung von Tagessprüchen aus der »Geschichte der Kommunistischen Partei der Sowjetunion (B)« und diszipliniertem Marsch zum Unterricht begann und endete mit Versammlungen anlässlich der internationalen Situation sowie verweigerter oder erteilter Ausgeh-Erlaubnis. Solches Übermass an Organisation wäre das beschränkte Ärgernis des Internates geblieben, hätten nicht bald alle Schüler Anstoss genommen an der Langeweile des Siebmannschen Unterrichtes, der eigentlich in der Verlesung von Lehrbuch- oder Zeitung-Texten bestand. In den Sportstunden allerdings berichtete Herr Siebmann öfters und spannend über seine Erlebnisse im faschistischen Kriege, dessen Ende ihn im Range eines Unteroffiziers betraf, und schloss mit der regelmässigen Bemerkung: nie wieder dürfe hoffnungvolle Jugend derart missbraucht werden, und man müsse aus seinen Fehlern lernen. Von dem soldatischen Klang seiner Turn- und Marsch-Kommandos abgesehen, ergaben sich in den oberen Klassen bald Widerstände anlässlich der Empfindung der Würde, der Disziplin und der Ernennung Herrn Siebmanns zum Direktor. Eine Kommission des Ministeriums für Volksbildung und der Sozialistischen Einheitspartei fand das fröhliche und geordnete Jugendleben des Internatskollektives vor und überzeugte sich in einer Geschichtsstunde der 10 BI, deren Schüler sich zu gewissen Stichworten und vorbereiteten Bemerkungen hatten bereitfinden lassen, von den höheren Fähigkeiten des langjährigen Genossen Siebmann und seiner lebendigen Verbindung zu den Massen. Das Benehmen des früheren Direktors Herrn Sedenbohm nahm von dieser Zeit an zu an Unzugänglichkeit und Sachlichkeit, die sich nur zu höflicheren Formen lokkerten in den Segelkursen, die er in der Sportvereinigung »Empor« abhielt und auf die sich sein ausserdienstlicher Umgang mit den Schülern nun beschränkte. In den beiden folgenden Jahren kam die Arbeit der Freien Deutschen Jugend besonders in der Klasse von Niebuhr und Petersen zu einem für den Genossen Siebmann erstaunlichen Stillstand, der nur ein notdürftiges Mass von Gehorsam leistete. Dies lag vorläufig nicht an dem Bild des Führers der Kommunistischen Partei der Sowjetunion, das die Klasse durch das elfte und zwölfte Schuljahr begleitete, indem allen dessen Ausspruch durchaus verständlich war, der am unteren Rande des Buntdruckes besagte: die deutsche Jugend solle erzogen werden zu selbständig denkenden und verantwortungsbewusst handelnden Erbauern eines Neuen Deutschland; vielmehr erlag die Freiwilligkeit der bisherigen Mitarbeit den Ereignissen, die sich innerhalb der vier Wände der Klasse und unter den Augen also wohl im Sinne jenes Bildes zutrugen. In die Schule zog ein eine ausserordentlich straffe und unbedingte Organisation, deren gedanklicher Hintergrund wenig zuträglich war für die ohnehin kritischen und eigensinnigen Gemüter miteinander verschworener Oberschüler. Sie wehrten sich gegen den Anspruch unumschränkter Gültigkeit, den unzählige Spruchbänder und Schriftleisten und Versammlung-Ansprachen in Form von Behauptung und Verbot vor ihnen erhoben, erst einmal aus Lust am Widerspruch, die ihrem Alter natürlich war, und dann aus Trotz, zu dem ihnen die Schulleitung genügend Gelegenheit gab. Unentschuldigtes Fernbleiben vom Kartoffelkäfersammeln oder von Protest-Aufmärschen wurde in gefährlichen Verhandlungen bestraft, geringfügige Witzeleien über den Heiligenschein des Führers der Kommunistischen Partei der Sowjetunion oder der Schulleitung galten als Beweise feindseliger Haltung gegen die Demokratische Republik und boten Anlass zur Ausstossung mehrerer Schüler, verschiedene Fälle öffentlichen aber auch ungesetzlichen Widerspruches gegen die Art der schulischen Vorschriften und Verweigerungen wurden der Polizei für Staatssicherheit übergeben und bildeten wegen der Höhe der Zuchthausstrafen die wesentliche Grundlage der Front, die allmählich zwischen einem Teil der Schüler und Lehrer und den Organisationen der Freien Deutschen Jugend wie der Sozialistischen Einheitspartei entstand. Verspottetes oder geheiligtes Symbol des Kampfes wurde bald die Person oder das Bild des Führers der Kommunistischen Partei der Sowjetunion, der der deutschen Jugend selbständiges Denken und verantwortlich bewusstes Handeln gewünscht hatte und unter dessen Bilderblick die deutsche Jugend sich selbständigen Denkens wie verantwortungbewussten Handelns allerseits enthoben vorkam. Die Schlüsselfigur der untergründigen aber wirksamen Spannungen an der Gustav Adolf-Oberschule war Herr Direktor Siebmann. Er entsprach bald nicht mehr den Vorstellungen, die seine Schüler mit der Gestalt eines jungen Lehrers und Parteifunktionärs verbanden. Die ihnen aufgenötigte Vertraulichkeit des »du« und »Freundschaft« war durch die amtlich-gewalttätige und polizeiliche Bewältigung widriger Vorfälle vollends verdorben; die tiefste Schädigung erfuhr der Leumund des Genossen Siebmann durch sein privates Leben. Denn bei dem Direktor wurde plötzlich ein Unterschied sichtbar von Dienst- und Freizeit. Er erschien nicht mehr im blauen Hemd zu den Sitzungen der Zentralen Schulgruppen-Leitung der Freien Deutschen Jugend, das anfangs ehrlich enttäuschte Internat sah ihn nicht wieder. Nur noch einmal fuhr er mit zur Landarbeit, und endlich strich ihn die damalige Gruppe 11 B aus der Liste der Mitglieder wegen säumiger Zahlung des Monatsbeitrages ohne ihn davon zu unterrichten. Er vergass es. Der Direktor nun, der das Schulgebäude verlassen hat, geht einen Schüler nichts an, aber eben auf ihn achtet der des vollständigen Eindrucks wegen. Und es gefiel ihnen nicht die von Herrn Siebmann nach seiner Beförderung bewohnte Villa am Hafen angesichts der notdürftigen Wohnverhältnisse in der Stadt, sie fanden seine durchaus bürgerlich prächtige Hochzeit mit der Tochter von Herrn Mehrens lächerlich, an Herrn Siebmanns Übergang vom blauen Hemd zum soliden Anzug ärgerte sie sonderlich der Schlips, und wenn sie ihm am Sonntagnachmittag begegneten neben dem eleganten Kinderwagen und Aufzug seiner Frau, liessen sie ihn den Hut abnehmen, nachdem sie Anstandes halber hier »Freundschaft« durch »Guten Tag« ersetzt hatten, verständigten sich mit Achselzucken und redeten nicht weiter darüber. Oft schien es ihnen, dass Pius' hoffnungvolle Jugend abermals missbraucht sei und dass er aus seinen Fehlern wenig gelernt habe. Und ihr einziger Vorwurf für die Demokratische Republik war manchmal doch der dass sie ihnen einen solchen Direktor habe vorsetzen mögen.

39

Gegen Ende ihres zehnten Schuljahrs lag Ingrid Babendererde auf Nielsens Steg, da lag sie in der Sonne und war mitgebracht. Diese Besuche sind was Schreckliches. Mit mal kam ein Segelboot so schräg von links durch das Schilf, und darin sass Klaus Niebuhr, der sich ein Hemd über seinen nackten Rücken zog, weil er sozusagen zu Besuch kam. Ingrid erinnerte sich gelacht zu haben, und es ist für gewiss zu nehmen dass sie sich schon früher verständigt hätten, wenn sie einander bei lächerlichen Gelegenheiten begegnet wären. Es wurde ihnen aber alles schwierig was mit ihnen zusammenhing, und sie waren nicht immer so einig wie in dieser Woche zwischen Pfingsten und schriftlichem Abitur. Nun allerdings waren sie jeder mit sich und mit dem anderen gründlich bekannt geworden, und die Veränderungen, die das Benehmen des Genossen Siebmann in ihrer Lebensweise bewirkte, hatten sie gemeinsam.

Jürgen ging in den Ferien nach dem zehnten Schuljahr und nach der Regatta auf eine Sonderschule der Freien Deutschen Jugend. Damals war er als Kandidat in die Sozialistische Einheitspartei aufgenommen worden. Er eröffnete das neue Schuljahr als Erster Vorsitzender der Grundeinheit der Freien Deutschen Jugend an der Gustav Adolf-Oberschule und hatte dann Arbeit an allen Ecken und Enden. So war er bei der Verteilung der Plätze im neuen Klassenraum nicht mehr so tüchtig wie ehedem auf dem Kartoffelacker, und da er damals über den Genossen Siebmann eine andere Meinung hatte als Klaus, liess er den Platz neben ihm frei. Dies konnte Hannes aus verschiedenen Gründen recht sein. Die 11 A bestand damals nur aus denen, die dann bis zum Abitur vordrangen. Die anderen hatten die Schule nach dem zehnten Jahr verlassen, weil ihre Leistungen nicht mehr genügten, weil sie sich langweilten, weil sie nun lieber Geld verdienen wollten als nach der Algebra auch noch die Differentialrechnung erlernen müssen, weil ihnen die Demokratische Republik nicht länger gefiel. Jochen Schmidt, der drei Tage neben Jürgen gesessen hatte, ging gleich im September zum Westen, so dass der Stuhl neben Jürgen frei blieb bis zum Abitur, denn sie wechselten bei der nächsten Versetzung den Klassenraum nicht. Die Jungen kannten sich meist schon von der Grundschule her, nur Klacks war nach dem Krieg aus Ostpreussen dazu gekommen. Er sprach auch anders als sie. Sie wussten von Dicken Bormann dass seine Mutter sehr krank war und dass er beinahe hätte zum Geldverdienen abgehen müssen; er arbeitete nebenher in einer Bäckerei: aber nicht in der von Sötens Vater. Das wäre Söten auch so sehr wenig recht gewesen; ausserdem ging keiner mehr aus ihrer Klasse Brot bei Reventlow zu kaufen, seitdem sie da in weisser Schürze hinter dem Ladentisch stand: sie schickten den Bruder oder die Schwester. Itsche wollte Landwirtschaft studieren und setzte bei seinem Vater, der einen mittleren Hof in Reed hatte, immer wieder durch dass er auf der Schule bleiben durfte und auch dass er das Internat nach der neunten Klasse verliess, obwohl er dort billiger gelebt hatte. Er musste viel arbeiten in den Ferien. Mit Klacks verband seine Mutter, die in der Gemüsekonserven-Fabrik am Hafen arbeitete, grosse Hoffnungen, und er sass da wohl mit ziemlicher Verantwortung neben Itsche, der sich in der Hinsicht des Fortkommens etwas grosszügiger benahm. Soweit sie sich erinnern konnten hatte Klacks immer die Kreide geholt. Pummelchen war die Tochter eines unversehrten bürgerlichen Hauses und hatte auch den Auftrag sich so aufzuführen, aber manchmal gelang ihr das nicht einmal zu Hause. Ihr Vater der Rechtsanwalt verhielt sich gegen die freundliche Rücksichtlosigkeit ihrer Schulklasse aber weltmännisch und leutselig, und Pummelchen sagte ihm oftmals: dies seien gar keine Studenten, und die von ihm gemeinte Sorte gebe es ja wohl nicht mehr. Bei Evas Vater, der die Gaststätte im Ratskeller unterhielt, feierten sie von Zeit zu Zeit ihre Klassenfeste; wenn aber Eva abends bediente, gingen sie nicht hin. Als sie in dem Alter waren, bediente Eva nicht mehr, aber sie gingen nicht hin, weil Pius sie über den Inhalt ihrer dortigen Gespräche und wegen der Moral vernommen hatte (das Klassenfest im elften Schuljahr fiel überhaupt aus, weil sie Pius nicht einladen mochten). Übrigens vermuteten sie: Pius habe verschiedene Dinge nicht aus seinem eigenen Geiste erfahren, und eine Zeit lang setzten sie sich nicht gern öffentlich zusammen. Herr Mau bedauerte dies sehr. Was Hannes anging: Hannes hatte viel

Geld und brauchte keins. Er fuhr mit seinem Vater über Land und holte Ziegel und Kartoffeln und Korn von den Dörfern für den Hafen und lernte dabei allmählich den Geschmack von mancher Art Alkohol; er prahlte aber nicht und wollte seine Ruhe haben, die liessen sie ihm. Manchmal waren ihm die zwei Jahre nicht recht, die er älter war als sie. Und Marianne war die Tochter des Dompredigers und war meistens nicht da, wenn sie segelten oder ruderten oder schöne deutsche Volkslieder sangen vor den Fenstern Des Blonden Giftes. Sie gehörte als einzige zur Jungen Gemeinde, und es war lange ihr Kummer dass Ingrid nichts davon wissen wollte und immer nur lachte, wenn sie vorsichtig davon anfing.

Im elften Schuljahr war Itsche Erster Vorsitzender der Klassengruppe, und nach seiner zweiten feierlichen Ansprache begann er Itsche zu heissen, was sich aber niemand erklären konnte. Das einzig Nennenswerte in seinen Berichten an die Zentrale Schulgruppen-Leitung waren die Proben zu dem Schauspiel »De tweismeten Kruk« von Heinrich von Kleist. Klaus hatte das in niederdeutsche Verse übertragen und im Winter machten sie Aufführungen in Weitendorf und Gross Bülten und Leewitt und Holthusen. Dicken Bormann hatte sich eine wundervoll fliegende Stirn hingeklebt als Dorfrichter Adam, Klacks leistete Bedeutendes als Schreiber Licht, nur war er der Sprache nicht ganz mächtig. Ingrid Babendererde, ältlich und zänkisch als Frau Marthe, hatte wiederholt Beifall auf offener Szene, indessen die Rolle des Gerichtsrates Walter in ihrer Darstellung durch Jürgen die vollbesetzten Häuser auf verhaltenere Weise tief befriedigte. Söten Reventlow gab eine entzückende und rührende Eve, indes Itsche als Ruprecht Dicken Bormann mit erschütternder Echtheit an die Kehle fahren wollte. Eindringliche und gelungene Studien gaben Pummelchen und Hannes als Frau Brigitte und Vater Veit. Die Regie hatte Klaus Niebuhr. Pius der Klassenlehrer der 11 A hatte die Aufführung wegen Überlastung mit Arbeit nicht ansehen können und wollte sie in der Aula als Elternabend wiederholen lassen, aber es kam dann nicht dazu. Jürgen und Klaus hatten ihre Sache in Ordnung gebracht, als sie die Squit zum Überwintern auf Land legten, und obwohl Klaus und Ingrid nach der Versetzung in die zwölfte Klasse sich sehr zurückzogen von der Freien Deutschen Jugend, blieb es zwischen ihnen so gutwillig wie die Zeit vor vierzehn Uhr dreissig nur erlaubte. In den Ferien vor dem letzten Schuljahr waren sie alle drei in einem Kinderferienlager als Respektpersonen und eine Woche lang in Lübeck als Gäste der dort lebenden Babendererdes.

Die Polizei betraf Günter beim Kalfatern in jenem Vorsommer, als Pius in seiner Weisheit die geistige und politische Bedeutung der Jungen Gemeinde solcher Massen unpassend aufgebläht hatte dass zur Not etwas der Republik Bedrohliches in ihr vermutet werden konnte. Aber die 12 A hatte das Wesen und die Bedingungen einer Klasse gründlich erlernt, und so sagte Jürgen in aller Ehrlichkeit that there was not any klassenkampf. Klaus hingegen zitierte das Wort bei dieser Gelegenheit, indem Pius es beständig im Munde führte. Und die jetzige 12 A von Klacks Robinson und Ingrid Babendererde hatte wahrlich zu überlegen ob sie sich weiterhin verhalten wollte in der Weise nicht verantwortlicher Anwesenheit. Denn die von Pius so genannte Reinigung der Reihen lief eigentlich hinaus auf eine neuerliche Zerspaltung der Schülerschaft in gute und böse Kinder und letztlich auf Peter Beetzens Verweisung aus der Demokratischen Republik. Gerade angesichts der völligen und in keiner Weise händlerischen Aufrichtigkeit von Peter Beetz waren sie aber geneigt seine vier Jahre Oberschule für nicht weniger reinlich zu halten als ihr eigenes Verhältnis zu dieser Schule. Sie lernten die Benzolreihen und die Deutsche Geschichte und gingen mit zum Kartoffelkäfersammeln und sagten aus wie es sich im übrigen verhielt mit ihnen. Sie begannen zu schweigen, als Pius nicht mehr hören wollte wie es war nach ihrer Einsicht, und das Sonderbare ihrer Verteidigung bestand in deren Richtung für die Demokratische Republik gegen Pius. Sie hatten es vier Jahre lang für der Mühe wert befunden sich Pius' Unterschrift zu beschaffen für die Bescheinigung: hier seien nützliche Kenntnisse und Fähigkeiten in bestimmtem Grade erworben und seien die selben in dieser und jener Hinsicht verwendbar. Jürgen wollte Oberschullehrer werden für Geschichte, Ingrid wollte Musikwissenschaften studieren und Peter Beetz den Bau von Schiffen und Klaus wollte lernen wie man ein Schauspiel auf der Bühne einrichtet in der Demokratischen Republik. Als Ingrid mit Klaus und Jürgen aus Lübeck zurückkam und die 12 A das eben erst geworden war, fragte die 12 A wie es denn sei mit jenen Babendererdes. Und Ingrid hatte auf dem Tisch gesessen und gesagt mit Aufatmen: Sie seien schrecklich. Man habe sie einmal in ein Kaufhaus geschickt, sie habe sich etwas mitnehmen sollen sozusagen zum Abschied. Und der Chauffeur immer hinter mir her mit den Paketen, mitten auf der Strasse, immer drei Schritt hinter mir: das war mir sehr ärgerlich. Ich sag also zu ihm: Wollen Sie nicht vielleicht neben mir gehn! Und eins von den Paketen wollte bitte ich tragen! Aber nein, er: Wo werd ich, gnädiges Fräulein: sagt er. Wirklich. Ich bin richtig rot geworden. Und das war so sehr weit bis zum Parkplatz. Und denn durft ich doch die Wagentür nicht selbst aufmachen, nein, er mit seinen drei Paketen bricht sich beinah die Hand am Griff. Hätt nicht viel gefehlt dass er die Mütze abnimmt. Bloss weil ich einsteige! Da hatte die 12 A zwei Tage lang sich immer verbeugt, wenn Ingrid ankam, und niemand wollte ihr näher kommen als bis auf drei Schritte. Von jenem Stuhl, auf dem Pius sass mit angenehmer Redeweise, ist kaum zu sagen dass er bedacht wurde mit so häufiger Gründlichkeit wie die, auf denen die 12 A sich zum Dableiben entschlossen hatte.

40

Klaus hatte eine eigentümliche Art sein Gesicht in Ordnung zu halten. Sein Kopf war meistens leicht nach vorn geneigt; er war aber sonst sehr aufrecht in seinem Gehen und Stehen. Er sah mit Bedenken vor sich hin, alles in seinem Gesicht war verlässlich: weil es so ruhig und eben bedacht sich tat. Das bedeutet nichts von Langsamkeit. Klaus konnte schnell antworten, unter lustigen Umständen war er sehr beweglich in seinen Mienen. Das eigentliche Gesicht Klausens aber, dessen Ingrid sich verschiedentlich entsann an diesem Donnerstag, war gehalten von einer kühlen unbeweglichen Aufmerksamkeit seiner Augen, deren Blick nur für sie eine geheime Andeutung ausgab von dem vielfältigen Spott, mit dem er seine Gedanken verknotete. Sie hatte ernstlich zu tun gehabt mit dieser bedeutenden Verschwiegenheit seit unabsehbar langer Zeit, ebenso wie den Schüler Niebuhr Ingrids Bedürfnisse nach Befragen und schmerzhafter Aufrichtigkeit durchaus angingen seit dem zehnten Schuljahr und bis zu dieser Reifeprüfung.

Anfangs hatte sie sich wieder und wieder gewundert über die Beiläufigkeit, mit der er aussprach. Vor zwei Jahren hatte Dr. Drögmöller ihre Klasse übernommen und befragte jeden nach seinen persönlichen Umständen; Klaus hatte über seine Eltern höflich mitgeteilt sie seien am 4. August 1944 gestorben, ja, beide an Herzschlag. Drögmöller war ein ganzes Jahr an der Gustav Adolf-Oberschule, als er begriff dass es sich hier gehandelt hatte um eine gleichzeitige Gasvergiftung von Amts wegen. Ähnlich verhielt es sich mit Klausens unveränderter Anrede für

Pius, »Herr Direktor« sagte er von ihm; indem Ingrid sich heftig erzürnte gegen Pius, sah Klaus ihn an und fand ihn recht lustig. Denn Klaus hatte gesessen in den vorderen Reihen der 10 AII und in der Fensterecke der 11 A und der 12 A und hatte Pius reden hören über den Führer der Völker, den Falken der, Revolution. Pius liebte diesen Ausdruck, und ihm fiel nichts auf an der Sorgfalt, mit der er wiederholt war in dem Heft des Schülers Niebuhr. Dem Schüler Niebuhr war bemerklich geworden dass er der Schüler Niebuhr war, sobald er in der rechten Fensterecke sass; er hielt es für ein heiteres Spiel dem Herrn Direktor den Schüler Niebuhr vorzustellen, den Herr Direktor sich vorstellte, obwohl es den Schüler nicht gab. Die Erzieherpersönlichkeit sagte: so sei es, und sei da keine andere Weise die Dinge zu betrachten. Dabei jedoch liess sie ausser Acht dass frühere Erzieherpersönlichkeiten von Herzschlag gesprochen hatten; es war dann aber etwas anderes gewesen. Als der Schüler Niebuhr nun abermals eine Schule besuchte, so also achtete er darauf dass die Erzieherpersönlichkeit nicht abermals dieses für ein anderes sagte; andernfalls würde der Schüler Niebuhr sich erlauben dieses zu sagen und ein anderes zu meinen auch. So waren Klauses Worte unzuverlässig geworden wie die von Pius, er hatte gelernt dass es etwas auf sich hatte mit den Namen für die Dinge, er hatte gelernt dass dies alles seine Notwendigkeit besass, und gewisser Massen machte es ihm nicht viel Freude.

Als es vierzehn Uhr dreissig war, federte die Squit auf der Höhe von Holthusen angespannt über den Oberen See. Der Wind drückte das sehr hohe Segel anhaltend in die Schräge; Klaus hielt sich hoch oben und blieb so am Wind. In seinen Armen zitterte die Gross-Schot, die Fockschot schnürte sein Handgelenk; unbeweglich stemmten seine Füsse am Schwertkasten. Gegen seinen nackten Rücken hielt sich heiss die Sonne, lautlos riss sich das Boot hin-

durch zwischen zischendem Wasser und trommelndem Wind. Bald war die Squit wieder weit draussen: ein scharf ruckendes hastig gleitendes Weissdreieck vor hitzeverschleierten fernen Ufern.
Er erinnerte sich aber meistens der Erzählung Ingrids von dem Manne, der dies und jenes sagte, hat ä gesacht. Und bei seinem Lächeln sind wir ja überhaupt auf solche Dinge zu sprechen gekommen.

41

In der hintersten Reihe der Aula sass die 12 A über ihre Uhren gebeugt und zählte lautlos vor sich hin. – 14.47: flüsterte Klacks und sah zärtlich auf den Wecker, den seine Hände umschlossen. Der Zeiger für das Läutewerk stand kurz vor der 3. Von vorn brandeten Pius' Redewellen über die Versammlung.
– Ich bedaure. Bedaure ausserordentlich. Dass einige, der zu Diskussionsbeiträgen aufgeforderten Schüler –. Die demokratischeMeinungsäusserung. Ablehnten!
Von der Mitte der letzten Bank ging ein Zettel zum Fenster über Itsche / Eva / Pummelchen / Dicken Bormann...
– Insbesondere bin ich enttäuscht. Von der Haltungder-Schülerin. Babendererde! 12 A! Die ebenfalls.
Söten legte den Papierstreifen auf das Zifferblatt des Weckers zwischen Klacksens Händen. Es stand nur ein Wort darauf, das meinte Dieter Seevken. Allerdings hatte Hannes das etwas anders ausgedrückt.
– Sei die Schülerin Babendererde anwesend? Dicken Bormann erhob sich als Vorsitzender der Freie Deutsche Jugend-Gruppe 12 A und rief gelassen über die schweigenden Reihen der Köpfe: Die Schülerin Babendererde sei nicht anwesend! – Also auch nicht anwesend: murmelte Pius.
Klacks beugte sich vor und versuchte Dieter Seevken zu

sehen. Neben Mariannes straffem Haarknoten war die Türfüllung sichtbar. Seevkens Kopf war innig angelehnt, er lag sozusagen in seinem langwelligen braunen Haar. Er sah andächtig auf das Präsidium und hielt sich amtlich gegen die Tür. – Unser kleiner Märtyrer: flüsterte Sötens mitleidige Stimme. Dicken Bormanns verhaltenes Lachen wurde ausführlicher, während Klacks sich unter die vordere Bank beugte und den Wecker dort unter die Heizung schob. Er richtete sich vorsichtig auf und spähte zur Tür. Sicher ist sicher: sä de oll Fru, dunn...

Seevkens Kopf fiel heftig ins Leere und stolperte erschrokken wieder hoch, da traf er aber die Holzfüllung der Tür. Gleichzeitig drang unter einer Heizung entsetzliches Rattern hervor. Nach dem zweiten übermässigen Lärmstoss kam der erste Schlag der Domuhr mächtig gegen die Fenster, der Wecker rasselte weiter und mit ihm die Heizung, Klacks hätte nie gedacht dass die den Schall so erfreulich verstärken würde!, der zweite Schlag vom Dom dröhnte in die Aula, der Wecker rasselte immer noch. Pius war ohnehin befangen gewesen in einer Pause der Empörung, nun aber war es alles ein bisschen übermässig für ihn. Ingrid stand immer noch neben Dieter Seevken und freute sich über Pius' erstarrtes Gesicht. Der mit den langen Haaren im Präsidium war aufgesprungen. Indessen kam das dritte Dröhnen vom Domplatz, die Heizung erbrach ein letztes Geräusch, endlich war es ganz und gar still. Nun war es sieben Minuten vor drei Uhr, die Uhr im Dom ging falsch. Aber das tat sie schon so lange, dass niemand ihr das noch übelnahm.

Ingrid nahm die Zeitung des heutigen Tages von dem letzten Platz in der Lehrerbank und trat auf die 12 A zu. Jetzt endlich kam Pius' Stimme in grosser Herrlichkeit durch die Aula gestürmt, Pius rief: Babendererde. Würden Sie bitte. Hierherkommen!

Ingrid kniffte die Zeitung nachdenklich zusammen,

schliesslich warf sie das Papier auf die Bank neben Marianne und begab sich durch den Gang nach vorn. Sie beeilte sich nicht sonderlich. Das hörte Jürgen aber nur an ihren Schritten, denn er sah angestrengt auf den Bleistift seines Nebenmannes, der genau und überdeutlich zwischen die Linien des schlechten Papiers schrieb: baben der Erde. Die linke obere Ecke des Zettels war scharf geknickt und spreizte sich gegen das rote Tischtuch. Ingrid war nun schon vor Frau Behrens. Sie sah aber auf die andere Seite. Dort war die Reihe der 11 A. Nicht weit vom Gang sass Elisabeth Rehfelde. Ihr Kopf hielt sich so wie alle, an denen Ingrid vorüberging; aber der Rehfelde Haar fiel ihr auf: das war so ein warmes Braun unter den Lichtspiegelungen. Irgend wie warfen die Fenster das Sonnenlicht in die Gegend der 11 A. Mit diesem Bedenken stieg Ingrid auf das Podium. Pius redete schon lange über das Recht der demokratischen Meinungsäusserung und über die Pflicht des Staatsbürgers; ab und an wies er auf das Rednerpult. Als er sich hinter den Tisch des Präsidiums bog, hörte man ganz deutlich ein blechernes Schnarren. Das kam aus den hinteren Reihen; es klang als werde ein Wecker aufgezogen.
Ingrid betrachtete das rote Pult einiger Massen ratlos. Jürgen sah dass sie keinen Zettel in der Hand hatte. Er sass ganz und gar verkrampft da; er bemühte sich unbeweglich zu bleiben gegen das verdrehte Zusammenziehen in seiner Brust. Ingrid hatte sich damit begnügt eine Kehrtwendung auszuführen; jetzt stand sie wieder still und betrachtete ihre Schuhe. Ihre Hände hielt sie rücklings, Jürgen sah wie sie ihre Finger ineinander verflocht. Ihre Handrücken waren oben. Dies kam ihm seltsam vor.
– Herr Direktor Siebmann: sagte Ingrid. Dies war keine Anrede; aber weil sie so lange zögerte, dachte die Versammlung es sei eine Anrede gewesen. Am Ende des Saals knackte die Tür. Eine schräge Welle von Aufblicken warf

sich nach hinten. An der Tür stand Dieter Seevken in grosser Regelmässigkeit. Er mochte sie ins Schloss gezogen haben.

– Herr Direktor Siebmann hat mir durch den da mit den langen Haaren sagen lassen: Ich soll einen Diskussionsbeitrag – – naja. Über die Junge Gemeinde Und Die Rechte Der Kirche. Ich habe das abgelehnt... ich weiss nicht so gut Bescheid über die Junge Gemeinde wie Herr Siebmann, und ich kann da also nichts sagen.

– Wenn ich aber nun durchaus was sagen soll –: ich will denn wohl reden über die Hosen, mit denen Eva Mau im Januar nach den Ferien in die Schule gekommen ist. 12 A. Wir fanden die Hosen alle sehr schön. Das war so enges schwarzes Zeug mit grünen und roten Strichen drauf. Wir mochten die leiden, und nu waren wir neugierig ob Pius die auch leiden mochte.

– Na. Pius kommt rein, sieht Evas Beine und sagt: Stehn Sie doch mal auf, Mau. Sie steht denn auf, was soll sie machen, und zeigt ihm also die Hosen. Obwohl ihn das ja eigentlich nichts anging. Sie gibt auch zu dass die aus Westberlin sind, und Pius sagt: Er hat sich das gleich gedacht.

– Ja. Das war das letzte Mal dass wir die Hosen in der Schule gesehen haben. Pius fand die nicht passend; schliesslich sind wir eine demokratische Oberschule. Eva Mau sah das nicht ganz ein; aber Herr Direktor Siebmann hatte da seine Meinung; so ist es, und es ist gut so.

– Ich möcht nu wirklich sagen dass das nicht gut so ist. Wir können ja wohl nicht alle Herrn Siebmanns Anzug tragen, wir mögen uns auch nicht alle so benehmen wie er. Ich bin also dafür dass Eva Mau ihre Hosen tragen dürfen soll. Wer sie dann nicht leiden mag kann ja wegsehen. Und ich bin also auch dafür dass Peter Beetz sein Abzeichen tragen darf: wenn es auch ein Kreuz auf der Kugel ist. Soll er doch. In dieser Zeit führen alle Wege zum Kommunismus: sagt Herr Direktor Siebmann, und wir haben das

wohl begriffen. Herr Direktor Siebmann soll aber bedenken woher wir kommen. Warum will er wohl dass wir einen Umweg über Stuttgart oder Hamburg machen, nur weil wir uns noch nicht gewöhnt haben, nur weil wir nach sieben Jahren noch in anderen Büchern lesen? Wir sagen dabei nichts gegen Pius' Bücher, Peter Beetz hat nie etwas gegen Pius' Bücher gesagt. Wir tragen nur noch nicht den Anzug von Herrn Direktor Siebmann. Und was geht es Dieter Seevken an dass Eva Mau neulich in der Grossen Strasse ging mit verbotenen Hosen?
– Ich bitte Eva Mau um Entschuldigung dass ich so öffentlich darüber geredet habe.
Dies war Ingrids Rede über Die Junge Gemeinde Und Die Rechte Der Kirche. Danach wurde lange Zeit nicht geredet, was sollte man dazu sagen? Das Präsidium blickte in die Aula als seien die roten Tische ein treibendes Boot auf dem Oberen See bei Windstärke 8, und keiner schien da etwas von Segeln zu verstehen. Jürgen hatte, wie es schien, seine Hände in den Hosentaschen und sah, wie es schien, geduldig abwartend vor sich hin auf den Tisch; in seinem Gesicht rührte sich gar nichts. Ingrid stand an der Tür neben dem entsetzten Dieter Seevken (seine Lippen zitterten), sie betrachtete ohne Verständnis die gleichmässig aufruckenden Rücken, überall flackerten die aufspringenden klatschenden Hände; unter ihr der Fussboden bebte gefährlich von dem unaufhörlichen Trampeln. Und Söten klatschte, und Dicken Bormann klatschte, und Pummelchen klatschte, und Eva Mau klatschte, und Itsche klatschte, und Hannes klatschte, und Marianne schlug ihre Hände aufeinander in einer lauten Art, und unablässig klingelte der Wecker.
Als Ingrid auf dem Flur war, schlug die Stille über ihr zusammen wie ein anderer Regen von Lärm.

Was Sir Ernest anging: er konnte Stunden lang rauchen an einer Zigarre. Er lag bequem ausgestreckt im Lehnstuhl des Herrn Direktor Siebmann und betrachtete das leere Konferenzzimmer wie von einer Kommandobrücke aus. Vor ihm auf dem Tisch waren Arbeitshefte und Papier und Bleistifte und Federn aller Art zusammengetragen; alles jedoch überragte ein Aschenbecher, der auch des Herrn Direktor war. Es empfiehlt sich von Zigarren die Asche nur selten abzustreifen. Sir Ernest machte seine Augen schmal und beobachtete argwöhnisch die Asche, unter der er den Glutkörper vollständig ahnte. War das Deckblatt etwa –? Nein, es war nicht. Der Geschmack war so…?

Herr Sedenbohm hatte noch drei Hefte durchzusehen. Das eine lag bereits aufgeschlagen vor ihm. Er hob es auf vor sein Gesicht und begann zu lesen; rechtzeitig kam er darauf die Asche abzuhalten vom Deckel des Heftes. »Man sagt: da sei ein Mensch in das suebische Land gekommen, der den anglischen Namen Wolfrat hatte.« Zuweilen grunzte Herr Sedenbohm anteilnehmend. Die Schülerin hatte den Satzbau verändert, es bekam dem Satzbau aber gut. (Manchmal standen in Klammern wörtliche Übersetzungen.) Dies alles sowie auch ein bedauerlicher Fehler aus Flüchtigkeit im vorletzten Satz: fast sehr gut. Sir Ernest beugte sich vor, der Rockkragen stand weit ab dabei von seinem zerkerbten hageren Nacken. Er strich den Fehler an, schrieb die Zensur unter Ingrids grosse ausführliche Schrift, schrieb seinen Namen. Da stand nun in voller Länge »Sedenbohm«. Das war nicht üblich ansonst.

Er legte sich abermals zurück und sog an seiner Zigarre. Er hielt seine Augen geschlossen, so sah sein Gesicht weniger geniesserisch aus als vielmehr ermüdet. Es war da keine Stelle zu finden ohne Falten. Wenn er die Augenbrauen er-

hob wie jetzt, war seine ganze Stirn erstaunt. Er hielt die Zigarre von sich und längte seine Lippen. Dies sah nicht lächelnd aus.
Nebeneinander legte er die Hefte Goretzkis und Niebuhrs. Und stellte fest wie er gewohnt war: wenn Goretzki von Niebuhr oder Niebuhr von Goretzki abgeschrieben hatte, so war ihnen dies nicht nachzuweisen. Sie unterschieden sich gründlich in ihren Ausdrücken (wenn auch der Inhalt in gleicher Weise richtig war): »Es geht die Rede« stand bei Niebuhr, »man erzählt sich« bei Goretzki; »das als Thor benannte« –: »das Thor hiess«: und die dachten er merke nichts. Er untersuchte hier nur die künstlerische Vollkommenheit ihres Schwindels. Er suchte in jedem Heft nach je einem Fehler aus Flüchtigkeit, fand bei Niebuhr sofort einen (Goretzki hatte ihn nicht übernommen), fand bei Goretzki zwei. Goretzki bekam »besser als gut«; dessen unerachtet würde man ihn in die mündliche Prüfung bitten müssen wegen seiner jämmerlichen mündlichen Leistungen. Unter Niebuhrs Übersetzung schrieb Herr Sedenbohm nur »fast sehr gut«: wegen der schwierigen Handschrift. Er legte Wert auf ein Mindestmass von Anstand.
Die Zigarre hatte ihn beim unterschiedlichen Wenden der Blätter behindert, sie war vorsichtig auf den Rand des Aschenbechers gelegt worden und duftete jetzt andächtig vorbei an der Bürste von weissen Haaren auf Sir Ernests geneigtem Schädel. Der Kopf richtete sich auf, die Augen ruckten einen schnellen Blick auf die Zigarre: es ging ihr gut. Goretzkis Heft glitt auf den Stapel der erledigten. Niebuhrs Heft wurde durchgeblättert von vorn bis hinten, Sir Ernest hielt seinen Kopf hoch dabei, die Augenbrauen waren in geringschätziger Art einander genähert, überhaupt sah er sehr von oben auf seine Finger. Da war der Zettel mit dem Unreinen. Sir Ernest zog ihn heraus und legte ihn seitlich.

Denn er beugte sich hin zum Aschenbecher und drehte die Zigarre überlegsam so und so. Der Schüler Niebuhr hatte die Beschlagnahme taktlos gefunden: gewiss. Hätte Herr Niebuhr nicht sagen können: Sie werden sich genug zu ärgern haben, stehen Sie ab von diesem Zettel –? Herr Niebuhr hatte nichts gesagt. Herrn Sedenbohm tat es leid sich nicht enthalten zu haben. Der Schüler Niebuhr brauchte nicht zu wissen dass Herr Sedenbohm ihn bedachte. Herr Sedenbohm hatte sich unanständig benommen: wie eine Amtsperson. Was hatte Herr Niebuhr geantwortet? Herr Niebuhr hatte gelächelt in einer geringfügigen Art. Aus Sir Ernests Jackenärmel und der Manschette stak ein schmales braunhäutiges Handgelenk, das wand sich unbehaglich mit der drehenden Hand. Er stellte mit einem seitlichen Blick fest dass tatsächlich darüber stand »Ins Unreine«. Das war aber eiliger geschrieben als der erste Satz. Sir Ernest las den ersten Satz. Danach wandte er sich seiner Zigarre zu: nunmehr war sie erloschen. Es ärgerte ihn gar nicht sehr, umständlich zündete er sie an; seine Augenbrauen waren aufmerksam gewölbt bei dem. Er nahm die Zigarre mit, als er sich zurücklehnte; vor seinen Augen hatte er den Zettel.
Er las sehr kleine und verschliffene Schriftzeichen, nach den ersten Sätzen nötigte ihn Herrn Niebuhrs Eile zu ordentlicher Arbeit; oft musste er sich den Zusammenhang vergegenwärtigen um überhaupt zu verstehen. Alles in allem war es so:

Ins Unreine

Wolfrat, ehemaliger Bürger Schlechten Auslandes, erschien am Donnerstag nach Pfingsten an den Punkten der Kontrolle der Grenze des Territoriums jener sonderlichen Nation, die bei allen Völkern wegen ihrer obligatorischen Duldsamkeit gegen den in der menschlichen Kinngegend entstehenden Haarwuchs die der Bärtigen genannt wird: zu Unrecht, indem hier wiederum ein

Auffälliges für alles genommen worden, welcher Missgriff aber Wolfrat nicht hatte täuschen können sondern ihn eben veranlasste, das L. d. B. aufzusuchen in ängstlicher Eile, mit keinem anderen Gepäck versehen als zufällig mit einem Rasierapparat, mit der Bitte, ihm einen anderen Ausweis auszustellen. Dem Antrag wurde stattgegeben.
Wolfrat, seiner sinnvollen Flucht wegen in gutem Ansehen und wünschenswerter Förderung ausgesetzt, jedoch erregte bald Befremden und Missbilligung durch täglich unverändertes Aussehen seines Kinnes, was, nach Gewährung reichlich wiewohl vergeblich bemessener Frist und nach besorgter Befragung medizinischer Sachverständiger, gutwilliger Hinweise unerachtet, eine bärtene Versammlung dennoch veranlasste, den übrigens überraschten Wolfrat wachsam und unerbittlich zur Rede zu stellen, während die unrasierte Polizei bei oberflächlicher Forschung jenes widersetzliche Gerät beleidigend unversteckt aufzufinden Gelegenheit hatte, folgender Massen: Ob es sich mit ihm verhalte in dieser Weise?, was Wolfrat beantwortete mit jedem Anwesenden unverständlichem Gleichmut: Ja, so verhalte es sich mit ihm; – Ob es nicht also sich verhalte im Schlechten Ausland?, worauf Wolfrat, den schrecklichen Verdacht bestätigend, ebenso sprach: Dies sei an dem, und, aufgefordert, sich zu rechtfertigen, ausrief unter dem Ekel widerwilliger Stenografen: Nicht sei er willens, die Bedeutung der sozialen Leistung einer hochherzigen und gastfreundlichen Nation zu verleugnen; ein Volk aber, das versehen sei mit einer regierenden Partei und mit dem Haarwuchsmittel Comanat, könne und dürfe sich nicht anderseitigem Verfahren so völlig verschliessen; ja, sagte er, er halte es geradezu für löblich und als ein Verdienst, nicht zu gehören zu jenen, die sich heimlich rasierten, öffentlich aber gefälschte Bärte trugen, wobei zugegeben werden muss, dass Wolfrat, unterstützt von der Unzufriedenheit der wegen geringen Bartwuchses verächtlich angesehenen weiblichen Personen, vorerst mit schändlicher Duldsamkeit angehört wurde, was aber beim Anblick des von unrasierter Polizei herangetragenen grässlichen Apparates befriedigend umschlug, die angewärmte Volksseele überkochen liess; man bemächtigte sich des Apparates und ging damit gegen den seinerseits redenden Wolfrat vor, der so, da die Bärtigen sol-

chen Instrumentes seit sieben Jahren entwöhnt waren, an der falschen Bedienung des Mechanismus ums Leben kam; zudem war gerade Stromsperre. Alle von katholischer Seite angestrengten Deutungen, etwa der Art, man habe der zuverlässigen Arbeit des Apparates zunächst und Probe halber sich vergewissern wollen, müssen, zum innigen Bedauern unserer Anzeigen-Redaktion, als im eigentlichen Sinne peinlich verzeichnet werden.
Die durch solche Volkskundgebung erneut versicherte Regierungspartei erklärte, die Massen hätten sich in spontaner Einmütigkeit geschart um sich selbst; sie liess Schilder aufstellen des Inhalts, die Haare seien gezählt, und überwies die beschlagnahmte Maschine dem Institut für Politische Kriminalistik. Nichts soll später die Anhänger des Nichtrasierens mehr überzeugt haben von der Gerechtigkeit ihrer gesellschaftlichen Gewohnheiten, als dass der, in einer still-ernsten Grossgruft auf den Pranger gelegten, Leiche allmählich ein stattlicher Vollbart erwuchs, wo noch heute, unter Führung geschulter Fachleute, der so begütigende Vorfall in der schönen Eindringlichkeit teurer Erinnerungen aus eigener Kindheit den Besuchern dargestellt wird. Die Bezeichnung »Wunder« ist zur Zeit verboten. Für Besuche von ganzen Schulklassen und Betriebsdelegationen bei Voranmeldung ermässigte Preise. Beachten Sie die polizeilichen Anordnungen hinsichtlich der Ausreise.

Sir Ernest hielt den Zettel in seiner Hand hoch über dem Tisch und liess ihn weit davonsegeln. Befremdlich nach dieser Gelassenheit jedoch kam eine heftige Bewegung seiner Ellenbogen an den Armlehnen des Stuhls. Plötzlich stand er auf, griff sich den Zettel vom Tisch und schritt zum Kleiderriegel. Nach längerer ernsthafter Betrachtung wurde ihm klar dass sein Hut infolge der Jahreszeit im häuslichen Kleiderschrank liege, dass er also keinen Anlass habe hier mit suchenden Gebärden zu stehen. Ärgerlich kehrte er sich ab und trat auf den Flur. Als er Ingrid kommen sah, blieb er stehen; dies war ihm aber selbstverständlich und er hatte es nicht bedacht. Ingrid sah ihm verwundert entgegen, während sie an den Fenstern entlang auf ihn

zu ging. Sie wusste nicht was das sollte dass er da auf sie wartete; so sagte sie höflich vor der Tür: Sie haben Ihre Zeitung oben liegen lassen.
Das schien Herrn Sedenbohm aber nicht zu kümmern. Er war so unhöflich nicht einmal zu antworten, er hörte gar nicht auf mit seinen ungewöhnlichen Fragen: Sagen Sie – ist Ihnen nicht gut? Möchten Sie ein Glas Wasser! Sie können sich hier ruhig reinsetzen, wenn Sie...! Ich meine: Sie können auch eine Zigarette haben, wenn Ihnen so ist!
Ingrid betrachtete seine Besorgtheit. Sie war so erstaunlich, und es tat ihr leid dass sie also nichts damit anfangen konnte. Sie schüttelte höflich ihren Kopf zu allem und sagte schliesslich: Sie haben sie hoffentlich nicht vermisst?
Sir Ernest kehrte sein Gesicht zur Seite und betrachtete geringschätzig den Fussboden. Nein. Er habe die Zeitung nicht vermisst. Fräulein Babendererde gehe jetzt nach Hause?
– Ja: sagte Ingrid: Sie gehe jetzt nach Hause.
Ob sie auf ihn warten wolle. Er müsse nur noch – er wies heftig und mit Lippenbewegen auf die Tür. Ingrid nickte.
Sir Ernest trat zurück in das Lehrerzimmer und ging zum Fenster; indessen betrachtete er die Schrift auf dem Papier in seinen Händen. Langsam faltete er Herrn Niebuhrs Kladde mit seinen mühsamen gichtigen Händen; er sah über das unebene Gelände von Dächern auf das schmale Stück des Unteren Sees vor dem klaren schwarzen Uferbogen der Kiefern an der Durchfahrt. Er war sehr alt in dieser Weise von Stehen und Sehen; er war auch sehr allein. Wenn er sich vorbeugte, konnte er auf die Schulstrasse sehen. An den Häusern hielt sich hell und warm der frühe Nachmittag; eine Frau in einem gelb und roten Kleid ging auf dem Gehsteig einher, vor ihr lief ein Kind, das das Gehen noch nicht so konnte.
Später gingen auf diesem Gehsteig ein alter gelassener

Herr und ein müdes höfliches Mädchen. Der Herr erklärte etwas mit ruckendem Handdeuten und Ingrid nickte mit ihrem Kopf und verbeugte lächelnd ihren Hals. Die Sonne lief zwischen ihnen hindurch und legte ihre Schatten näher zusammen als sie gingen.

43

Der mit den langen Haaren hatte wirklich solche. Sie umschlossen seinen Hinterkopf in erstaunlicher Dichte; an den Seiten fielen sie ihm immer über die Ohren, denn sie hatten keinen Halt in sich. So war er gezwungen zu der Gewohnheit mit seinen Fingern an seinem Kopf entlangzustreichen, oft ohne Anlass und nur um zu erfahren, ob auch alles seine Ordnung habe. So tat er auch jetzt manchmal, während er bei leicht erhobenem Haupte mit seinem rechten Zeigefinger umherdeutete in der hinteren Gegend der Aula. Er zählte Klacks und Söten und Dicken Bormann, er zählte Pummelchen und Eva Mau, Eva Mau konnte nicht umhin in seiner Art an ihrem Kopf entlangzustreichen: während sie unablässig ihren rechten Arm hochhielt, dies störte sein vom Gewicht seines Tuns bedeutendes Gesicht für kurze Zeit. Er zählte mit deutendem Finger Hannes und Itsche und Marianne. – Acht: sagte er leise, seine Lippen bewegten sich fortwährend. Er zählte in der Reihe davor sieben erhobene Arme, von der 12 B waren es also sieben, dann kam noch ein einzelner aus der 11 A. – Sechzehn: flüsterte er in sich hinein, nun war er fertig. Er hatte so viel Zeit verbraucht für diese sechzehn wie er da hatte anbringen können.
Während dieser Zeit hielt Jürgen seinen Arm hoch hinter des Zählenden Rücken. Er achtete darauf dass er den Arm gerade hielt und nicht tiefer sinken liess als Ermüdung und Langeweile allenfalls hätten erklären können. Auf ihn sa-

hen etwa dreihundert Gesichter, er erkannte aber keines von ihnen: obwohl sein mochte dass die 12 A ihre Arme für ihn so hoch reckte. In ihm trug sich viel zu. Er erinnerte sich beispielsweise dass vor dem Kriege ein grosser also teurer Spiegel in der Wohnung seiner Eltern plötzlich zerbrochen war; niemand hatte ihm geglaubt dass er nichts konnte zu dem Unglück. Jedoch er konnte nichts zu dem Unglück, und dieses Gefühls also entsann er sich. Auch hatte er vor seinen Augen, obzwar er irgend wohin in den Saal blickte, den Bleistiftrest auf dem roten Tuch, den er betrachtet hatte von 14.53 bis 15.07; die Uhrzeit hatte er aus dem neben ihm liegenden Protokoll später abgelesen. Er sah noch einmal auf das Protokoll; das Zählen war eben bei Eva Mau. Er fühlte eigentlich immer noch Ingrids Blick von der Tür her, vielleicht weil Dieter Seevken immer noch wachsam davorstand und ein Verlassen des Raums nicht gestattete: so dass also Ingrid immer noch hätte neben dem stehen können und auf das Präsidium sehen – allerdings war es nun völlig still. Und obwohl er sie nicht deutlich sah waren in ihm viele Abende und Vormittage und Musik und Gespräche, die er für Ingrid betrieben hatte; sie war aber niemals da gewesen. Er sah auch der Rehfelde sehr einzelnen Arm im Vordergrund des Teppichs von Gesichtern, ihr Gesicht war übermässig tapfer und ängstlich, sie hatte nicht gewagt sich nach Hannes umzusehen; jetzt durfte sie ihren Arm sinken lassen, denn sie war gezählt. Auch war niemals Hoffnung gewesen in seiner Liebe und niemals Zuversicht; es genügte übrigens vollständig zu wissen dass er den Spiegel in der Tat nicht zerbrochen hatte.
Der Langhaarige kehrte sich um und sagte verhalten drohend in die Richtung des Protokolls: Sechzehn. Der Aufschreibende hatte Verständnis für die erschöpfende Auswirkung geistiger Tätigkeit, er schrieb also auf: es seien siebzehn Gegenstimmen gewesen. Dem sah Jürgen nun

nicht mehr zu. Denn die Insassen der letzten Reihe begaben sich allmählich auf den freien Platz vor der Tür; er aber musste hier sitzenbleiben, und wenn er sich recht bedachte: er war auch ziemlich wütend auf Dieter Seevken.

44

Am späten Nachmittag zog sich die Squit müde entlang vor dem Westufer des Oberen Sees. An der Badestelle der Oberschule lagen Hannes und Elisabeth im Gras, – He: sagte Hannes überrascht, als er die weisse Segelspitze mit der Signatur H 83 über dem Rohr rutschen sah. – Der weiss es noch gar nicht: sagte er stirnrunzelnd. Elisabeth richtete sich auf. – Weisst ja nicht ob er allein ist: gab sie zu bedenken. Sie liefen aber beide zur Bucht und Hannes rief. Das Segel stand still einen Augenblick lang, schwenkte und kam zögernd in die Gasse hinein. Hannes lief nach seinen und Elisabeths Sachen zurück.
Klaus stand aufrecht im Boot und zog das Schwert hoch. Die Squit trieb quer gegen das Ufer. Überall unter den Bäumen lagen Jungen und Mädchen von der Oberschule; sie hatten ihre Köpfe erhoben oder sich aufgerichtet und betrachteten die hohe H 83. Klaus fragte Elisabeth: Ob er sie in die Stadt bringen solle? Hannes kam eben mit den Kleidern. Ja, wollte er das wohl tun?
Hannes schob die Squit ein Stück hinaus, aber dann waren schon überall prustende und redende Köpfe hinter dem Heck und brachten das Boot nach draussen. Klaus bedankte sich. Aber sie antworteten: da sei niks ssu danken, machen wir schon mal. Als sie Kurs hatten auf die Durchfahrt zum Unteren See, begann Hannes: Also: sagte er. Klaus nickte und verwies ihn in den Bootsraum. Sie hätten unnötig Schlagseite: sagte er. Elisabeth sass neben ihm und

versuchte ihre Augen an dem Flaschenzug der Gross-Schot. Am Boden gluckste es hohl.
– Sie soll das Schulgelände nicht mehr betreten dürfen: sagte Elisabeth.
– Wird sie kaum Lust zu haben: murmelte Hannes aufgebracht von unten her. Mit 17 gegen 289 Stimmen!
– Warum bist du denn nicht gekommen: fragte die Rehfelde. Sie kannte Klaus Niebuhr gar nicht, Niebuhr war Zwölfte Klasse. Sie hätte nicht gefragt, wenn dies für sie nicht von Bedeutung gewesen wäre. Niebuhr 12 A sass höflich neben ihr. Seine Hände tasteten in der Gross-Schot nach dem Wind, der flackerte aber. Sie waren jetzt gegenüber der ruhigen kühlen Höhlung des Kiefernwaldes an der letzten Bucht vor der Durchfahrt.
– Deswegen: sagte Niebuhr 12 A. (Wegen des voraussichtlichen Verhältnisses von 289 zu 17.) Er beobachtete den Flecken im Wasser neben dem Boot, der allmählich ein dichtes Kräuseln wurde. – Kommt! sagte Hannes, der behutsam auf das Waschbord glitt. Die Brise sprang heftig in das Gross-Segel, die Squit fiel in die Schräge und begann zur Durchfahrt zu rasen. Klaus hatte den Arm der Rehfelde festgehalten; sie war sehr erschrocken in dem Ruck. Jetzt lachte sie.
– War doch beinah Flaute: sagte Hannes nickend; hatte Elisabeth das bemerkt?
– Ja: sagte sie.
– Wenn es kräuselt: sagte Klaus.
– Brise: sagte Hannes.
Ja aber sie habe das doch nicht gesehen! sagte sie. Sie sah hoch an dem schwer atmenden Segel, vergass ihre Augen, während sie sagte: Was ein Boot!
Links vor dem Bug standen die drei Birken an der Durchfahrt in dem Wind. Niedriger sumpfiger Erlenwald zog sich hinter ihnen zurück bis an das lange flache Wiesenufer von Reed. Sehr weit im Oberen See lag die düsterblaue

Halbinsel des Reeder Holzes, entfernte sich immer mehr.
Das Durchfahrtzeichen war ein auf eine Spitze gestelltes Quadrat aus verwitterten Holzplatten, zwischen denen die Farbe des Himmels stand. Als die Squit daran vorbei in die Enge kam, verlangsamte sie sich, trieb aber stetig hindurch.
– Ingrid hätt also gar nicht erst zu reden brauchen, meinst du? fragte die Rehfelde.
Klaus lachte verlegen und sein Achselzucken war auch nicht so freiwillig; die Rehfelde wunderte sich wie gut sie sich mit ihm verstand. – Siehst du: sagte Niebuhr 12A: Und ausserdem wissen wir nun wenigstens wieviel siebzehn mal siebzehn ist. Das Mädchen sah ihn aufmerksam an, nahm endlich den Blick vor sich, nickte.
– Wieso: fragte Hannes.
– 289: sagte die Rehfelde. – Flaute: Kräuseln: Brise: sagte sie. Nun hatte sie ihm auch etwas erklärt. Aber Hannes war nicht spasshaft zu Mute, er rührte sich gar nicht. Er fragte ob Klaus sich nun mit sauberen Händen vorkomme?
Klaus betrachtete den Kahlen Kopf, der jetzt in der Durchfahrtenge erschien. So hiess der Hügel, der hier steil anstieg und in langem Bogen bis zum Kleinen Eichholz ausschwang. Kahl und grün stand der Kopf vor ihnen, an seiner aufrechten Seite klebten kleine Flocken Gebüsch. Über die Kuppe lief ein zitternder Flaum von Gras im Wind.
– Noch nicht: sagte Klaus redensartlich. Er hatte nicht gesehen dass die Rehfelde den Kopf geschüttelt hatte. – Nichts für ungut: sagte Hannes. Die Squit trieb unschlüssig auf den Unteren See hinaus. Die Aufbauten der Stadt neben dem Grossen Eichholz flimmerten in den Kanten, lang und hell standen die Stege der Bootshäuser und die Dampferbrücke vor dem Baumufer.

– Nichts für ungut: sagte Klaus freundlich. Er schob die Rehfelde an ihrem Arm in den Bootsraum hinunter, – Rhee! rief er, – Rhee! rief Hannes. Die Fock knallte über, mit ihr und dem schrägenden Ruder wandte die Squit sich in die Neige gegen den Wind, die Leinen des Flaschenzuges liefen weit aus unter dem ansteigenden schwingenden Grossbaum, zogen ihn scharf und heftig an. Das Boot lief.

Die Rehfelde richtete sich langsam auf und zog sich zwischen Klaus und Hannes auf die hohe Seite. – Na? fragte Hannes. – Über Stag gehen: sagte sie und fragte was sie denn da zu lachen hätten.

Hannes und Elisabeth hockten auf den Kanten der Dampferbrücke und zogen ihre Schuhe an. Die Rehfelde war ein kleines Mädchen in ihrem flatternden roten Kleid neben der grossen massigen Gestalt von Hannes, und wenn Pius nicht eben Direktor der Gustav Adolf-Oberschule gewesen wäre, hätte er dies wohl auch für einen erfreulichen Anblick gehalten.

Unvermittelt sagte Hannes, und er sagte das anerkennend: Hat sich aber gut gehalten.

– Ja-a: sagte Elisabeth und sah über das Wasser zur Squit. Sie war jetzt sehr entmutigt. Hannes sah dass sie weinte.

Die Squit ging quer über den See zur Schleuse. Klaus sass unbeweglich auf dem Heck vor dem hohen Segel. Noch war das Kielwasser zu sehen, jetzt ging es unter im stetigen Lärmen des Sees. Das Segel leuchtete warm und blendend unter der vorabendlichen Sonne, beugte sich ruckend vor dem Wind.

45

Inzwischen war Jürgen zugange in Petersens Gartenbaubetrieb. Er wässerte vielmals die Gurkensaaten, flickte einen Fensterladen aus, dichtete einen Wasserhahn: was so Arbeiten sind, bei denen man genau zusehen muss und auf die Hände achten. Am Ende machte er sich an die Salatbeete. Der Salat war vor vierzehn Tagen in die Erde gekommen, die Hitze dieser Woche hatte aber viel vertrocknet. Manchmal hielt er inne ohne dessen gewahr zu werden, starrte auf die ausgetrocknete ausgedörrte spröde Erde ohne sie zu sehen, bis er endlich den Kopf schüttelte über seine Abwesenheit und sich zur nächsten Fehlstelle kauerte. Er hockte da ganz allein in der Hitze und dem staubigen Licht des Nachmittags.
Als der Wall schon lange Schatten in den Garten warf, hörte er seine Mutter durch das Tor kommen. Er kauerte auf dem schmalen Steig, riss das Vertrocknete aus und drückte das Pflanzholz an dessen Stelle; sie blieb an der Ecke des Gewächshauses stehen und sah auf ihn hinunter. Er wusste dass sich nichts bewegen würde in ihrem Gesicht, dass sie nur aufmerksam und ernsthaft seinen Händen zusah. Seine Finger griffen eine junge Pflanze aus dem Korb, hielten sie vorsichtig in das Loch und brachten behutsam andrückend lockere Erde um sie herum. Endlich sah er auf und betrachtete das mühsame verschlossene Gesicht seiner Mutter. – Ätn? fragte er. In seiner Stirn waren zwei tiefe Falten, weil er gegen die untergehende Sonne sehen musste. Essen?
– Ja-o: sagte sie. Jürgen nickte. Er sah aus dem Hocken seiner Mutter nach, die mit der Giesskanne an den Beeten entlangging. Heute war Markttag gewesen. Sie hatte auf dem Markt gehört ihr Sohn habe seine Hand aufgehoben für die Babendererde, indem er also kein Ungeheuer sei? Sie hatte ihn noch nie abgeholt, und dies war ihm aber

nicht recht. Er hätte ihr lieber erklären mögen dass seine Sache mit der Partei nichts Ungeheures sei; das war unter diesen Umständen wohl nicht möglich. Sein Rücken schmerzte erst beim Aufrichten deutlich. Die neu eingesetzten Pflanzen schienen sich schon zu erheben, wenn das Wasser über sie fiel.
Sie gingen auf dem schmalen Pflasterstreifen zwischen den gebrechlichen ehrwürdigen Fachwerkbauten des Pötterwegs zur Fleetstrasse. An der Brücke über den Stadtgraben sagte Frau Petersen: De hett all werre wenige Waore as hüt middach. Das Wasser redete abendlich vor sich hin. Jürgen sah das warme späte Licht auf den Häusern, deren zuverlässige Nachbarschaft gegenseitigen Abstützens, die schmalen Fensterbretter in den geneigten Giebeln; er sagte höflich: Moign mücht dat rägn. Neben den breiten vielstufigen Treppen redeten die Kinder, trieben Brummkreisel, spielten hüpfend Himmel und Hölle. Seine Finger waren unbehaglich verkrustet.

46

Katina lehnte an Ingrids Bücherregal und sah zu wie Ingrid sich umzog. Katina fragte dringlich und ohne Zuversicht: Bist du denn nach dem in der Schleuse gewesen.
Ingrid war in ihre schwarze Hose gestiegen, die war entsetzlich eng und es war erlösend zu sehen dass wenigstens die Hosenbeine aufgeschlitzt waren. Ingrid mühte sich mit dem Reissverschluss an ihrer Hüfte, sie antwortete beiläufig und erstaunt: Nein.
– Also: sagte Katina empört. Sie holte viel Luft ein. Das bedeutete: sie sei es nun müde und es gehe jetzt nicht mehr an Rücksichten zu üben. – Denkt ihr euch eigentlich etwas dabei?
Ingrid meinte spöttisch: Ich glaub schon –; sie lief im Zimmer umher und suchte. Sie wollte Katina gar nicht ablen-

ken, sie suchte wirklich, aber Katina wusste nicht was sie davon halten sollte.
Katina hielt eine Rede: Also ihr habt euch gestritten, gut. Ich mein: das ist vielleicht wichtig. Aber ich glaub wirklich es war nichts zwischen euch sondern etwas ausser euch: Politisches.
Ingrid sah gar nicht auf, sie blieb über den Sessel gebeugt und sammelte ihre Blusen auf Bügel. Aber sie war zu aufmerksam dabei mit ihren Augen, Katina sah dass sie sehr im Unglück war. Katina tat sich Gewalt an mit ihrem Weiterreden.
– Vielleicht ist es so eine Sache mit einer Meinung: du hast nein gesagt, er hat ja gesagt – und da geht ihr auseinander und wollt abwarten wer hier den grösseren Stolz hat.
– Es ist nichts mit Sagen und mit Stolz: sagte Ingrid lächelnd. Ihr fiel so sehr auf dass es nichts mit Sagen und mit Stolz war, da wurde es laut. Lächeln ist nur eine Bewegung in deinem Gesicht; wie war es möglich dass das so schwierig geworden war.
Katina fiel es schwer in ihrer entfernten Ecke zu bleiben, aber sie rührte sich nicht. Sie war mitgenommen von ausführlichem Mitleid, aber sie musste hier stehen bleiben und von weitem zusehen. Sie bewegte verschiedene unschickliche Worte in ihren Gedanken, denn sie war wütend über diese Art von Jugendleben. Sie sagte nichts weiter.
Ingrid hatte sich mittlerweile ihre blaue Tapete über den Kopf gestülpt und arbeitete schweigend ihre Arme daraus hervor. Das war eine Art weites Hemd mit drei Löchern, das »Tapete« hiess wegen des unaufhörlichen Musters von sandfarbenem Grasgewächs in dem Blau. Sie stand jetzt vor Katina und schnürte die Sandalenriemen um ihre Füsse. Katina beugte sich vor und strich ihr die Haare zurecht. Ingrid richtete sich auf und sah Katina an mit ihrem fragenden Gesicht. Die Haut ihrer Stirn war ganz braun

und fest von Sonne und Wind, das unter ihren wirren Haaren sah aus nach freundlicher Jahreszeit und lustigem Betrieb, das passte sehr fremd zu ihren schwierig erfüllten Augen und zu ihren mühsamen Lippen. Ingrid sah ihre Mutter an, aber ein anderes Bedenken kam in ihren Blick, ihre Augen wandten sich schräg ab und sahen etwas anderes. Sie beugte sich und zog die andere Sandale zurecht. Katina lehnte wieder an den Büchern.

47

Als es dunkel war, stand der Ruderkahn von der Schleuse vorn auf dem Oberen See. Klaus zog die Ruder ein. Das Boot schaukelte weitüber von Günters kunstreichem Absprung; sein heller Leib stiess mit vorgestreckten Armen in das aufjachende Wasser. Seine weissen Haare ruckten eilig fort. Nun sprang Klaus hinterher. Der Kahn schwankte noch eine Weile, dann liess er es sein und trieb stetig ab. Als Günter sich zum ersten Mal wieder umdrehte, schien er schon vor der Durchfahrt zu sein.

Indessen lag Söten erschöpft und wohlerzogen in den weichen Lederpolstern von Sedenbohms Sessel für Besuche; das Lampenlicht fiel über ihre auf den Knien ausgestreckten Hände und ihr Gesicht war in der Dämmerung. Dikken Bormann sass unbeweglich neben ihr auf der Armlehne und beobachtete die unruhigen Hände auf den grün und rot und grünen Farbflecken des Kleides. Herr Sedenbohm hockte vorgebeugt ihnen gegenüber an seinem übermässigen Büchertisch und schwieg und sah ab und an nach draussen. Nächstens würde er wieder etwas sagen. Im Fenster stand warm und gewichtig die Luft des Abends; manchmal raschelte der wilde Wein an der Hauswand. Gegenüber bei Babendererdes klingelte es leise.

Die Klingel räusperte sich heiser und ungeduldig, es war

als könne sie kein Ende finden, dann war es plötzlich still. Katina erschrak erst vor der Stille. Die Pellkartoffel und das Messer fielen beinahe auf den Küchentisch, da sah sie an ihren Händen dass sie Angst hatte. Sie blieb mitten in der Küche stehen und blickte wartend auf irgend etwas zu ihren Füssen. Die Klingel würgte zum anderen Male gegen die Stille im Flur. Katina schrak zusammen. Sie lief zur Tür, unterwegs merkte sie dass sie angefangen hatte ihre Schürze abzubinden. Sie blieb stehen, knotete ärgerlich und verwirrt die Bänder auf ihrem Rücken zusammen. Es war aber niemand mehr vor der Tür. Am Treppengeländer lehnte Ingrids Schultasche.
Die schwierig verkleinerte überschliffene Schrift nahm sich bedenklich aus in Jürgens eigensinnig ordentlichen Buchstaben. Er unterbrach die Abschrift; er schüttelte lautlos lachend den Kopf und legte den Zettel seitlich. Er schien aus einem Schulheft gerissen. Ingrid hatte nichts zu bestellen, als sie ihn nachmittags bei Petersens abgab. Jürgen nahm die Brille aus seinem Gesicht. Die Stirn zerfaltete sich über den geschlossenen Augen. Die Gläser lagen quer vor den dichten schnellen Zeilen und verzerrten die Buchstaben zu verbogener Grösse.
Nun war Pius fertig für heute. Er kniete vor der Schwelle seines Gartenhauses und schob befriedigt die Tür hin und her. Sie passte sich. Morgen würde er mit dem Glaser reden; und die Aussenwände konnten nun gestrichen werden. Grün. Nein, nicht morgen; morgen abend musste er in der Volkshochschule sprechen über die Geschichte der Kommunistischen Partei der Sowjetunion: Konterrevolution. Also übermorgen. – Passt, nich? fragte er lächelnd hoch zu seiner Frau. Sie lehnte neben ihm am Türrahmen mit vor ihrer Brust verschränkten Armen und sagte geduldig: Ja. Ob er denn jetzt zum Abendbrot kommen wolle? – Natürlich: sagte Pius erstaunt. Er begann seine Hemdärmel nach unten zu krempeln.

In diesem Augenblick ruckte der grosse Zeiger der Bahnhofsuhr von Weitendorf einen Strich weiter auf die 15 zu. Die Rehfelde stand schon auf der Plattform neben dem Gitter und hielt sich fest an dem. – Gib mir mal dein Taschenmesser: sagte sie zu Hannes und war ganz lustig in ihrem Gesicht. Hannes grub schweigend in seinen Hosentaschen und fand lange nichts; der Schaffner lief am Zug entlang und schlug Türen zu und rief. Hannes hatte seinen Fuss immer noch geduldig auf dem untersten Trittbrett. – Da: sagte er; seine Augen waren so beschäftigt mit Elisabeths lächelnder Beiläufigkeit, dass sich sonst nichts bewegte in seinem Gesicht. – Nehmen Sie den Fuss vom Trittbrett! schrie der Schaffner. Hannes kehrte sich wütend um, aber er sah gleich wieder Elisabeth an, die das Taschenmesser einsteckte. – Pomuchelskopp! murmelte er verächtlich und inständig. Die Rehfelde schluckte in ihrem Hals.

Die ganze Zeit sass Ingrid neben des alten Niebuhr Schreibtisch und wartete dass sie weggehen werde. Onkel Martins Feder kratzte grob und fein auf dem Papier; seine grosse borkige Hand lag angestrengt flach vor der neuen Zeile. Im dunklen Hintergrund des Zimmers tickte der Regulator gemessen so und so. Neben der Lampe lagen die Bücher des Wasserstrassenamtes übereinander und obenauf zitterte die dicke stumpffarbige Pfeife Onkel Martins von seinen schriftlichen Bewegungen am Tisch. Er hielt sich sehr gerade dabei und sah gedankenreich auf die breite Federspitze; er sass lange so überlegsam. – Gode Nacht: sagte Ingrid endlich. Der alte Niebuhr kam zögernd hoch aus seinem Bedenken und drehte sich langsam um. – Gode Nacht: sagte er. Vor ihm war Ingrid immer als müsse sie einen Knicks machen beim Handgeben.

Draussen war die Nacht ganz hell.

48

Denn jetzt steht der Mond sehr steil und silbergrau über dem Reeder Holz, der Obere See dehnt sich in ebenem Gekräusel unter dem Licht in der Nacht, und es ist also zu reden von dem Lauf der Welt und wie es angefangen haben könnte. Wie es angefangen haben könnte mit Peter Beetz und Brigitt, mit Elisabeth und Hannes, mit Peterken und sonstwem.

Manchmal kann von einem Anfang gar keine Rede sein. Das ist so, wenn Jürgen sich mit Klaus und Ingrid für die Badestelle verabredet, das war im vorigen Herbst und nachmittags. Also er kam da hin, und er wunderte sich, als neben Ingrid im Gras diese Elisabeth sass. Aber Ingrid schien eben gelegen zu sein an des Kindes Anwesenheit, und sie redete mit dem Kinde über die Redeweise des Herrn Dr. Drögmöller; Klaus war noch nicht da. Jürgen meinte: er wolle dies denn wohl höflich angehen lassen; er liess sich nieder bei den beiden und wartete also, wer weiss: ob auf Klausens Ankunft oder der Elisabeth Weggehen. Nun war das ein schüchternes Kind, sass starr da mit unbeweglich umschlungenen Knien und redete nur das Nötigste. Das fiel kaum auf, Ingrid redete in genügenden Massen. Es war nicht abzusehen was alles sie noch sagen würde über einen armen und unglücklich Humanistisch Denkenden. Manchmal lächelte Elisabeth: wenn nämlich Ingrid eine Behauptung so frech abgekantet hatte, dass man gleichwohl hätte lachen können. Jürgen wurde auch überrascht mitunter und bewegte seine Lippen in erfreuter Weise; er sah auch jedes Mal hoch in der Elisabeth Antlitz schräg über ihm. Und gewiss wurde ihm beiläufig anders vor dieser verhaltenen Allmählichkeit von Lächeln, die nur die Augen betraf: aber bedenke die Augen. Ja. Die Elisabeth war ein liebliches Kind gewesen, eigenwillig und trotzig vor lauter Scheu und noch gar nicht eingesperrt in

irgend welche öffentlichen Meinungen und freundlich anzusehen alles in allem. Aber nach einiger Zeit kam Klaus, und Jürgen und Klaus gingen sofort ins Wasser, und Ingrid sass allein auf der Wiese mit der Elisabeth. Nun mochte sie reden.
Jürgen hatte dies eine Woche später durchaus vergessen; damals war Dieter Seevken anzuleiten in den Sachen des Ersten Vorsitzenden und ausser dem unterhielt Jürgen einen Zirkel über irgend etwas an vier Tagen im Monat. Aber wie war dies dann doch fortgegangen, wie kam Hannes in diese Geschichte? Es ist nicht zu sagen wo ein solches anfängt, aber da mochte es nun viele Möglichkeiten geben. Da war die Badestelle, wo die Oberschule ohnehin sich traf: man lag bunt durcheinander unter den jungen Birken, es wurde geredet über Pius und über Ähnst, ein Ball flog von irgend woher irgend wohin (gar nicht irgend wohin), nun mag das ein Zufall sein, aber der Ball muss wohl zurückgeworfen werden, da soll man darauf achten dass er richtig anlangt (letzten Endes kam er gar nicht irgend woher). So? Ja und davon abgesehen: kann man wohl kleine Mädchen durchaus schutzlos und allein hinausschwimmen lassen auf den Oberen See, wenn man beispielsweise die Eins in Sport hat und jedenfalls ein Zeugnis über Rettungsschwimmen? Das ist ganz und gar unmöglich, und als sie an Land kamen, sagte Itsche zwei Worte und Elisabeth bekam auch etwas gesagt; und nun wollen wir mal sehen was wird.
Viele Anfänge ereigneten sich auch auf der Grossen Strasse. Um die Zeit des späten Nachmittags war es gewisser Massen üblich hin und her zu gehen in der Grossen Strasse und anzusehen: wer etwa sonst noch da ging. Das war aber eine Angelegenheit mit Vorwänden. Man geht ja wohl kaum ohne Netz oder Tasche los, man glaubt vielleicht selbst dass man sieben Brötchen kaufen will und Sellerie; man kann da auch zu mehreren gehen. Solcher Ein-

kauf dauert eine Stunde, oder zwei Stunden dauert er; das kommt von den Unterbrechungen. Es ist ganz und gar nicht abzusehen: wen alles man treffen muss um diese Zeit; bei manchen Begegnungen steht man zufällig still. Man redet unablässig mit dem, den es nicht angeht, und wartet dass der andere etwas sagt. Der redet endlich auch etwas in grosser Art, sozusagen macht er eine Bemerkung, dazu lässt sich wieder etwas sagen. So beginnt ja wohl ein Gespräch; und der, den es nicht angeht, soll sich gefälligst davonmachen. Das tut er denn auch.
Und die Sache mit den Fahrrädern. Wenn etwa Sir Ernest durch die Grosse Strasse kam, er wollte Tabak kaufen oder Makkaroni, was denkst du wohl, fiel ihm jedes Mal die Bedeutung der Fahrräder in solchen Verhandlungen auf. Die Jungen hatten meist alle welche mit sich, damit fuhren sie grossartig neben den Gehsteigen her, und so als sei dies eine Stadt mit unmässigen Entfernungen, so als legten sie hier mal gemächliches Fortkommen ein nach langer anstrengender Eilfahrt, mit der sie sich Beschaulichkeit verdient hätten. Einmal an einem Spätnachmittag, am Mittwoch wohl, kam er an der Brücke über den Stadtgraben vorbei. Die Strasse bog sich dort, und an eben der Ecke hockte einer aus der elften Klasse lässig auf der Querstange seines Rades, und er redete mit zwei Mädchen, die vor ihm auf dem Gehsteig standen, sie lachten alle und es war ein ganz warmes Licht gewesen in den Blättern über diesem freundlichen Vorgang. Da fehlte nur noch der Mann mit der Drehorgel. Der sass drei Schritt weiter, und für den und für Herrn Sedenbohm war noch nicht ganz deutlich wer hier gemeint war, aber die Mädchen mochten das schon wissen. Nun wurde darauf geachtet dass die Fahrräder recht gut aussahen mit tadellosem Lack und aller verfügbaren Technik als da sind: Gangschaltung / Kilometer-Zähler / Felgenbremse / Rückspiegel / Wimpel: macht doch gleich einen ganz anderen Eindruck, nicht wahr. Al-

lerdings ist es ohne Radio das Rechte noch nicht: würde Klaus sagen. Wimpel der Demokratischen Republik waren aber selten, meistens waren es welche von den Sportclubs. Dieter Seevken mochte einen von der Demokratischen Republik haben, aber was sollte ihm das nützen. Jürgen hatte keinen Wimpel. Überhaupt war sein Rad das schäbigste der ganzen Schule; manche hielten das für eine besondere Hinterlist. Das war es nicht, er konnte ganz gut ohne Kilometer-Zähler fahren, und wozu brauchte er einen Wimpel? Es gab auch solche von der Jungen Gemeinde. Die waren ganz weiss und hatten mitten in sich ein schwarzes Kreuz auf schwarzem Kreis, der Kreis bedeutete die Erdkugel. Peter Beetz hatte den neben seinem Vorderrad, das sah aber merkwürdig aus über der Sirene, die er da auch noch hatte. Brigitt übrigens fuhr ganz ohne Wimpel, obwohl sie doch den von der Sportvereinigung (SV) Empor hätte führen dürfen. Das lag nicht etwa daran dass sie den von der Jungen Gemeinde auch unterliess; sie hielt ein Rad eben für ein Rad und nicht für was mit was dran.
Und mit Peterken verhielt es sich auch besonders in der neueren Zeit. Peterken wohnte querab von der Grossen Strasse im Internat, aber er hatte einen ganz sonderbaren Schulweg eingerichtet seit drei Wochen. Er ging die Grosse Strasse zurück und dann ein Stück über den Wall, schlenderte in die Kleine Wallstrasse und hielt sich dann links, am Ende musste er auch noch zur anderen Seite und nun wollen wir mal hier ganz gemächlich langgehen, früh am Morgen is das ja noch, um diese Zeit aber muss es sein, nein zu spät isses nich, was steht da angeschrieben? Wolln wir mal lesen, aber schliesslich kann ich das nicht auswendig lernen, erste Stunde Latein, lex, legis, legi, legi? Legi, legem, ob ich jetzt weitergehe? Gehe ich also weiter; jetzt hat eine Tür geklappt. Jetzt hat ganz gewiss eine Tür geklappt; wenn es das dritte Haus ist, isses die richtige Tür; ich gehe hier so zur Schule, ich wohne nämlich sozusagen

in dieser Gegend, ich hab Zeit wie sonstwer, hier geht ja wohl sonstwer an mir vorbei: – Guten Morgen. – Guten Morgen: sagt sonstwer, das ist ja eine bedeutende Aussprache, das hätten wir nun, da war gar nichts Besonderes an dem Lächeln, ich hab ja auch gelächelt, was soll ich anders machen beim Gutenmorgensagen, ich muss mir das bald mal genauer ansehen. Und dann ging Peterken links und dann rechts, durch die Kleine Wallstrasse bis zum Wall und auf dem Wall bis zur Schule. Nächste Woche benutzte er vielleicht doch die Eisenbahnstrasse, denn es war der nähere Weg, da ging ja sonstwer zur Schule. Und im Sommer würden sie mit den Rädern ins Reeder Holz fahren zum Baden oder in die Pötterkuhle.

Jetzt ist querüber das letzte Licht dunkel, da ist nur noch der Mond über dem Kleinen Eichholz und die Lampe auf der Durchfahrtmole blinkt alle neunzig Sekunden die ganze Nacht lang.

IV

Die Rehfelde zwischen Fluggästen und Flüchtlingen stand an den hohen Glasplatten am Aussichtgang des Flughafens und sah hinunter in die riesige graudunstige Halle, in der die Maschinen nach Hannover und Hamburg warteten. Klaus war eben an der Treppe seines Flugzeugs und wandte sich nun um. Die Rehfelde bemerkte Ingrid unterhalb des Fensters am Sperrkreuz.

Klaus hielt seine Hände auf zu den Sperrkreuzen, winkelte seine Arme immer mehr an, nahm langsam seine Finger auseinander. Ingrid hob ihre Handflächen auf vor ihrer Brust, führte sie zur Seite, legte ihre Schultern zurück und nahm langsam ihre Finger auseinander; sie hielt ihren Kopf schräg gegen Klaus und lächelte. Klaus liess seine Hände sinken, wandte sich sofort um und stieg die Stufen hoch. Die Tür schwang klappend hinter ihm zu, die Treppe fuhr fort. Sie warfen einen Propeller nach dem anderen an. Der Motorenlärm zitterte leise im Körper der Maschine. Jetzt rissen sie die Startklötze weg, sprangen hastig zur Seite. Das Flugzeug rollte langsam aus der Halle quer über den Platz zur Startbahn.

Ingrids gelbes Kleid in ihrem hellen Mantel hielt sich seitlich von dem Pulk der Fluggäste, der auf die andere Maschine zuruckte. Während des Gehens sah Ingrid dem vorigen Flugzeug nach. Als sie vor der Treppe war, rief die Rehfelde Ingrids Namen; sie hatte das Glas vergessen. Ingrid stieg nach oben, kehrte sich aber nach drei Stufen gegen das Innere der Halle und nickte irgend wie und vergesslich. Der Rehfelde Augen waren unbeweglich erschrocken noch, als Ingrid weiterstieg. Der Mann am Fuss der Treppe sah dem Fräulein höflich wartend und ehrerbietig nach. Aber sie würden kommen in viel Schwierigkeit und Veränderung; der Mann sah ihr nach in gleicher Haltung, bis die

Tür zuschlug. Die Treppe fuhr fort. Sie warfen einen Propeller nach dem anderen an. Der Motorenlärm zitterte leise im Körper der Maschine. Jetzt rissen sie die Bremsklötze weg, sprangen hastig zur Seite. Das Flugzeug rollte langsam aus der Halle quer über den Platz zur Startbahn.

Neben den roten Lampen am Ende des Rollfeldes hob sich eben das Flugzeug nach Hannover auf, riss sich hoch in lautloser Schräge.

49

Am Freitag zur Zeit des Sonnenaufgangs lag der Nebel dicht über dem Unteren See. Das Kleine Eichholz stand ganz still und starr fröstelnd in dem kühlen hellen Dunst, die Bootshäuser am Stadtufer schwebten auf Stelzbeinen über der reglos spiegelnden Haut des Wassers, der Himmel war weiss.
Da fiel es auf und war nahezu heftig in der feuchten Unbeweglichkeit der letzten Häuser am Grossen Eichholz, als leise Ingrids Hände sich auf das Fenstersims stützten. Dann war es wieder ganz still. Aus dem Fenster hielt sich ein verschlafenes aus der Massen liebliches Gesicht unter verwirrten blonden Haaren, das war lächelnd und versöhnlich noch vom Unbewusstsein des Schlafens. Ingrid hielt sich an dem Fensterflügel fest und betrachtete vorsichtig das diesige Wetter, sah das verwischte erkältete Grün des Grossen Eichholzes hinter dem beschlagenen Dach; es stand alles so missmutig da; sie war noch gar nicht entschlossen missmutig zu sein.
– Klick: sagte es plötzlich leise, das war ganz nahe, und Ingrid sah erschrocken auf die Ecke des Dachs. Es war so ein Lärm gewesen in der Stille. Auf der Regenrinne sass aber ganz ruhig ein grosser schwarzer Vogel, der sass da und sah das Mädchen an mit seinen kleinen schwarzen Punktaugen; er schien zu wissen um seine Wichtigkeit. Er sah sie spöttisch an und forderte sie heraus: – Guten Morgen: sagte die überraschte Ingrid, und sie lachte selbstvergessen in ihrer Kehle vor Erfreutsein. – Guten Morgen: sagte sie.
Die Krähe schüttelte ihren Kopf als sei nun alles so wie es sein solle. Sie hob sich flatternd auf und schielte geringschätzig und ärgerlich zurück. Ingrid lachte auf und wandte sich eilig in die Kammer.
Die Krähe segelte als lautloser schwarzer Fleck durch den

Nebel. Als sie über Sedenbohms Haus zum See einschwenkte, begann sie merkwürdiger Weise ein heiseres Schimpfen.

50

Und der Morgen stand hoch und klar über dem Unteren See, der Himmel war so blau wie Blau an frischem saftigem Blattgrün in der frühen Sonne, es war ganz still vor Licht und kühlen Schattenräumen und Vogelstimmen in den Bäumen. So erschrakst du wohl als Katinas besorgte Stimme rücklings und so laut hineinkam in dein Sehen: Ist es nicht besser du gehst nicht auf die Strasse Ingrid?

Ingrid lehnte draussen an Babendererdes Gartentor, sie hatte die Arme hinter sich auf die Latten gestützt und besah den Morgen. Als plötzlich Katina an der anderen Seite des Zauns gestanden hatte mit ihren furchtsamen Worten, drehte Ingrid ihren Hals zur Seite und betrachtete ihre eigene Mutter in einer überraschten und bedenklichen Art, über die Schulter und so »ob du wohl was verstehst von diesem«. Aber dann bewegte sie ihren Kopf ganz wenig und schnell, das mochte verständigend sein. Sie wandte sich ab, sie liess das Holz der Tür los und ging nach der anderen Seite fort: wie alle Tage, als wolle sie zur Schule. Katinas Gesicht ruckte vor als wolle sie nun schnell etwas sagen, aber es liess sich wohl nichts tun mit Heftigkeit. Sie neigte ihren Kopf und seufzte auf ihre Hände hinunter, die hielten sich am Zaun und liessen ihn jetzt los. Sie begab sich auf den Weg zum Haus, sie hatte nicht aufgesehen und sah auf die Steine beim Gehen.

Die Waldstrasse waren einzelne und saubere Häuser in Gärten nebeneinander, da standen breite hohe Bäume überall von den ordentlichen Zäunen am Gehsteig bis zum

Unteren See, dessen Wind manchmal hochschlug. Die Mauern standen reinlich und hell in der Sonne; hier und da war ein Fenster offen, das sah nach Morgen aus und gemächlichem Tagesanfang. Die Stille war wieder so gross, dass sie empfindlich war gegen die langsamen Schritte, die jetzt vor dem siebenten Haus hinfielen und weiterklappten auf den Steinplatten zur Stadt hin. Das war irgend ein Mann mit einem weissen Hemd an sich und mit einer Zigarette zwischen den Lippen, er liess sich Zeit mit dem Rauchen und mit seinem Fortgang. Augenscheinlich hatte er nichts anderes vor als hinter dem Mädchen da vorn einherzugehen. Das war ja wohl ein Vorhaben, für das dieser Morgen sich verwenden liess.
Ingrid ging ohne Eile entlang an dem Gebüsch, das über die Zäune hing, ihre Hand fuhr nachlässig durch die Blätter, sie sah geradeaus und war offensichtlich in Gedanken. Mit der Waldstrasse hörte die Hecke aber auf, da war die Fleischerei von Herrn Mehrens. Er stand auch selbst vor seiner Tür in einer weissen Schürze und besah das Fräulein Babendererde. Er mochte einen Augenblick lang bedacht haben ob er sich rühren solle, am Ende zog er doch sein Gesicht zurecht und sprach freundlich auf Ingrid zu: Guten Morgen, Fräulein Babendererde. Die hätte es wohl nicht einmal gemerkt, wenn sie grusslos an seinem Schaufenster vorbeigekommen wäre; nun sah sie ja zur Seite. Sie sagte nur eben: Guten Morgen Herr Mehrens; – sie wusste wohl gar nicht dass ihr eben eine Gefälligkeit und überhaupt Charakter waren erwiesen worden? Nein, Ingrid wusste das gar nicht. Sie war schon am Wall, ihr gelbes Kleid mit den grossen weissen Blumen verschwand hinter den Baumstämmen; sie hatte den Kopf oben und sah wohl immer noch überlegsam durch alles hindurch wie durch diesen angesehenen Fleischermeister, der sich immerhin als achtenswert dargestellt hatte mit all seinem Mut. Herr Mehrens nahm die Hände an die Seite und betrachtete mit

ein bisschen Erbitterung den rasierten Mann in Hemd und Hose, der hinter der Hecke hervorkam. Der sah den Mehrens prüfend an und als wolle er ihn was fragen; doch dann fiel ihm am Wall etwas auf und er ging eilig weiter. Herr Mehrens schüttelte den Kopf über so unordentliches Benehmen.

Dies war die Grosse Strasse früh am Tag, die Häuser an der einen Seite waren noch ganz im Schatten. Und Dümpelfeld, Dümpelfeld zog klingelnd hindurch mit seinem weissen Wagen, da gingen die Fenster auf und aus allen Türen kam es gelaufen. Meistens kamen Kinder, die klapperten mit ihren Milchkannen, Frauen, die ihre Hausarbeit hatten liegen lassen; ja und Grossvater Sietow, der dicht vor Ingrid ging mit seinem blauen Krug, Sietow wollte wohl auch Milch holen. Ingrid blieb neben Dümpelfeld stehen und sah ihm zu. Der goss unaufhörlich Milch in die Kannen, die sie ihm hinhielten, er schrieb und kreuzte mit seinem dicken Bleistift auf den Milchkarten, aber er redete fast gar nicht mit seinem kantigen aufmerksamen Gesicht. Endlich bemerkte er Ingrid; sie stand wohl nur so da und wollte zusehen? Da wurde er doch wahrhaftig freundlich in seinen Augenecken und sagte so deutlich wie er das selten getan hatte: Guten Morgen, Fräulein Babendererde! Die kam verwundert hoch aus ihrer Versonnenheit. – Guten Morgen: antwortete sie, es klang erstaunt, aber sie lächelte. Der alte Sietow besah das ganz genau in ihrem Gesicht, nur er wusste nicht was es dann war, denn er lebte sozusagen weitab von den Zeitläuften. Nämlich Ingrids Augen gingen plötzlich auf gegen Dümpelfeld, es war ihr wohl etwas eingefallen. Das mochte sie aber überrascht haben, denn ihr Abschied kam ganz ohne Übergang, sie war plötzlich fort. Da vorn stand sie bei Dümpelfelds struppigem und grimmigem Pony; sie überlegte vielleicht was ihr da eingefallen war. Dümpelfeld hatte sich längst wieder Töpfe und Krüge gegriffen und sah nichts anderes als seine Arbeit.

Was aber wohl hatte dieser rasierte Kerl mit seinem weissen Hemd hier zu stehen, es war doch wirklich nichts zu sehen an Dümpelfelds Geschäft? Jedenfalls sollte er nicht versuchen sich vorzudrängeln, denn der nächste war nun gewiss Grossvater Sietow mit seinem blauen Krug, in den Dümpelfeld einen halben Liter Magermilch tun sollte. Was, Dümpelfeld? – Jaja: sagte der ärgerlich.
Und ausser dem war dies die Zeit, in der anständige junge Leute zur Schule gingen. Ja wohl: kurz vor halb acht kommt Klaus Niebuhr durch die Grosse Strasse gefahren, das kann man sich gewiss mal ansehen. Aber diese anderen mit ihren Mappen und ihrem lauten Reden von Dr. Krantz und der Zweiten Stunde: Latein, die gingen jetzt immer zahlreicher neben ihr auf dem Bürgersteig, was sollte das mit ihren flüchtigen Blicken und mit ihrer inhaltsreichen Beiläufigkeit? Ingrid hielt sich gerade, und hielt sich an diese Schüler der unteren Klassen nicht mehr zu beachten als es ihnen immer zugekommen war von Abiturienten her. Nur das war eine unzuträgliche Ermahnung, die brachte andere Merkwürdigkeiten mit sich; und am Ende war Ingrid nicht mehr die Babendererde 12 A sondern ein Mädchen, das Spiessruten läuft mit einem hochmütigen bösen Gesicht. Sie sah keinen mehr an und ging zwischen den anderen hindurch und wollte sie sehen lassen dass die Babendererde es eilig hatte und dass sie das nichts anging. Jedoch die dachten sich eben dabei: die Babendererde nimmt es zurück, jetzt geht sie zu Pius und sagt bitteschön. Das war eine schamhafte und aufregende Vorstellung, und so sahen sie hinter ihr her. Sie trug ihr verrücktes gelbes Kleid, sie hielt ihren schmalen festen Kopf böse gegen jeden Nachbarn auf dem Bürgersteig, sie war ein verdammt schönes Mädchen, aber wer weiss was dies nun wird. Was sagst du?
– Guten Morgen Ingrid: sagte Jürgen. Er war ihr nachgelaufen. Es war schwierig neben ihrem Gesicht zu bleiben,

sie ging so rasch. Ingrid wandte rasch den Kopf zu Jürgens Seite, sie sah aber nur dass er da war und dass sie nichts anfangen konnte mit ihm. Sie mühte sich etwas zu finden, das sich gesprächsweise sagen liess, was sagt man so, ach: Guten Morgen. Dabei blieb es, denn Jürgen wusste auch nichts weiter. Ingrid sah wieder geradeaus über all die Köpfe, wer kann sagen was sie da suchte. Und Jürgen ging es übel vor Ingrids beschäftigten unzugänglichen Augen: vor diesem Gesicht, dem zuviel zugemutet war und das Guten Morgen sagte nur mit den Lippen und ohne es zu wissen. Ja er war wohl gar nicht erwünscht, sie ging so hastig als wolle sie nur den Petersen loswerden auf solche Weise? Herr Petersen pfeift auf die öffentliche Meinung, es ist ihm gleichgültig wie er aussieht neben Ingrid, es ist ihm gar nicht gleichgültig. Herr Petersen hat jetzt auch Hochmut eingerichtet in seinem Gesicht.
Ingrid betrachtete vorsichtig den Jürgen an ihrer Seite. Er sah sozusagen gleichmütig geradeaus, er liess sie völlig in Ruhe mit Fragen und Sagen, es war gut dass er da war. Nur hätte er sich nicht angewöhnen sollen der Babendererde die Tasche zu tragen; es fiel so sehr auf, wenn einmal keine zu tragen war. Ingrid strich über seinen Arm und ging geradeaus weiter hinaus aus dem Strom, der in die Schulstrasse einbog. Jürgen kehrte sich um und blieb stehen, aber die anderen hatten nicht viel Zeit seine Überraschung zu besehen; sie wussten selbst nicht was sie hiervon halten sollten: geht sie denn nicht zu Pius –?
– Guten Morgen: sagte Ingrid in der Drogerie. Hinter der Theke stand die dicke Frau Kassbohm in ihrem weissen Kittel, die redete gelassen und mit Überlegenheit zu noch jemand und besah indessen das Fräulein Babendererde. Das Fräulein Babendererde sah wahrhaftig aus als ob man nun eilig einen Stuhl anbieten müsse und ein Glas kaltes Wasser, aber sieh an: die fand den Hocker auch allein und setzte sich darauf als warte sie auf das Ende des Gesprächs.

Nun, Frau Kassbohm wusste wohl was sie denken sollte über dies Warten. Sie hätte mit dem Mann vor ihr noch Stunden lang reden können über die Zustände von Kunstharzlack, aber nun sagte sie: Er möge doch mal nach nebenan gehen, drei Häuser weiter auffe andere Seite..., da sah sie wie Ingrids Kopf hochging, sie hatte auf die Strasse gesehen, ihre Hände hielten sich heftig gegen einander und sie sah betroffen vor sich hin auf die Dielen des Fussbodens. Frau Kassbohm atmete empört hinter dem Mann her und lief nach hinten.

Ingrid hatte durch die offene Tür des Ladens ins Freie gesehen, sie lehnte an irgend einer Wand, um sie roch es nach Mottenpulver und Krankenhaus. Draussen gingen die letzten zur Schule, Guten Morgen Söten, du siehst mich nur nicht; gegenüber an der lichtblendend weissen Wand der Bäckerei stand ein Mann und zählte seine Zigaretten ab, verrechnen Sie sich nicht: Herr; da hörte sie von der rechten Seite ein Fahrrad kommen, Klausens Tasche schlug auf und nieder gegen den Gepäckträger, das Schnurren der Kette kam ganz nahe und dicht, vor der Tür fuhr Klaus auf seinem vornehmen Rad, fuhr langsam und geschickt zwischen den anderen hindurch, war vorbei und nicht mehr zu sehen. Jetzt mochte er schon in der Schulstrasse sein. Er hielt sich ausserordentlich zusammen auf seinem Rad in schnellem Vor und Zurück seiner Beine, er hatte bremsen müssen hinter Peter Beetz und Brigitt, er war um sie herumgekommen, hatte sie aufmerksam und ohne Teilnahme betrachtet ohne auch ein Wort zu sagen; jetzt war er wohl vor der Schule; und vor der Tür lärmte Dümpelfeld mit seiner abscheulichen Klingel. Frau Kassbohm kam hinter dem Ladentisch hervor mit ihrem Glas Wasser.

Ingrid nahm das Glas ohne aufzublicken, sie sah immer noch auf die Strasse und hielt das Glas in beiden Händen auf ihrem Schoss. Dann wurde sie Frau Kassbohms für-

sorgliches Dastehen gewahr, sie stellte das Glas auf die Theke und stand auf. Sagte, und schien erstaunt über Frau Kassbohms Veranstaltungen, sagte ganz geschäftlich: Sie brauche Heftpflaster, könne sie das wohl kriegen?
Frau Kassbohm verschwieg etwas und zog sich zurück zu ihren Schränken. Sie legte eine bunte Tüte auf den Tisch, aber sie war freundlich dabei und einigte sich mit Ingrid in einer Art von Lächeln und Verständigung in ihrem grossen gutmütigen Gesicht, als sie sagte: Dreiundzwanzig Pfennige.
Sieh an: das Fräulein Babendererde hat ein Fünfzig Pfennig-Stück in der Hand, das fällt jetzt klirrend auf das Glas, das ist für Heftpflaster, was dachten Sie wohl. – Kann man immer brauchen: sagte Frau Kassbohm wohlwollend. – Ja: sagte die höfliche Ingrid. – Guten Morgen: sagte sie und trat hinaus auf die Strasse.
Nun traf es sich unglücklich für den Polizisten Heini Holtz dass gerade er der Babendererde an der Ecke von der Schulstrasse begegnen musste. Er ging ruhevoll durch die Grosse Strasse und sah nach ob auch alles seine Richtigkeit habe. Offenbar hatte auch alles seine Richtigkeit, aber was war mit dem Fräulein Babendererde? Das Fräulein Babendererde trat an ihn heran und war doch wohl wütend über was und wollte etwas Amtliches von ihm? Heini Holtz also blieb breitbeinig stehen, nahm die Hände an das Riemenschloss vor seinem Bauch und sah dienstlich auf das Mädchen hinunter. Das tat er mit soviel Würde wie er anbringen konnte in seinem lustigen Jungengesicht, und er sagte: Na, Ingrid –?
Ingrid sagte: Ob das wohl erlaubt sei dass einem so ein Kerl durch die ganze Stadt hinterherlaufe –? Von der Waldstrasse an, wenn ich stehen bleibe, bleibt er auch stehen, kaufe ich Heftpflaster, wartet er draussen, ich mein, das is übertrieben: sagte Ingrid. Heini Holtz sah teilnahmevoll und angerührt in ihr angestrengtes Gesicht. Sie

hatte mit ihrem Kopf auf den Kerl gedeutet, der stand paar Schritte weiter vor dem Zeitungkasten und las was es Neues gab. Warum sollte der nicht hinter einem Kleid herlaufen, das tat Heini Holtz auch manchmal: aber vielleicht störte dieser Mensch mit seiner Zigarette das Fräulein Babendererde, zu Zeiten mögen die Mädchen das nicht. Heini Holtz wird sich doch wohl auskennen mit den Mädchen. Und es ist ja wohl noch nicht dagewesen dass Heini Holtz unhöflich ist gegen eine Dame, das kommt auch nicht vor. Heini Holtz macht also die paar Schritte zum Zeitungkasten, tippt nachhaltig auf die weisse Hemdschulter, der Beschützer der Damen Heini Holtz sagt grossartig: Hören Sie mal, Sie belästigen das Mädchen da?
Der Rasierte sieht gar nicht hin, er sagt andächtig über seine Zigarette weg: Du Idiot. Das sagt er, er zeigt dem Polizisten Holtz eine Karte und steckt sie wieder in die Hosentasche. – Du bist der Idiot: sagt Heini Holtz, es kommt ihm gar nicht darauf an. Hier ist seine Ritterlichkeit behindert worden, er baut sich breit und polizeilich auf vor dem anderen und sagt: Wenn sie keine anderen haben als dich – dann kann mir die Staatssicherheit leid tun. Du mit deinen Zigaretten... die hat das gemerkt von der Waldstrasse an! sagt Holtz verächtlich. Herablassend fährt er fort: Jetzt such dir mal schnell Vertretung, du kleiner Spitzel: sagt Holtz ebenso gütig wie vorhin und wendet sich ab, geht gelassen und grossartig davon.
Nämlich er geht dahin, wo er die Babendererde verlassen hat, nun ist sie aber nicht mehr da. Was ein hintertückisches Gör: denkt der Polizist Holtz. Verflucht ja: denkt der Polizist Holtz, und es ist nicht um seine unpassende Höflichkeit; es ist ziemlich allgemein verflucht.

51

Dies war Freitag, und es war der letzte Tag vor den schriftlichen Arbeiten für die Reifeprüfung. Herr Dr. Krantz liess es sich angelegen sein zu reden über sphärische Trigonometrie. Er hatte Eva an die Tafel geholt und liess sie unablässig rechnen. Eva hielt mit einer Hand den Tafelpfosten fest und hielt in der anderen Hand die Kreide wie etwas Ekelhaftes, das man unnatürlicher Umstände halber nicht wegwerfen durfte. Sie betrachtete den Dr. Krantz mit Geduld und so als ob sie sich sehr wundern müsse über seine Begriffsstutzigkeit: sah er denn nicht dass ihr nichts lag an Mathematik?

Er sah es nicht. Und die 12 A besichtigte die Vorgänge an der Tafel nachlässig und ohne Teilnahme. Es tat übrigens gut hier in der Vormittagssonne zu sitzen und anzusehen welche Qual man erdulden muss im menschlichen Leben. Stellen Sie sich vor: ein Flugzeug fliegt von Moskau nach New York. Eva konnte sich das nicht vorstellen; das Flugzeug würde sicherlich nicht ankommen in New York, auch würde man nicht wissen nach wieviel Stunden... jaja. In all dieser Beschaulichkeit von Schweigen und freundlicher Langeweile redete es wortlos eindringlich hin und her zwischen den Tischen; wenn Dicken Bormann sein Kinn auf seine Hände gestützt hatte und finster die sonderbaren Wege des Flugzeugs an der Tafel zu betrachten schien, so war das in der Tat ein Teil von der Verhandlung, die die 12 A betroffen hatte.

Die ging so:

Da sitzt einer hinter einem leeren Stuhl. Nun mag er sich aber daran gewöhnt haben dass der Stuhl nicht leer ist. Vielleicht ist das ein unangenehmer Anblick, das da vor ihm. Gesagt hat er noch nichts dazu, er wird auch nichts sagen. Er hat heute überhaupt noch nichts gesagt. Er hat Jürgen die Hand gegeben; wer weiss wie das zusammenhängt. Jürgen hat ihn angesehen und hat auch nichts gesagt. Dem wird überhaupt noch Ärger zustossen: wie kann er einfach die Hand heben, wenn ihm so ist wie Handheben. Geht uns das was an? Das geht uns gar nichts an. Sie mag verhaftet sein. Vielleicht ist sie auch nicht verhaftet. Aber der Fragebogen ist ihr verdorben, jetzt hat sie einen Knoten in ihrem Lebenslauf, oh verflucht. Das geht uns nichts an, aber es ist unangenehm hinter einem leeren Stuhl zu sitzen. Und Peter Beetz haben sie erst gar nicht die Treppe hochgelassen, der wusste von gar nichts, dem fehlt die Verbindung mit den Massen, da ist Brigitt gleich wieder mitgegangen. Was soll sie machen, was sollen wir machen. Oh dieses verdammte Flugzeug.

Söten hatte Runzeln in ihrer Stirn. Marianne blätterte in ihrer Logarithmentabelle und bemühte sich bis an die Tafel zu flüstern, obwohl sie Eva nicht leiden mochte. Itsche beschnitt seine Fingernägel mit dem Taschenmesser, denn die Feile hatte Pummelchen sich ausgeliehen. Hannes hätte gern etwas nach links gesagt, aber Klaus sah aus dem Fenster und kümmerte sich nicht um das unglückliche Flugzeug. Das war aber das einzige worüber man mit Klaus hätte reden können. Dies war ein schöner deutscher Sommer-Vormittag.

So ein schöner deutscher Vormittag ist jedoch nicht ewig auszuhalten, es muss da etwas vorfallen. Was sollte wohl vorfallen, es waren noch einundzwanzig Minuten bis zur Pause, Dr. Krantz redete und auch Eva hörte nicht zu. Es klopfte aussen an die Tür. Die Tür ging sofort auf. Im Rahmen erschien der Kleine Peter aus der neunten Klasse. Die 12 A sah ihn an mit starrer Würde und hoffnunglos, der Kleine Peter wurde sofort rot. Welch ein niedlicher Junge: dachte die 12 A und betrachtete den niedlichen Jungen. War er gekommen, um zu sagen dass die letzten drei Zahlenreihen an der Tafel falsch seien? Das wussten sie ohne-

hin. Es wäre aber schade, wenn Blumenkrantz das auch noch wissen würde. Nun sags schon, Kleiner.
– Guten Morgen: sagte Peterken auf den reglos wartenden Dr. Krantz zu. Der nickte und fragte mit stummem Kopfaufheben: Und? Peterken sah auf die mürrische 12 A. Der Anblick schien ihn zu verwirren. Er nahm sich zusammen und sagte fast ohne Aufenthalt zu Dr. Krantz: Herr Doktor, die ZSGL der Freien Deutschen Jugend hat eine Resolution ausgearbeitet über –
(dies war der eine Aufenthalt in des Kleinen Peter Rede. Jürgen hob erstaunt seinen Kopf und besichtigte den niedlichen Jungen da vorn in all seiner Verlegenheit. Seine Mundwinkel wurden ein wenig abschätzig, aber er sagte sich: dieser Junge sei zu niedlich als dass er etwas dafür könnte. Hatte Herr Petersen gestern nicht selbst gewisser Massen darauf verzichtet mit der Freien Deutschen Jugend Entschliessungen auszuarbeiten? »Resolution«: hatte Peterken gesagt. Jetzt stand er da und schämte sich. Jürgen sah zu Klaus hin. Klausens Blick kam lächelnd zurück. Das war ein Niebuhrsches Lächeln mit Spott und Entfernung, aber es war gutwillig, es war der Freund Klaus Niebuhr. Klaus nickte dem Peterken auffordernd zu und Peterken fuhr nach einem gewaltigen Aufatmen fort:)
– wegen der Vorfälle von gestern. Und Herr Direktor Siebmann wünscht dass die Resolution als Laufzettel während des Unterrichts von den Klassen – (er hätte beinah gesagt: unterschrieben) – zur Kenntnis genommen wird.
– Schön: sagte der kleine Dr. Krantz. Das Peterken legte den Zettel vor Söten auf den Tisch. – Nachher soll er in die 12 B: sagte Peterken und kam sich wieder wichtig vor.
– Freundschaft! rief das jüngste Mitglied der ZSGL und lief aus der Tür. Herr Dr. Krantz hatte sich Eva wieder zugewandt und fragte: Was ihr denn so an den letzten drei Reihen auffalle?

Dicken Bormann schüttelte seinen grossen Kopf über dem Zettel und sah Söten fragend an. Söten hob ratlos ihre Schultern an und wies hinter sich mit ihren Augen. Dicken Bormann drehte sich um und legte das Papier zwischen Itsche und Klacks.
Um das Moskauer Flugzeug kümmerten sich die beiden an der Tafel. Eva war nahe am Weinen vor Ungeduld. Sie besserten die letzten drei Reihen aus. Morgen begann die schriftliche Reifeprüfung, die erste Arbeit war Mathematik. Dr. Krantz lehnte am Fensterbrett als Schattenriss vor der Sonne und sah ihrer Hand mit der Kreide neugierig zu. Zuweilen hob er seinen Arm in den wirbelnden Sonnenstaub und sagte unerbittlich lächelnd: Nein. Und Eva nahm abermals die Hand von der Tafel und sah ihn an mit mühsam beherrschter Drohung.
Hinten in der Klasse stand Itsche auf und reichte einen Zettel über Pummelchens Schulter. Pummelchen kauerte sich über die Schrift und las, sah betroffen auf. Die vier in der Wandecke nickten. Sötens Augen deuteten auf Jürgen. Pummelchen beugte sich über Evas leeren Stuhl zurück und legte den Zettel auf Jürgens Heft. Jürgen sah befremdet und erwartungvoll in Pummelchens Augen. Sie zog ihre Stirn in Falten. Damit wollte sie alles Mögliche anheimgestellt haben.
– Verstehen Sie: fragte Dr. Krantz nach einer längeren Rede an Eva. Eva horchte in sich hinein und sagte am Ende: Ja. – Also: sprach Dr. Krantz.
Hannes hielt einen Zettel in seiner Hand und betrachtete verblüfft seinen Nebenmann. Klaus starrte angestrengt aus dem Fenster auf die Wolken am Dachfirst des Doms. Seine Stirn war in Falten und seine Augen waren ganz eng von dem Starren ins Licht. Hannes liess den Zettel über Klausens rechte Hand gleiten und wandte sich ab. Jetzt sahen alle an die Tafel.
Klaus hielt die Maschinenschrift zwischen seinen Fingern

und las den Text, hast du gesehen: er grinst. Das hat niemand gesehen. Es stand geschrieben: Die Schulleitung habe die früheren Mitglieder der Freien Deutschen Jugend Ingrid Babendererde und Peter Beetz mit sofortiger Wirkung von der Schule verwiesen: die Angehörigen der SG der Freien Deutschen Jugend billigten das Vorgehen der Schulleitung und bestätigten ihre Genugtuung durch ihre Unterschrift. 12 A:

Es stand weiter nichts da als 12 A und ein Doppelpunkt.

Das Warten bestand aus dem, was die Schule Aufmerksamkeit nennt: die Schüler folgen aufmerksam den Bemühungen einer Mitschülerin um die sphärische Trigonometrie im allgemeinen und im besonderen um die Flugzeit Moskau–New York, sie nehmen andächtig die Hinweise des Lehrers auf, und keiner weiss dass es noch vierzehn Minuten sind. In Evas mühsames Rechnen hinein kam beiläufig und höflich die Stimme des Schülers Niebuhr: Ich bitte etwas bemerken zu dürfen.

Dr. Krantz zuckte zusammen, er nahm gestört seine Augen von Evas Zahlen und wandte sich dem Schüler Niebuhr zu. – Ja? fragte er. Ausser ihm hatte sich niemand umgedreht. Eva sah ihre kreideverschmierte Hand.

Der Schüler Niebuhr war aufgestanden und lehnte lang und freundlich an der Wand. Er betrachtete das wissenschaftliche und vorsichtige Gesicht des Dr. Krantz. Der Dr. Krantz trug darin eine vornehme Brille mit schmalen Goldrändern, in den Gläsern sind seine gelassenen unruhigen Augen zu sehen. Dr. Krantz nimmt die Hände aus den Taschen seiner Jacke, das sieht aber verlegen aus. Herr Dr. Krantz sagt auf eine gebildete Weise und ein bisschen ärgerlich: Bitte?

Der Schüler Niebuhr lächelt und sagt: Ich möchte bemerken dass ich es albern finde.

– Würden Sie bitte erklären: sagt Dr. Krantz zu einem begabten Schüler, der eine elegante Lösung vorgeschlagen

hat für eine mathematische Aufgabe. Herr Dr. Krantz weiss sämtliche Lösungen, aber es ist seine Pflicht sie sich erklären zu lassen.
– Ich finde es albern: sagt der Schüler Niebuhr, nämlich: An dieser Tafel die Flugzeit von Moskau nach New York ausrechnen zu lassen.
– Das ist ein pädagogischer Vorwurf? fragt Dr. Krantz und sieht auf das Lächeln des Schülers Niebuhr.
Der Schüler Niebuhr nimmt das Lächeln fort aus seinen Augen und sagt mit seinem Munde: Ja. Alles in allem ist es wohl ein pädagogischer Vorwurf. Er sieht den Dr. Krantz unablässig an, und er nickt zu seinen Worten. So ist es wohl.
Der Dr. Krantz sieht auf seine Füsse und atmet in sich hinein. – Es tut mir leid: sagt er, es ist zu sehen dass es ihm leid tut. Er will noch etwas sagen so gegen den Fussboden, aber da steht jetzt der Schüler Niebuhr vor ihm, und er muss den Kopf hochnehmen. Der Schüler Niebuhr hat seine Mappe unter dem Arm und sieht von seiner Höhe in das Gesicht des Dr. Krantz, aber man kann wohl nicht sagen dass ihm die Ehrfurcht vor der Erzieherpersönlichkeit fehlt dabei. Nein, der Schüler Niebuhr ist höflich und geduldig. Er bewegt seinen Kopf in einer grüssenden Art und geht davon vor den Tischen von Pummelchen und Dicken Bormann und Söten. Er sieht sich gar nicht um, während er aus der Tür geht, er ist wohl sehr nachdenklich.
Als die Türklinke wieder oben ist, rührt sich der Dr. Krantz. Er geht wortlos durch den Gang zu Hannes und holt sich vorbeugend den Zettel, Hannes hat sich zurückgelehnt und rührt sich gar nicht. Dr. Krantz liest die Schrift, während er zur Tafel zurückkommt, vor Eva bleibt er stehen und sieht auf. – Bringen Sie das in die 12 B: sagt er und hält ihr den Zettel hin. Evas Augen werden ganz gross und verwundert, aber sie nimmt das Papier, sie wirft die Kreide in den Kasten und geht eilig aus der Tür.

Was soll denn aber werden mit der Rechnung von dem Flugzeug, das wird ja nun endlich mal zu Boden müssen? Itsche ruckt ein bisschen auf seinem Stuhl. Es ist so undenkbar nicht dass er wird ausrechnen sollen, was Eva übriggelassen hat, und er hat doch nicht aufgepasst. Aber es ist so dass das Flugzeug immer noch irgend wo in der Luft hängt: weder vorwärts noch rückwärts sich bewegend.
Denn Dr. Krantz nimmt den Schwamm aus dem Kasten, er drückt ihn ein bisschen, um zu fühlen ob er feucht ist, und dann wischt Herr Dr. Krantz die Tafel säuberlich ab. Die 12 A sieht ihm dabei zu. Er kann es nicht gut, er beschmiert den Ellenbogen seiner anständigen Jacke; aber am Ende ist die Tafel ganz schwarz und glänzt von Feuchte, und Herr Dr. Krantz hat sie eigenhändig abgewischt.

52

Der Direktor der Gustav Adolf-Oberschule Herr Robert Siebmann genannt Pius –, der sass grossartig wartend hinter seinem Schreibtisch in der Sonne und betrachtete die Tür, an die es eben geklopft hatte. Nach einer Weile klopfte es abermals. Pius ruckte sich zusammen und rief in ärgerlichem Ton: Ja! Der Schüler Petersen (12 A) schloss sorgfältig die Tür hinter seinem Eintreten und kam langsam näher neben den hohen Fenstern auf Pius zu mit seinem müden Gesicht über dem ausgebleichten Hemd und sagte während dessen geübt und gleichgültig: Freundschaft.
Herr Direktor Siebmann liess seinen Unwillen übergehen in vorwurfsvolle Milde, so sagte er: Freundschaft Jürgen! und wies mit vornehmem Handheben auf den anderen Stuhl. Der Schüler Petersen betrachtete diese Gebärde mit Aufmerksamkeit, während er sich niederliess. Er brachte

seine Hände unter auf seinen Beinen und sah angelegentlich auf Pius' übermässigen Aschenbecher, der vor ihm stand. Herr Direktor Siebmann blickte ebenso geneigten Hauptes in die Asche und bemerkte schmerzlich: Du hast uns sehr enttäuscht – Jürgen. Und er liess seine mahnenden Worte verhallen, denn er hielt eine Pause an dieser Stelle für angemessen.
Der Schüler Petersen hatte inzwischen an seiner breiten Brille geruckt. Er hätte sie gern abgenommen, aber dann kam ihm in den Sinn: derlei lockeres Benehmen möge nun wohl nicht mehr angehen. Dann hörte er Pius' verhaltene Anklage und er erinnerte sich dass er dies eben so sich vorgestellt hatte, seit die von Bodmer an die Tür der 12 A klopfte. Der lange Dr. Drögmöller (Zweite Stunde 12 A: Biologie) war dabei die Zettelarbeiten von Dienstag zu besprechen, er sagte gerade: er habe aber wirklich angenommen dass eine Gestalt wie Paracelsus einer zwölften Klasse ohnehin geläufig sei, ein humanistisches Denken, meine Damen und Herren... was er so immer sagte, er bedauerte also. Mittenhinein war das Klopfen gekommen, Dr. Drögmöller blickte erstaunt und höflich auf die Tür, – Ja, bitte? fragte er mit seinem bescheidenen zuvorkommenden Tonfallen. In der Tür erschien da die kleine Frau von Bodmer, die sah ihn an mit ihrem zierlichen alten Gesicht und schwieg vorerst. Sie schien bedrückt von etwas; es war aber so dass man sie kaum anders kannte als von lustigem schnellem Benehmen. Das liess die schon vorbereitete Freundlichkeit des Humanistisch Denkenden umkehren in vorsichtiges Warten. Sie bat ihn die Störung zu entschuldigen, und während sie redete, sah sie über die 12 A zum hinteren Tisch in der Mittelreihe. – Herr Direktor wünscht Herrn Petersen zu sprechen: sagte sie. Da war er, Jürgen, aufgestanden und hatte auf den Dr. Drögmöller gewartet. Der hatte überlegsam und anteilnehmend auf ihn geblickt, in seinem grossen alten Gesicht hatten die langen

Kerben sich mühsam bewegt, der Kehlkopf war auf und nieder gestiegen in seinem faltigen Hals, als er sagte in seiner leisen und bekümmerten Art: Ja Petersen. Ich beurlaube Sie selbstverständlich. Ihre Antworten können wir ja in der Pause besprechen... oder ich geb sie jemandem mit...

Das erste Mal hatte er gezögert, weil ihm einfiel: Jürgen möge vielleicht recht lange nicht wiederkommen; das zweite Mal war nun völlig ausgegangen in Verlegenheit, indem nämlich die Schülerin Babendererde die Dinge eines abwesenden Schülers Petersen besorgte oder der Schüler Niebuhr das Heft an sich nahm. Jetzt war der Schüler Petersen ein alleinstehender junger Mann, der nickte eben beiläufig und ging hinaus aus der Klasse. Man würde das Heft auf seinen Platz legen, und brauchte es mehr Fürsorge? An der Tür sah er Sötens zuverlässiges Gesicht, plötzlich kam ihm der Gedanke: in der 12 A sei er vielleicht doch nicht der bestgehasste Mann der Oberschule. Aber er streifte ab, was an Anteilnahme und Anerkennung ihm nachsehen mochte; er sah sich nicht um: dies waren seine eigenen Angelegenheiten und jetzt konnten sie ihm nicht mehr helfen die zu ordnen. Dann war der lange obere Flur, die von Bodmer ging neben ihm klein und anmutig von Alter, sie schwieg und er fühlte dass sie ihn billigte. Er ging langsam an ihrer Seite, er hielt seine Hände in den Taschen seiner kurzen schwarzen Hose so tief wie möglich und betrachtete die Frau mit Verwunderung und Ärger. Aber die von Bodmer war seit zweiundzwanzig Jahren Sekretärin der Oberschule, sie tat also was ihr beliebte mit der jeweiligen Jugend und scherte sich nicht um den jeweiligen Trotz. Aber ihr Wohlwollen war ebenso erstaunlich wie Pius' Enttäuschung, oder war es die Enttäuschung der Partei? Jürgen wurde übrigens nicht deutlich wer Pius war, er redete von sich mit »wir« und war also die Partei, aber er sass so direktorhaft beleidigt da in seinem feinen Anzug.

Und Jürgen war es leid um die befremdende Entfernung zwischen ihnen.
Da war der eine junge Mann, und da war der andere vor ihm, aber der eine war würdiger. Da sagte der andere so amtlich wie es sich offenbar gehörte: Er verstehe dass er die Partei enttäuscht habe. Er habe der politischen Notwendigkeit persönliche Gründe vorgezogen. Aber dies kam nicht so schuldbewusst aus seinem Munde wie es dem angestanden hätte, darüber wunderte er sich. Überdies war es ganz unverbindlich: gesagt mit all der Leere und Entfernung vor einem wichtigen Verlust.
Pius bewegte ungeduldig seinen grossen Kopf zu Jürgens Bemerkung vom Verständnis. Er beugte sich vor über den grossen Tisch und sprach: Jürgen. Dann sagte er wer er war: Er rede jetzt nicht mit Jürgen als Schulleiter. Und auch nicht als Vorsitzender der Sozialistischen Einheitspartei. Jürgen möge sich vorstellen Pius sei – wenn er auch nicht aufhöre all das zu sein – ein Freund. Der ihm helfen wolle. Und zu dem man Vertrauen haben könne.
Jürgen sah dass Pius' Gesicht bei aller lächerlichen Gemessenheit besorgt war und gutwillig. Aber er mochte ihn nicht mehr ansehen, als Pius so fortfuhr: Jürgen wisse. Dass Pius. Ihn immer. Für einen der Besten der Parteijugend gehalten habe. Und darum sei er. So enttäuscht. Verstehst du. Abgesehen davon. Dass das Ansehen der Partei. Schwer gelitten habe! Dadurch. Dass einer ihrer – aktivsten Vertreter. SichplötzlichgegendieLiniederParteigewendethabe!
Pius war also enttäuscht und hatte von nichts abgesehen. Und der Schlussbogen seiner melodischen Rede war geknickt an dem Worte, das dem Vertreter der Partei neuerdings nicht passend zukam. Nun wartete er. Aber der Genosse Petersen blickte nicht auf und schwieg; sein Nacken war gebeugt unter der Sonne. Draussen am Fenster raschelten die Blätter der Birke im Wind. Von nebenan hör-

ten sie gedämpft und unablässig Frau von Bodmers Schreibmaschine klappern, dann klingelte das Telefon dazwischen. Nun war es ganz still. – Wie sei es denn nur dazu gekommen: fragte Pius eindringlich.

Jürgen hob sein Gesicht auf gegen Pius und betrachtete ihn mit Neugier und erwartend. Wie er Pius kannte würde der jetzt gleich sagen wie es dazu gekommen war.

Herr Direktor Siebmann sah starr auf seine Hände und redete grüblerisch vor sich hin. Er habe Jürgens Verhältnis zu der Babendererde und zu Niebuhr immer mit – er könne wohl sagen: Sorge. Betrachtet. Jürgen sah plötzlich auf. Pius zögerte. Jürgen sei jung: fuhr er fort: Er habe zwar bis jetzt treu in ihrem Kampfe um den Sozialismus gestanden – aber er sei natürlich nicht gefeit gegen Einflüsse aus dem feindlichen Lager. Die Lehrer-Babendererdes seien immerhin eine völlig bürgerliche Familie, sie hätten Verwandte in Lübeck... und das gestrige Auftreten der Babendererde habe Pius' Argwohn voll und ganz bestätigt.

– Sie meinen: fragte Jürgen unmässig erstaunt. Pius wolle andeuten Fräulein Babendererde habe im Auftrage ausländischer Agenturen...?

Pius betrachtete seine Hände und drückte aus durch Schulterheben: der Abgründe im menschlichen Leben seien viele, und ihm seien sie bekannt. Er vermute das: sagte er. – Sieh mal. Diese doch wirklich demagogischen. Bemerkungen. Hätten doch nur den Zweck haben können. Verwirrung unter die Massen zu tragen. Unsere politische Auseinandersetzungzustören!! Er warte nur darauf: sagte Pius ernsthaft: Dass die Babendererde versuche nach Westberlin zu fliehen. (Ein Pass für Lübeck werde ihr jedenfalls verweigert werden.) Damit sei dann für ihn der Fall endgültig klar.

Er glaube nicht dass Fräulein Babendererde eine bezahlte undsoweiter Agentin sei: sagte Jürgen.

Pius blickte befremdet. Und dieser Niebuhr. Dieser sei Pius seit langem verdächtig. Er verschliesse sich gegen die Gemeinschaft. Sieh mal und dann. Er habe so ein merkwürdiges Wesen, so –. Pius suchte nach passenden Kennzeichen, und in seinem Aufblicken erinnerte etwas an die Vertraulichkeit früherer Zusammenarbeit. Aber der Ansatz zu freundschaftlicher Beratung brach wieder ab, als Jürgen gelassen ergänzte: Bürgerlich.
– Naja: sagte Pius. Er wiegte sein Haupt in Unzufriedenheit. – So ironisch. Bürgerlich auch, klar: aber so richtig feindselig.
– Nun nicht: sagte Jürgen gutmütig, aber Pius beharrte: Er habe eben so die Meinung, er könne sich nicht helfen. Er tat das in einer gefälligen Art. Er liess durchblicken diese Höflichkeit sei ein Zugeständnis: ihm sei gelegen an einem guten Auskommen mit Jürgen. Aber er wusste nicht dass Jürgen nur den verächtlichen und abschätzigen Sinn, in dem Pius »bürgerlich« gebrauchte, in seinem Ton zitiert hatte; Herr Petersen selbst hatte sich gar nicht geäußert. Der Schüler Petersen bedachte was er noch hatte, in der Tat fand sich ein Wunsch: er möge die Babendererde niemals aus solcher neugierigen Entfernung betrachten und mit solchem Spott wie jetzt Pius. (Den er doch geachtet hatte zu Zeiten.) Und ihm fiel ein dass dies wohl die Sehweise war, die Klaus unablässig betrieb. Nur machte das für Klaus weiter nichts aus; ihm machte es etwas aus.
Er wolle wohl wissen: sagte Pius ebenso angelegentlich grübelnd: Was mit dem eigentlich sei. Sag mal was macht der eigentlich in seiner Freizeit?
Diese Frage beantworte er nicht: sagte Jürgen ebenso gleichgültig wie seine vorigen Antworten. Als die Stimmung aber nun heftig umschlug, hielt er für möglich dass er ungerecht war. Pius hatte nicht so leidenschaftlich und getragen gesprochen wie sonst sondern ganz natürlich; seine Frage mochte wirkliche Teilnahme bedeutet haben.

Es gab keinen amtlichen Grund die Antwort zu verweigern: nur persönliche; es schien einiges auf sich zu haben mit diesen persönlichen Gründen. Er gestand sich letztlich ein dass er mit offenbarem Ungehorsam zu Ende bringen wollte, was in der Tat zu Ende war; er mochte nicht diese Vorstellung von Vertrauen und Zusammengehörigkeit, er hasste die Unwahrscheinlichkeit. Sollte er sagen: Klaus Niebuhr in seiner Freizeit? Segelte mit Babendererde und Petersen, las Bücher aus München und Hamburg?
Pius hatte sich erstaunt aufgerichtet in seinem Stuhl. Er fragte: Was sei mit dieser Frage?
Mit dieser Frage sei nur: sagte Jürgen nachdenklich: Dass er sie nicht beantworte.
Das war eine Klausensche Antwort gewesen.
Die kleine Frau von Bodmer stockte betroffen vor dem Schweigen, das der Vorsitzende der Schulorganisation der Sozialistischen Einheitspartei und sein nächster Schüler-Mitarbeiter unterhielten. Weder Pius noch Jürgen bemerkten ihr Eintreten. Sie ging gelassen an Jürgen vorbei und legte die Morgenpost auf Pius' kahlen grossen Tisch. Pius nickte.
– Einen Augenblick mal: sagte Pius, als sie sich schon abgewandt hatte. Obenauf lag ein Blatt Papier, das hielt er hoch und fragte dazu: Wie kommt denn das hierher?
Frau von Bodmer blieb stehen und sah sich um. Jürgen erkannte Klausens Schrift auf dem Papier. – Mit der Post: sagte die von Bodmer kurzweg und hielt ihr Gesicht eben.
– Was ist das: fragte Jürgen.
Pius war Herr Direktor Robert Siebmann und verwies dem Schüler Petersen seine ungehörige Frage, indem er sie nämlich durchaus nicht gehört hatte. – Mit der Post? fragte Pius als könne er es nicht glauben.
– Ja-a: bestätigte die von Bodmer geduldig und ein wenig spöttisch; während Pius die Schrift las, nahm sie sich die

Freiheit die ungehörige Frage zu beantworten: Herr Niebuhr hat gebeten man möge ihn aus der Schülerliste streichen. – Ist ein Grund angegeben? fragte Jürgen. Er hatte sich halb umgedreht und sah auf die schmalen Schuhe der Frau von Bodmer.
– Ja: sagte die. – Die Verfassung der Demokratischen Republik: sagte sie. Sie wandte sich Pius wieder zu. Er starrte sie empört an, nach Worten suchend, die einem missachteten Schulleiter anstanden. Aber sie bewahrte ihn vor der Ungeschicklichkeit ihr den Mund zu verbieten. Sie schien plötzlich zu bemerken dass er zu Ende gelesen hatte, nun erklärte sie ihm den Hergang als sei nichts gewesen indessen. Und Jürgen sah dass ihr dies Spass bereitete, und ihm fiel ein dass sie die Morgenpost auch hätte später bringen können:
Die Briefträgerin sage: Da habe ein Junge auf der Treppe gesessen und auf seinen Knien geschrieben. Als sie herangewesen sei, habe er gefragt: Ob sie dies da wohl mitnehmen möchte. Das mochte sie wohl. Ich denke mir also dass das Niebuhr war, und so ist sein Schrieb also ganz anständig mit der Morgenpost gekommen.
– So: sagte Pius, und: Aha: sagte Pius. Seine Sekretärin ging. Jürgen lächelte heimlich hinter ihr her.
Mittlerweile war draussen im Flur die Klingel ausgebrochen, nebenan im Sekretariat war lautes Gespräch, auch gegen den Lärm der Pause musste Pius reden: Die Partei werde Jürgen eine Rüge erteilen. Wegen parteischädigenden Verhaltens. Und den Bewährungsauftrag: nächstens in der 12 A durch eingehende Diskussion die Überzeugung herzustellen. Dass Gestalten wie Babendererde, und Niebuhr. Schandflecke seien für eine demokratische Oberschule. Die Partei gebe ihm den Rat. DichvonsolchenElementen konsequentzuisolieren!
Jürgen hatte überrascht zugehört. Er wandte eilig ein: Pius möge entschuldigen... so sei das nicht. Pius scheine zu

meinen Jürgen sei durch Fräulein Babendererde veranlasst worden... nein. Jürgens persönliche Gründe seien diese: er sehe zwischen den Artikeln der Verfassung 41 42 43 und dem Vorgehen der Partei einen Unterschied, dessentwegen und in Erachtung der Artikel 9 12 habe er gegen den Ausschluss von Fräulein Babendererde gestimmt. Ich bin nämlich der Meinung sie hat recht, verstehen Sie? fragte er Pius' hilflos empörtes Gesicht. Er meine dass die benutzten Argumente Vorwände seien, die das Verbot einer anderen Meinung rechtfertigen sollten. Anstatt darüber zu diskutieren. Das halte er sowohl für der Partei schädlich als er das auch überhaupt nicht leiden möge.
Pius wischte das alles weg mit seiner Hand. – Erzähl mir doch nichts: sagte er leise und verächtlich. Jürgen sah dass es Pius hart ankam ihn so zu verlieren, er sagte wütend: Er verbitte sich dass Pius tue als ob er löge! Auf den Fluren war Gerede, Türen schlugen zu, über ihnen liefen unablässig Schritte. Genau vor der Tür mussten welche stehen, die sich abscheulich freuten über einen verlorenen Schlüssel zum Physik-Saal.
Pius versammelte sein Gesicht in erhabener Würde und stand auf. So auf Jürgen hinunter sagte er: Jürgen habe gestern in der Sitzung diesen angeblichen Unterschied nicht erwähnt, da habe es ihn also nicht gegeben. Und dann habe Jürgen sich. Von zweideutigen Elementen. Gegen unsere gerechte. Sacheaufhetzenlassen! Überhaupt sehe Pius. Hier etwas Verdächtiges. Niebuhr nenne. Die gleichen Unsinnigkeiten wie Jürgen. Und – ich – sage – dir (sagte Pius): wenn hinter euch. Etwas steckt –. Sowerdenwiresschonfinden!!
Jürgen hatte Pius' Gesang betrachtet als begreife er nichts mehr; er begriff nichts mehr. Er hätte nun überall sitzen können mit so hängenden Armen und solcher Müdigkeit, hier war es ihm über. Aber er wusste dass hierhin irgend eine Antwort gehörte, und die war nun durchaus Jürgens,

es war eine vollständig aufrichtige Meinung: Pius sei wohl verrückt?
Die vertrauliche Anrede traf den Schulleiter hart, die Empfindung der Würde war gröblich verletzt. Pius sah sich ausser Stande etwas Passendes zu bemerken, er sah ungläubig hinter Jürgen her, bis der sich umwandte an der Tür. – Ach so: sagte er, ihm mochte etwas eingefallen sein. Die Rüge (sagte er) nehme er unter diesen Umständen nicht an. Ein Bewährungsauftrag sei dann wohl nicht von Nöten, und alles in allem scheine dies wenig Achtung vor der Parteidisziplin. Er bitte dafür bestraft zu werden.
Weiter sagte er nichts. Er machte die Tür achtsam zu hinter sich und Pius mochte sie abermals betrachten. Er betrachtete sie. Als er nun auf das Klopfen antwortete, war sein Ton wahrhaft ärgerlich. Die von Bodmer kam herein und sagte mütterlich zurechtweisend: Was machen Sie hier eigentlich?
– Frau von Bodmer: sagte Pius in schrecklicher Kälte. Er griff zur Post. Frau von Bodmer möge die 12 A hierher holen.
– Was noch da ist: sagte die Frau und ging kopfschüttelnd in ihr Sekretariat.

53

Das war immer noch früh am Tag und zu Beginn der dritten Stunde, und der Rundfunk von Hamburg spielte ein Brandenburgisches Konzert, und das Radio stand neben Katinas Liegestuhl auf Sedenbohms Rasen, und Ingrid lag in dem anderen Liegestuhl, und beide sagten nichts, und das war ein Grosses Konzert, und es war sehr lange her. Katina hatte ein Buch vor sich und las. Ingrid hielt ihre Hände unbeweglich auf ihrem Gesicht, das mochte wegen der Sonne sein.

Das war eine sehr sonderbare Musik, die war so inständig zuversichtlich. Es war für Ingrid als habe diese Musik etwas durchaus Gewisses vor, als gehe sie geduldig immer wieder herum um diesen bestimmten Vorsatz von Heiterkeit, unablässig wissend von der Sicherheit der Ankunft und aufgehoben in lauter Wohlmeinen. Wenn Ingrid die Augen öffnete, sah sie die warmen hellroten Lichtadern zwischen ihren fest geschlossenen Fingern. Auf ihrer Stirn lag gewichtig und spannend die Sonne. So hineingehalten in ihr Daliegen und Warten lag sie da, wartend dass sie dies verstehe. Als die Musik wieder anging, war ihr plötzlich als sei es nun in ihr und ganz in ihr; sie nahm die Hände von ihrem Gesicht und richtete sich auf; nun war sie ganz unruhig.
Katina liess das Buch sinken und sah ernsthaft auf ihre Tochter. Sie versuchte zu lächeln, aber Ingrid blickte starr in das Blütengeflirr der Bäume und würde es nicht bemerken. Katina griff eine Zigarette aus dem Kasten auf dem Radio und warf sie Ingrid in den Schoss. Ingrids Augen gingen langsam herum zu ihr. Sie beugte sich vor und sass nun sehr verkrümmt da und sah Katina an ohne sie zu sehen und ohne etwas zu sagen mit ihrem Blick. Katina warf ihr schweigend die Streichhölzer zu. Ingrid fing sie in einer Hand aus dem Fluge und nickte. Nachdenklich betrachtete sie die nahezu unsichtbare Flamme des Hölzchens, das sich an der Luft zu verzehren schien. Endlich begann sie zu rauchen in tiefem gierigem Einatmen. Jetzt war der zweite Satz zu Ende. Es war ganz still.
Ingrid stand einen Augenblick lang mit überlegsam vorgeneigtem Kopf still in der Sonne bei Katina und stieg dann in den Garten hinunter. Sie ging aber um das Haus herum, und die aufgereckt wartende Katina musste die Musik leise machen um hören zu können wie sie fortging. Das Gartentor klappte zu in einer Weise, der anzumerken war dass Ingrid ohne Eile hindurchgegangen war: ohne Vorsatz

und vielleicht nur, weil Fortgehen so aussehen mochte als verändere sich etwas. Katina lehnte sich schweigend zurück und nahm Ingrids Zigarette zu sich.
Sie ging über den Wall. Sie hielt sich an der Seite der Stadtmauer und betrachtete das zersprungene und zerrissene Gefüge der Steine. Die Stadtmauer sollte seit langem abgebrochen werden, aber es war nie über einen Anfang hinausgekommen damit, das Gemäuer war unglaublich zäh. Manchmal waren Spuren zu sehen von versuchtem Abbruch. Ingrid blieb oft eine Weile stehen vor einem solchen halb blossgelegten Stein. Wenn sie ihn genug angesehen hatte, ging sie weiter. So war sie da also unter den hohen alten Buchen, und du musst zugeben dass es gut anzusehen war wie das helle Blau ihres Kleides und das Weiss ihrer Bootsschuhe sich passten in das warme flitternde Blättergewölbe und in den frühen Vormittag.
Die hellen staubigen Reifen knirschten malmend im Kies unter dem scharfen Ruck der Bremsen, standen still. Klaus stützte sich weit vor auf die gleissende Lenkstange, beachtete das stille Zittern und Schrägen des Vorderrades, sagte so angelegentlich überlegsam: Wie machen wir das nun? Er hob sein Gesicht auf gegen sie und stellte bedeutend ratlose Verlegenheit dar, wie machen wir das?
– Tschä...: sagte Ingrid so bedenklich, nämlich: sehr passend sei schlicht und ergreifend, kannst du schlicht und ergreifend?
– Kuss auf Stirne: sagte Klaus, und Ingrid legte Hand an seinen Kopf und tat so kostbar verzogenen Mundes, und sie sagte: Ich auch!, und Klaus hob feierlich ihre Stirn unter sein Kinn.
Sie gingen an der Mauer entlang unten um die Stadt. Der Stadtgraben lief murmelnd hindurch unter dem leisen Schnurren des Rades auf dem steinbrösligen Weg, zog sich zurück zu dem endlos kirschfarbenen Gemäuer zwischen Kastanien.

Die Rehfelde sei gestern abend...: sagte Klaus.
In der Mauer öffnete sich ein Durchbruch. Über lauter blühenden Obstbäumen türmte sich der Dom grob und trockenrot in die Stille.
– Pete hett eis Melk to S-tadt füet...: sagte Ingrid.
– Ja-u: sagte Klaus.
– Füet ut't Dööp rut mit sin Wagn, hett doe de Kann'n up, de staon doe nemnanner aon Deckels un dat klappet un klatscht. So füet hei nu.
– S-teit doe ein Jung an'n Wech: sagte Ingrid. – De secht to Pete: ob hei woll mitfüen kann? Schescha: secht Pete. Na.
– Na: sagte Klaus. – De Jung kladdet rup, sett sik nem Pete un freut sik sche woll dat hei mitfüen kann. Hei kickt nao de Pieeköpp as de upp un daol gaon, un nao Petes Hänn as de dat maokn mit de Lin, un so, nich?
– Öwe dat's sche nu man ümme dat sülwige: sagte Ingrid.
– An'n Enn dreit sik de Jung üm upn Bock un süt na de Melkkann'n. Wo se doe staon inne Sünn un de Melk klatsch ümme houch von dat rümplige Füen. Na...: sagte Ingrid.
– Na nu schedenfalls: sagte Klaus.
– ...fingt de Jung an... in de letz Kann doe innere Eck: rintos-puckn! Dröppt se ok: sagte Ingrid: Freut ein' doch, nich?
– De nächst: sagte Klaus: Steit doe nu gliks donem, kann'n sche vesökn...
– De dröppt hei ok: sagte Ingrid.
– Na: hei s-puckt nu aon Avsettn inne Melk, ümme s-trikt nao de Reich...: sagte Klaus.
– Lient'n ümme wat tau: sagte Ingrid, – Geit ümme bäre: sagte Klaus, – Schescha: sagte Ingrid, – Nich? sagte Klaus.
– As hei nu bi de vöeletz Reich ankaomn is: sagte Ingrid:

Dreit Pete sik üm, un süt wat de Jung doe maokt, un wunnit sik! Kann'n sche ves-taon.
– So-u bliwt hei bi mit Wunnin, nu nümmt hei de Pip utn Munn, nu secht hei...: sagte Klaus.
– Hetthei secht...: sagte Ingrid.
– Sche...: secht hei: sagte Klaus.
– Schaodt je niks...: sagte Ingrid.
– Öwe wat sall dat?
– Secht hei! sagte Ingrid lachend. Ihre Schultern legte sie erschüttert zurück und sie lachte, es ging nicht so einfach und von vornherein, es war nun allerhand mit ihrem Lachen; aber sie blieb dabei und lachte sehr, sie konnte gar nicht davon abkommen zu lachen in ihrem Hals und Klaus sah es alles an mit Petes Gesicht und sie lachte noch mehr. Es war ungewöhnlich erfreulich sie lachen zu sehen und zu hören in dieser unmässigen Weise von Heiterkeit.
An den Koppeldrähten vor dem Kleinen Eichholz pfiff der Wind andächtig durch den Vormittag, der Untere See lief klatschend auf am Ufer; die Pferde kamen ihnen von weitem entgegen.
Öwe Pete un de Jung, mit eern Waogn, de füen je wire. Und sie sahen sich nicht um nach ihrer rückwärtigen Begleitung.

54

Tanten Gertrud hatte die Teller vom Tisch geräumt und war mit Ingrid zum Hühnerfüttern gegangen. Onkel Martin lehnte immer noch auf der schweren Holzplatte mit seinen Ellenbogen und sah auf seine Hände. Er stopfte Tabak in seine Pfeife. – Ja-u: sagte er zögernd. Katina legte Zigaretten und Streichhölzer vor sich und Günter stand auf und brannte ein Streichholz für sie an. Katina nickte, seine Verlegenheit verschwand sofort vor Aufmerksam-

keit. – Un wo hest du di dat wire dacht? fragte Onkel Martin.
Klaus lehnte gelassen auf der Bank unter dem Fenster und sah nachdenklich vor sich hin. – Doe is je woll wire niks to bedenkn: sagte er gleichmütig erstaunt: Doe wad mi kein ein helpn. Ik möt sein wo ik dööchkaom.
– Die Babendererdes in Lübeck: sagte Katina vorsichtig beiläufig: Würden Sie gewiss aufnehmen.
Klaus schüttelte seinen Kopf nebenbei und Onkel Martin verzog spöttisch seine Lippen. Gegen Katina waren sie so höflich sich eben so lange nicht anzusehen.
– Wohin willst du denn überhaupt? fragte Günter. Er sah Klaus nicht an; seine Finger drehten unaufhörlich ein Messer so und so.
– Hannover: sagte Klaus beispielsweise.
– Doe hebbn wi iest recht kein'n: fragte Günter. Onkel Martin antwortete ihm mit verneinendem Kopfbewegen. Er stand auf und griff sich mit der Zange ein Stück Glut aus dem Herd. Er sah auf, als Günter fragte: Weil es nicht Lübeck ist? Er hatte nun begriffen und Klausens Achselzukken bemerkte er nicht mehr.
– Din Varre: sagte Onkel Martin, als er die Glut auf der Pfeife hatte und so zwischen dem Ansaugen: Din Varre wull juch gien up de Schaul. Un ji sid de letzten Niebuhrs.
– Ik gao to Schaul: sagte Klaus.
Der alte Niebuhr kehrte sich um gegen Katina und betrachtete ihr Dasitzen und Rauchen; als er sich wieder am Tisch niederliess, sagte er: Fru Baobende-eede, niks in' Bösen:
– Er hat ja recht: sagte Katina. – Hei hett Recht: sagte sie: Ik harr Ingrid ok leewe woannes.
– Twei Schaor lang nembi abeidn: sagte Onkel Martin erwägend. Der Tabak in seiner Pfeife knisterte, röchelte auf nach einem heftigen Zug, brannte jetzt ruhig weiter.

Günter stand auf und griff seinen Tornister hoch. In seinem Halse ging etwas Hartes auf und nieder, er sah zerstreut auf dem Tisch umher und sagte mit leicht unsicherer Stimme: er fahre jetzt zur Schule. – Ja-o: sagte Onkel Martin. Katina wollte ihn blickweise trösten, aber das half ihm nichts; wortlos ging er nach draussen.
Der Flur war ganz laut von jungen Vogelstimmen; an einem Deckenbalken hatten Schwalben ein Nest gebaut. Sie bewohnten es seit für Günter unvordenklichen Zeiten, und niemals hatten Niebuhrs das zerbrochene Fensterglas über der Hintertür ersetzt: die Schwalben mussten immerhin hinein und hinaus kommen dürfen. Jetzt flogen sie unaufhörlich durch das Loch und fütterten ihre schreiende Brut; die offene Tür beachteten sie gar nicht. Auf die Fliesen unterhalb des lehmmörtligen Baus war eben ein mit zwei Hölzern beschwertes Stück Pappe gelegt. Und Günter stand daneben und sah nach oben wie nach unten, wandte sich schliesslich ab mit Achselzucken, trat auf den Hof. Er schleuderte den Tornister passlich auf die Milchkannenbank, stand wartend, bis er richtig lag, schlenderte mit einer Art von befriedigtem Nicken weiter.
Nachher sass er auf dem Schleusensteg am unteren Ende. Er liess seine Beine baumeln und sah müde in den ruhenden Fluss. Es war sehr heiss, die Luft hielt sich ganz still.
Nach einer Weile wurde es auf dem Hühnerhof ruhig. Ingrids Schritte kamen am Becken entlang, Günter hörte die Riemen seines Tornisters an ihre Beine schlagen.
– Ich geh nicht zur Schule: sagte er ohne aufzusehen.
– Was fällt dir ein! sagte Ingrid betroffen. Sie kam auf den Schleusensteg und liess sich nieder neben ihm, was ihm einfalle? Er sass da mit versperrtem Gesicht und antwortete nicht.
– Ja-a: sagte Günter und würgte trotzig herum an der Erklärung. Die Weisheit von Pius war unermesslich und Lü-

beck war noch nicht einmal das selbe wie Hannover.
– Das wisst ihr wohl: sagte er bockigen Tones. Und sein starres Schweigen sollte deutlich machen dass er solche Fragen albern finde.
– Du so geht das nicht: sagte Ingrid und vor ihrer plötzlich abgewandten Nachdenklichkeit fiel Günter ein dass sie meinte was sie sagte. Aber er dachte sie habe gut reden, und dann erkannte er das als Unsinn noch, bevor Ingrid nicht so gut reden hatte: Und Pius – musst dich gar nicht um kümmern.
– Ihr habt euch aber auch um ihn gekümmert: sagte Günter trotzig. Was ich gesagt habe habe ich gesagt.
– Jaja –! gab Ingrid zu, aber in ihrem Munde war das etwas ganz Beiläufiges. – Als wir das gelernt hatten. Sie sassen lange schweigend nebeneinander.
– Ist deine Mutter schon lange weg: fragte Günter mürrisch. Es braucht seine Zeit wieder Wohlwollen einzurichten, aber es war wohl so, als Ingrid lachte. Sie lachte wirklich, und insofern verhielt es sich mit ihr besonders und war es wieder anders als mit Klaus. Wenn er und Klaus das selbe Grienen hatten, so war das gewiss eine Sache mit Hintergründen; aber mit Ingrid war es eben manchmal als wisse sie mit ihren Augen noch viel mehr von dem was nicht zu sagen war.
– Bis heut abend: sagte Günter, als er davonfuhr auf Klausens grossmächtigem Rad. Er wartete, bis Ingrid ja gesagt hatte.

55

Als Jürgen auf das Schleusengelände kam, riss sich ein unruhiger fülliger Wind über den Weitendorfer Berg auf den Unteren See; mitunter flog der trockene Sand des Weges staubig auf. Es war aber unverändert heiss. Der Himmel zog unmässig viel Hitze zusammen in seinem grossen Blau.

Jürgen stellte sein Rad am Schuppen ab und wandte sich nach oben. Er hatte von der Schleusenbrücke her Ingrid auf dem Bootssteg gesehen. Jetzt noch stand sie unbeweglich mit dem Gesicht zum See, ihre Haare wirbelten in dem schnellen Wind. Neben ihr sass Klaus. Vorn schaukelte die Squit gegen die Leinen.

– Halloh: sagte Klaus, als Jürgens leise Schritte hinter ihnen ankamen. – Halloh: sagte Jürgen. Er sah auf Ingrids Stehen und Weitwegsehen; siehe wie aufrecht sie stand mit ihren Schultern. Sie wandte sich um zu ihm, hell und klar hielt sich ihr Gesicht über dem schwarzen Kragen des Training-Anzuges. – Wir haben uns wohl gedacht dass du kommst: sagte sie, ihre Augenbrauen zitterten lustig und angestrengt unter dem grossen Licht. – Und siehst du: da bist du auch.

– Wohl wohl: antwortete Jürgen gelassen. Klaus sprang ins Boot. Er hockte sich auf das Achterdeck und hielt seine Hände am Mast, der vor ihm in der Schere lag. Er sah wartend zu ihnen hoch mit freundlichen Sonnenfalten in seiner Stirn. – Sieh mal: sagte Ingrid: Was er müde ist! – Ja: sagte Klaus. – Überleg dir das. Der Wind riss ihnen die Worte vom Munde. Vorn an der Mole warfen die Wellen hoch auf. Ingrid stützte sich in den Vorraum hinunter. Klaus begann den Mast hochzudrücken, Ingrid hockte wartend am Fuss und untersuchte die Bolzen.

Jürgen knöpfte wortlos seine Hemdärmel auf und zog sich das Hemd über den Kopf. Als der Mast stand, war er in der Turnhose und schwenkte das aufgerollte Gross-Segel zu Ingrid über, mit der Fock unter dem Arm sprang er hinterher. Langsam kam das Gross-Segel hoch. Klausens Finger drückten das Segel in den Mast, brachten die Steiflatten ein; Ingrid stand spreizbeinig neben ihm und zog mit beiden Armen das Grossfall an. Sie redeten kein Wort dabei;

sie hatten unzählige Male zusammen aufgetakelt. Als der Wind das Gross-Segel fassen konnte, schwenkte es sofort mächtig hin und her. Jürgen zog vorn die Fock auf, die begann gleich zu knattern.

Ingrid kniete im Achterraum und zog die Gross-Schot durch die Ringe. Allmählich kam das Segel fester, die Squit ging weit nach der Seite über. – Im Vorraum: sagte Jürgen und lehnte sich aufatmend gegen die hochliegende Bordwand, er sagte: Im Vorraum liegt ein Pütz? Klaus duckte sich in den Vorraum nach der Pütz. Er bog sich unter dem Grossbaum hindurch auf Jürgens Seite und hielt den Arm mit der Pütz über Bord. Jürgen legte die Fockschoten zurecht in seiner Hand. – Ja: sagte er ungeduldig zu dem wartenden Klaus, er schob seine Brille auf den Steg. Klaus schwenkte Jürgen gelassen und fachmännisch eine solche Menge Wassers ins Gesicht, dass dem zunächst der Atem wegblieb. Prustend wischte er herum in seinem Gesicht, das Wasser lief kühl und ausführlich an ihm herunter. Er sah jetzt besser aus, seine Augen waren frisch. Er sagte auch: Ihm sei schon besser. Ingrid fragte: Ob denn allens klar sei?

– Allens klar: sagte Jürgen. Er bog sich zum Steg hin und legte die vordere Leine ab, Klaus machte die Squit achtern frei. Ingrid nahm einen Arm an das Ruder und hielt das Boot mit der anderen Hand am Steg. Der Griff zog inständig in ihren Handgelenken. Die Squit begann sich in den Wind zu drehen, das Gross-Segel schwenkte ruhig ein. Als Jürgen neben Klaus auf dem Waschbord hockte und die Fock heranholte, liess Ingrid den Steg los. Die Squit tobte sofort los vor dem Wind, riss sich durch das wegklatschende Wasser; sie waren sehr schnell mitten auf dem See in der Höhe der Stadt.

Als Ingrid Kurs nahm auf die Durchfahrt, sah sie hoch zu Klaus und Jürgen. In ihren Gesichtern drückte der Wind herum, ihre Haare flogen, sie waren unentwegt gleichmütig. Der Wind lärmte wütend um sie, das Wasser schlug hart gegen den Bug; das Licht war ganz hart in all dem. Das war ein guter Wind, nicht wahr? Die Wellen hatten allmählich immer mehr schaumige Köpfe.

56

Drei Stunden nach Mittag stand die 12 A vor der Aula, in der gestern die Versammlung vor sich gegangen war; die Flurfenster standen weit offen und über dem Wall hielt sich das windigste Sonnenwetter, das du dir vorstellen kannst für einen neunundzwanzigsten Mai. Die 12 A stand schweigend an der grossen kostbar geschnitzten Tür und sah in die Aula.

Die elften Klassen waren zugange die Aula für die Reifeprüfung vorzubereiten. Die Sitzbänke waren hinausgetragen, nun wurden Tische aufgestellt mit je einem Stuhl. Der Abstand von einer Tischkante zur anderen betrug einen Meter und siebenundsiebzig Zentimeter. Die Mädchen der Elften drängten sich mit Blumen in den Händen an der unbeweglichen 12 A vorbei. Sie taten auf jeden Tisch eine kleine Vase und nahmen sich Zeit und Mühe die Blumen dem Auge erfreulich hineinzustellen, und Herr Sedenbohm lehnte innen neben der Tür und führte die Aufsicht.

Als er auf und ab zu gehen begann, blickte er kurzweg hoch und sah die 12 A und sah Itsche und Klacks und Dikken Bormann und Pummelchen und Hannes und Eva und Söten und Marianne in seinem schnellen heftigen Aufblikken und blieb plötzlich stehen zwischen dem dunkelroten ehrwürdigen Holz des Türrahmens und sie sahen seinen spöttisch aufgereckten reglos bitteren Kopf und sie wollten ihm gern sagen sie wollten nach der Reifeprüfung ihrem Direktor die Sicht benehmen mittels eines über seinen

Kopf gezogenen Sackes und seinen sterblichen Leib verprügeln mit den Latten seines netten kleinen Gartenhauses nach der Reifeprüfung, aber sie schwiegen Hannes neben Söten und Eva und Pummelchen und Klacks und Marianne und ihre letzte Einigkeit war nichts zu sagen, und Herr Sedenbohm schritt schon längst aufsichtig an den Fenstern entlang nach vorn, wo der Spruch angebracht war neben dem Bild.

Sie gingen schweigend über den unbehaglich vollgeräumten Flur um ihre Taschen zu holen. Sie waren seit der Dritten Stunde im Direktorzimmer gewesen und hatten nichts gegessen seit dem Morgen; sie durften jetzt essen. Sie durften morgen sitzen in vollständigen feierlichen Anzügen und würdigen ernsthaften Kleidern an den vereinsamten Tischen vor Pius, und Pius würde eine Mappe vor sich halten und einiges Erbauliche vorlesen über die Bedeutung einer Reifeprüfung für das politische Bewusstsein / für das Verhältnis zur Gesellschaft / für den Gang der Bildung / für den jugendlichen Charakter wie eben, und der kleine Dr. Krantz würde aufgerichtet stehen vor dem schicksalschweren Briefumschlag mit der Prüfungsaufgabe mit festlicher Langeweile und Pius' wohltönender Gesang und die kleinen Blumen in den kleinen Vasen würden befestigen in den bereiteten Herzen die Empfindung: Hier habe allerhand auf dem Spiel gestanden; hier sei es auf etwas angekommen.

Im verlassenen Klassenraum der 12 A schlug der Wind ein offenes Fenster knallend hin und her.

57

Das war aber ein aufregendes Segeln bei dem Wind. Als sie vor Holthusen waren, kam welcher von Land dazu; das gab harte kleine Böen. Die waren eigentlich kurzlebig.

Aber sie hatten unerhört aufzupassen, wenn das Zeug ankam. Zeiten lang lag die Squit sozusagen mehr auf der Seite als auf dem Boden; auf dem hochliegenden Bord hingen sie alle drei weit hinüber und warfen sich ruckweise gegen die Gewalt des gebeugten Segels. Jürgen hatte alle Mühe das Boot zu halten. Plötzlich liess die Bö nach, langsam kamen sie wieder in die Höhe aus ihrem angestrengten Liegen. Unter diesen Umständen hätten sie reden können, aber sie hatten noch kein Wort geredet seit einer Stunde. Das war seit sie die Schleuse verlassen hatten.
Allerdings waren sie überaus zusammen in einem Boot; und daran hatte es schon einige Male gelegen, als sie vorhin in der Mitte gewesen waren. Es kam da darauf an dass sie sich nur blickweise völlig und rasch verständigen konnten, das konnten sie aber. Auf diese Weise gingen sie über Stag in der anständigsten Art, die sich dafür denken lässt. Sie nahmen eigentlich wenig Wasser über. Manchmal sprang eine besonders hartnäckige Welle hoch und warf sich über sie, aber das war auch gut so. Klaus brauchte sich nicht nach der Pütz zu bücken und Jürgen bekam auf viel gründlichere Weise was ihm nottat. Bisweilen waren sie von unten bis oben besetzt mit kleinen blinkenden Tropfen. Nach wenigen Minuten hatte die Sonne alles weggenommen.
Sie waren wohl allmählich müde. Aber (so weit sich das von Land beurteilen lässt:) es ging ihnen gut. Das waren solche geschwinden Vorfälle: Jürgen richtete sich ein wenig auf, hob sich vorgebeugt ab von seinem Sitz auf dem Waschbord, vor ihm glitt Ingrid auf die andere Seite, Klaus war auf dem Sprung nach drüben, die Fock hatte kaum Zeit zu flattern vor gewaltsamem Hinüberklappen, die Squit stand plötzlich immer stiller, drehte sich schweigend und regelmässig mit dem Gross-Segel, das unabwendbar zuverlässig überschwenkte – indessen sassen sie schon längst wieder oben nebeneinander, die Squit raste lautlos

durch das Brüllen von Wellen und Wind. Das war vorhin gewesen in der Mitte vor Gross Bülten, und sie hätten ebensogut dabei kentern können. Sie waren aber nicht gekentert. Sie würden ja wohl auch nicht.

58

Als er aus der Schule zurück war, ging Günter mit Tanten Gertrud zum Melken auf die Wiesen am Kahlen Kopf. Er hatte das Fernglas mitgenommen.

Er tat Eimer und Trageholz von sich ohne erst über die Schleete zu steigen. Er lief auf dem schmalen kaum noch deutlichen Pfad durch das dicht verwachsene Erlengesträuch am Ufer; immer wieder musste er moorigen Stellen ausweichen und sich übrigens mit Mühe hindurchwinden zwischen den verschlungenen Zweigen. Hier war lange niemand gegangen. Am Ende zog sich der Pfad aus dem sumpfigen Boden bergan; Günter kam da in aller Hast ins Stolpern. Kaum war er ohne Aufenthalt weitergelaufen, schlug eine dünne Gerte scharf und kräftig in sein Gesicht. Er sagte nichts, kletterte nach oben.

Von der Squit war nichts gewahr zu werden. Unter ihm standen an der Durchfahrt die drei Birken in dem Wind, drüben war die Kiefernbucht. Günter suchte das Westufer vor dem Grossen Eichholz ab. Querüber von Holthusen kam ein Schlepper mit zwei Kähnen; er war jetzt auf der Höhe der Pötterkuhle. Die schweren Prahme dümpelten. An den Wiesen des Ostufers war nichts. Das Reeder Holz war unscharf, klärte sich in den verschobenen Gläsern. Aus der Reeder Bucht ging ein rasender weisser Punkt hinaus in die Mitte, der heftig aufschien, wenn er sich gegen die späte Sonne erhob, der verschwand in dem glitzernden weiten Tuch des Oberen Sees.

Günter setzte das Glas ab. Er hielt sich eine Zeit lang still

gegen den Wind. Der federte gewaltsam entlang an seinen Gliedern, riss an seinem Hemd, drückte inständig gegen sein Gesicht; zerrte seine Haare durcheinander dass es nahezu schmerzte. Die Haut brannte unter dem Ansturm der Sonne und der schnellen heftigen Luft.
Plötzlich war es wie überwindig. Hinter Holthusen fernab kam unaufhaltsam stetig eine lange dunkelblaue Wolke hoch. Die wurde langsam grösser, und das Land unter ihr wurde verdunkelt und undeutlich.

59

Nun hatte die Wolke ja Wind mit sich, und sie hatte viel Wind mit sich, und sie waren noch dabei gegenan zu gehen, davon sollten sie jetzt allmählich abkommen, aber geh du über Stag und halse vor so viel Wind, und überhaupt wurde es nun ganz dunkel, aber der Himmel leuchtete so seltsam aus seiner dunkelblauen Finsternis, man kann Masten auch absegeln, sie lagen so schräg wie sie nie gelegen hatten, und sie gingen immer noch gegenan, es war nicht abzusehen wohin dies sollte mit ihnen. Die Wellen kamen vorn über dass es eine unglaubliche Art hatte, die waren sehr hoch, und die Squit stürzte anprallend hinein in die Täler dass sie ächzen musste, und plötzlich war das Ruderholz in Jürgens Hand so geringfügig und verletzlich dass er sich heimlich wunderte, es schien als könne man das zwischen zwei Fingern zerbrechen, und das Wasser quoll wieder ganz schwarz und tückisch auf vor dem Bug und wieder ruckte der Kiel unter ihren Füssen. Ingrid hing nur noch in ihren Beinen und der Fockschot, steif und unbeweglich standen ihre Füsse am Schwertkasten, Klaus hing neben ihr an seinen um das Waschbord geklammerten Händen, sie waren völlig draussen, und als die Gross-Schot in Jürgens Hand rutschte, warfen sie sich ruckweise

gegen die gewichtige Schräge des Gross-Segels, und in diesem Ruck brachte Jürgen das Gross-Segel wieder heran, sie gingen unverändert gegenan, und Jürgen kriegte einen Brecher ins Gesicht, der war viel mehr als ein Pütz voll, und als er Klaus und Ingrid wieder sah, hatten sie die ganze Zeit gegrinst und in ihren Augenbrauen hielten sich still und blinkend Wassertropfen aneinandergereiht, die grinsten auch.
Es regnete immer noch nicht.
Aber dann war es sehr still, der Wind war weg, die Squit stand still, das war aber nur, weil das Gross-Segel wegging und die Squit drehte sich wie auf einem Teller, es war aber ganz und gar nicht ein Teller, und da kam eine grosse Welle, die sprang zwischen ihnen ins Boot, aber als sie auf der anderen Seite wiederkommen wollte, war die Squit schon weit weg, der Wind war nämlich längst wieder da, er war mehr da als jemals zuvor; ausser dem hatten sie ihn jetzt schräg von achtern. Jürgen hatte die Fockschot schon, vor ihm legten Klausens sehr ruhige Finger das Grossfall ab, und Klaus warf sich weit hinaus mit seinem Hals, als Ingrid sprang, denn Ingrid sprang, und das Gross-Segel war unten, war unter Ingrid (jetzt fing es an zu regnen). Und das Segel schlug wie verrückt unter Ingrid, das Knallen konnte aber auch vom Donner sein, denn Blitze zerrissen die Finsternis von oben bis unten, da sah Jürgen, wie Ingrid das Segel wütend zusammenboxte, dann war es ganz ruhig unter dem Grossfall, das war wohl durchgerutscht, das soll nicht durchrutschen, Ingrid hatte es aber und verwürgte das Segel als wenn es nicht regnete wie es regnete.
Es regnete nämlich Wasser und Hagel durcheinander, das schmerzte vielfach auf ihren nackten Rücken, die Blitze waren immer noch sehr hell, aber Jürgen hielt seine Augen offen, denn er betrachtete den gebeugten Nacken Klausens vor ihm. Klaus hockte ungerührt vor Jürgens Hand und

wickelte vorsichtig die Gross-Schot ab, das tat gar nicht weh, sie war aber wie eingewachsen in den Kerben auf dem Handrücken, und dann waren da Ingrids Finger, die das Ende der Fockschot abnahmen, jetzt fühlte Jürgen den einzigen Krampf und da lag gerade die Pütz vor ihnen, die tat Klaus voll Wasser, sie hatten ja nun genug im Boot, und Jürgen bekam ein Wasserkissen ins Gesicht geschleudert, dass er ganz hoch aufatmen musste in dem Regen, Klaus hatte das Ruder, Ingrid hatte die Fock, es war ihnen schon besser und es war allens klar.
Im übrigen machte es dem Wind wenig aus dass er sich nur an die Fock halten konnte, die Squit schlug sich über den See wie selten bei Schönwetter und unter vollem Zeug. Sie konnten allerdings nicht sehen wohin sie etwa kommen mochten; zehn Meter vor dem Bug fing der Nebel an und wenn sie dort waren, stieg wieder Nebel aus dem Geprassel der Regentropfen im Wasser. Sie waren schon nicht mehr so dicht am Gewitter, ab und zu donnerte es irgend wo hinter dem Nebel. In einer halben Stunde sollten sie vielleicht an Land sein, das war auch nötig: dachte Jürgen. Denn Ingrid fror sehr, sie schien nicht weit vom Zähneklappern, so unbeweglich sie da auch hockte in ihrem Badeanzug. Wenn sie wenigstens etwas für Ingrid hätten: dachte Jürgen, aber sie hatten nichts für Ingrid.
Manchmal machte der Regen eine Atempause, dann wurde es allmählich hell, während der Wind unschlüssig zerflatterte. Dann aber erschien Finsternis von neuem, auf der schwarzen glatten Oberfläche der Wellen bildeten sich zierlich ausgearbeitete Riffelnetze, hinter ihnen heulte die Bö heran, abermals trommelte es herab auf ihre Rücken, in ihre Gesichter. Der Nebel hielt sich dicht um sie, aber sie konnten sich gut sehen.
In der Reeder Bucht trafen sie die »Schwanhavel«. Sie liessen sich ins Schlepp nehmen.

Kurz vor Mitternacht kamen Klaus und Jürgen in den Dienstraum der Schleuse zurück. Günter war im Lehnstuhl eingeschlafen. Sein Kopf lag mühselig schräg gegen die Kante, er atmete tief und beständig und bewegte mitunter sein Gesicht gegen die Lampe und das Geräusch des Radios. Sie standen lächelnd über ihn gestützt, legten seinen Kopf bequemer und schirmten die Lampe ab. Es war noch Zeit übrig.

Jürgen setzte sich vor Klaus auf die Tischkante und legte quer über die Landkarte einen Zettel. In dessen linke obere Ecke stand gedruckt der Name der Schule, darunter war mit einer Maschine etwas geschrieben. Die Namen Babendererde und Niebuhr hatten Striche unter sich. Der Stempel war abgedrückt in bedächtiger Klarheit. Klaus hob beiläufig seine Schultern an und zog sie wieder ein, Jürgen antwortete mit Lippenzucken.

Aus dem Radio kam gelassen und grossartig die tiefe rauchige Stimme eines Mannes announcing AND NOW ... Billie MAY and his orchestra: GOEN OUTSIDE. Hinter ihm begann ein Trompetenchor feierlich Gequältes aufzuführen; dann war da ein Saxophon, das stieg faul und verzweifelt durch ein endloses Treppenhaus, in dem waren alle Türen durchsichtig.

Jürgen nickte mit seinem verzichtsam spöttischen Lachen zu den vier Buchstaben von PIUS, die Klaus gross und zügig über den Stempel gemalt hatte. Klaus lehnte sich zurück und schloss die Augen; sie blieben wartend vor einander sitzen. Jürgen betrachtete nachdenklich Günters tapferen Schlaf. Wenn das Saxophon atmete, war das Zimmer so still wie das ganze Haus.

– Du kannst jetzt unterschreiben: sagte Klaus leise. Er hatte die Augen nicht geöffnet. In seinem Gesicht rührte sich nichts.

Jürgen fuhr mit seinem Finger auf der Landkarte entlang. Die dunkelblaue Ader bedeutete den Fluss, dort war Weitendorf. Die Ader wand sich wieder lange durch Wald, erreichte endlich die drei Seen. Am Rand des zweiten knickte der schwarze Strich der Schnellzugstrecke durch den Kreis, der eine Stadt meinte. Der Bahnhof war gleich am Ufer, dessen Gelände war aber bewacht. Sie mussten oberhalb anlegen.
– Ich werd auch unterschreiben: sagte Jürgen gleichmütig. Sie waren sehr müde.
Billie May and his orchestra marschierten ernsthaft und ungeschickt eine nächtlich feuchte Strasse unter Bögen von Laternen. Manchmal stolperte einer, und jetzt fielen sie alle übereinander.
– THAT WAS...: sagte die Stimme. Klaus nickte und stand auf.
Die Treppe nach oben steckte an allen Ecken und Enden voll Lärm, ihr Knacken widerhallte in der Stille. So kam das Licht von Klausens Taschenlampe sehr langsam hoch aus dem Treppenschacht, flackerte an den Dachziegeln, fiel endlich mehr und mehr über den Boden.
Auf dem gestampften Lehm zwischen den Balkenvierecken lag an der Treppe Korn in grossen gelben Haufen, daneben waren auf Papier Zwiebeln ausgebreitet zum Trocknen, vom Dach herunter hingen Tabakblätter und Maiskolben, Kisten und Truhen standen in den Winkeln, wo das Dach ganz tief herunterkam. So roch es trocken und nützlich auf Niebuhrs Boden; hinter der Tür der Räucherkammer kam es schärfer hervor und ohne staubigen Beigeschmack. Das Licht wanderte von der Treppe auf dem Bretterpfad hindurch zwischen all dem dämmerigen Kram, am Kamin vorbei, da waren zwei Türen: die von der Holzkammer und Klausens: davor teilte sich die Bretterlage in zwei Steige. Auf den Dielen musste man sich am Ende bücken unter der Dachschräge, und so ge-

beugt stand Klaus noch einen Augenblick lang in dem Winkel vor der Tür und hatte die Hand auf der Klinke. Als er die Lampe löschte, starrten hinter dem Kamin hervor unbeweglich die Augen der Katze zu ihm hin. Klaus pfiff leise.

Im Dienstraum sagte die Stimme: Central European Time is NOW –: Twenty-four hours. The Midnight Edition. Jürgen schaltete das Radio aus. Er hob Günter vorsichtig hoch an seinen Schultern. Der war sofort hellwach. – Regnet es noch? fragte er. Jürgen schüttelte seinen Kopf.

61

Aber Ingrid war schon lange wach. Ihr Kopf lag auf ihren verschränkten Händen, ihre Augen waren unbeweglich offen und massen das helle aufgeteilte Lichtviereck, das der Mond schräg an die Wand legte. Jetzt hob sich der Schatten von Klausens Kopf über ihr Sehen.

– Du musst jetzt aufstehen: sagte seine Stimme über ihr.

– Ja: sagte Ingrid. Sein Gesicht war höflich und aufmerksam im Licht.

– Du: sagte sie zu ihm hoch ohne sich zu rühren. Aber es brach dann wieder ab, und sie wartete lange.

– Du möchtest es vielleicht versuchen, du bist so ungeschickt stolz: sagte sie.

– Für den Stolz will ich mich nicht verbürgen: sagte Klaus. Um seine Lippen tanzte Spott in vielen kleinen Bewegungen.

– Ich möcht mit solchen Leuten nichts mehr zu tun haben: sagte er nachdenklich. Er starrte auf den hellen See in der Nacht.

– Und wenn du nicht durchkommst: sagte Ingrid. Klaus lachte leise. – Du solltest man mehr Angst vor dem Chauffeur haben als um mein Durchkommen: sagte er lächelnd und strich mit seinen Händen die Angst aus ihrer Stirn.

– Hannover ist weit von Lübeck: sagte sie aber. Hannover war sehr weit von Lübeck.

– Wir werden ja sehen was an diesem ist: sagte Klaus. Sie würden ja sehen was an diesem war. Ob sie es vergessen hatten über ein Jahr, und ob das schlimm sein würde. Ob Ingrid dies gespreizte Gestab des Fensterschattens und ob Klaus Ingrids Hand an seiner Schulter und ob sie das Poltern der Ruder von vorhin mit dem eigentümlichen Ton von Rudern im Boot vergessen haben würden, und ob das schlimm sein würde. Und das Flirren der Fliederbüsche unter dem leichten Wind und das Schaben der Boote am Steg und das leise Getropf im Schleusenbecken und das graue helle Licht und ihren vorsichtigen Atem und Klausens verquere Haare und diese Narbe an Ingrids Hals und die ungeduldige Uhr und die unablässige Unruhe in ihren Herzen.

Am Sonnabend kurze Zeit nach Mitternacht lief ein schweres graues Motorboot aus dem Kleinen Eichholz auf den Fluss; die Scheinwerfer höhlten das Mondlicht aus mit scharfen Kanten, erloschen sofort in aller Offenheit. Nach der Biegung steigerte das harte ebenmässige Geräusch seinen Ton und warf sich weit voraus; die Fahne am Heck begann ein steifes unbeständiges Flackern.
Rücklings verblieben in grossem dunklem Waldbogen eingebettet die nächtlich blinkenden Häuser der Stadt an spiegelndem Wasser; ein mächtiger Berg mit dickköpfigen zartzweigigen Weiden verdrängte die Rücksicht. Voraus am Ufer federten die feuchten Knicks unter dem kurzatmigen Wind; hinter den Wiesen standen massige schimmernde Scheunendächer über leuchtenden Fachwerkwänden in der hohen hellen Nacht.
Mit seinem bebenden springenden Bug vor gewaltsam hochgewürgten Kielwellen wühlte und wand sich der lange ungeduldige Leib des Bootes in den hellwandigen Hohlweg des Flusses im Weitendorfer Wald. Auf dem erregten Wasser schaukelte das Spiegelbild des Mondes, der Wind lärmte in dem dürren schwankenden Uferschilf.

Nachwort

Für Corinne Müller
Abiturientin des Jahres 1985

Siegfried Unseld
Die Prüfung der Reife im Jahre 1953

Das Manuskript *Ingrid Babendererde* galt als verschollen; überliefert schienen nur jene drei Kapitel, die in dem Sonderband der Bibliothek Suhrkamp von 1968 unter dem Titel »Eine Abiturklasse« vom Autor veröffentlicht waren; »angeblich ist das Manuskript vernichtet«, hieß es in einem Forschungsbericht. Uwe Johnson liebte es nicht, auf seinen ersten Romanversuch angesprochen zu werden. Bei einem ungewöhnlichen, auch einzigen Nachlaß-Gespräch, geführt am 5. November 1983 bei einer Zugfahrt von Frankfurt nach Zürich, versicherte er mir, das Manuskript befinde sich in seinem Haus in Sheerness-on-Sea und ich könnte es ja einmal aus seinem Nachlaß edieren...

Die Geschichte des Manuskripts *Ingrid Babendererde/Reifeprüfung 1953* ist dem Leser der Werke Uwe Johnsons vertraut. Der Text wurde in einer ersten Fassung 1953, in einer vierten Fassung 1956 geschrieben, der 19- und zur Zeit der letzten Fassung 22jährige Autor war damals Student der Germanistik und »weiterer Folgen des Krieges« an der Universität in Rostock. Hier an der Universität fand jene Auseinandersetzung statt, die die Erzählbasis des Romans *Ingrid Babendererde/Reifeprüfung 1953* bildet, die Auseinandersetzung der Freien Deutschen Jugend mit der kirchlich-christlich geprägten »Jungen Gemeinde«; in Uwe Johnsons Nachlaßpapieren fand sich ein Extrablatt des Organs der Freien Deutschen Jugend »Junge Welt« vom April 1953, das diese Auseinandersetzung schildert. Im Roman blickt Uwe Johnson zurück auf die Schulzeit einer Abiturklasse von 1953, Ort der Handlung: »eine Kleinstadt im südöstlichen Mecklenburg«; im Text und später bei den Personenangaben der *Jahrestage* ist er mit

»Wendisch Burg« angegeben. Wendisch Burg aber gibt es nicht als »Kleinstadt im südöstlichen Mecklenburg«. Hinter diesem Namen verbirgt sich wohl ein »wendischer« Ort, der neben einer Burg gegründet war, nämlich die mecklenburgisch-schwerinische Kreisstadt Güstrow, an den Ufern der Nebel, inmitten einer seenreichen Landschaft und, wie es im Text immer wieder heißt, an einem Ober- und Untersee gelegen. In seiner Selbstdarstellung vor der Darmstädter Akademie »Ich über mich« von 1977 schreibt Uwe Johnson: »[meine Mutter] ging in die Stadt Güstrow, da stand das ehemalige Gymnasium, das mein Vater für mich gewünscht hatte, die John Brinckmann-Oberschule.« In dieser Oberschule der sowjetischen Besatzungszone und der späteren Deutschen Demokratischen Republik hat Uwe Johnson seine Schulzeit verbracht, einen zweiten Teil mit, wie er vermerkt, »verändertem Lehrstoff«. Am 18. Juni 1952 hat er dort die Reifeprüfung mit »gut« bestanden.

Der Name der Stadt Güstrow taucht im Text nur einmal und nicht auf den Handlungsort bezogen auf, doch die Topographie von Wendisch Burg gleicht der von Güstrow, und die dort beschriebenen Häuser ähneln jenen »Walmdachhäusern in Güstrow«, deren Abbildung Uwe Johnson auf Seite 138 in die *Begleitumstände* eingefügt hat; Güstrower Kinder sind auch beziehungsreich in den *Jahrestagen* erwähnt; an einer Stelle im *Adreßbuch für Jerichow und New York* wird Ingrid Babendererdes Rede zur Verteidigung der Jungen Gemeinde exakt lokalisiert »in Güstrow am 13. Mai 1953«.

In Güstrow lebte Ernst Barlach, er starb am 24. Oktober 1938; »weil er für einen Juden gehalten wurde, war er in Güstrow auf der Straße angespuckt worden. Den hatten sie mit Verboten von Arbeit und Ausstellungen gehetzt, bis er sich hinlegte und starb.« Die Schulklasse von Gesine Cresspahl wird in den *Jahrestagen* im September 1951 aus

Gneez eine »Betriebsbesichtigung Barlach« in Güstrow machen, und bei all ihren Umzügen nach Hessen, an den Rhein und später an den Riverside Drive in New York sollte Gesine Cresspahl Abbildungen von Barlachs »Fries der Lauschenden« mitnehmen. Dieses Beigepäck ist keineswegs zufällig. Uwe Johnson hat seine Diplomarbeit bei Hans Mayer in Leipzig über Barlach geschrieben, und heute wissen wir, daß er seine Rolle als Schriftsteller von allem Anfang an als Beobachter, als Lauschender gesehen hat. Eine seiner wesentlichen poetologischen Einsichten belegt er noch kurz vor seinem Tod durch ein Zitat von Ernst Barlach. – Hier also, im Güstrow des Jahres 1953, ist der Roman *Ingrid Babendererde/Reifeprüfung 1953* angesiedelt. In Güstrow ist der Name ›Babendererde‹ geläufig, Uwe Johnson ging mit Leuten dieses Namens zur Schule, und er wußte, daß der Name im Niederdeutschen »auf der Erde« hieß, und auf einem Grabstein von 1704 war ihm dieser Name, noch »Bavender Erde« geschrieben, zu Gesicht gekommen. Güstrow also, diese Stadt mit ihrem großen freien Platz, »auf dem der Dom breit und zuverlässig lagerte in seinem großen ausgetrockneten Rot«, und die sie umgebende »freundlich weitgeschwungene Landschaft« mit dem Fluß und den vielen Seen sind der Ort der Handlung; hier also spitzen sich die Verwicklungen zu, in die die Schüler der Abiturklasse 12 A mit ihrer Schule, mit den Behörden, mit der Freien Deutschen Jugend und anderen Parteiorganisationen geraten sind. Schüler, aber auch Lehrer der Gustav Adolf-Oberschule haben Schwierigkeiten mit dem »veränderten Lehrstoff«, mit der Dialektik und dem Klassenkampf, mit den neuen, nun allein vorherrschenden Lehrmeinungen des historischen Materialismus. Die Schülerin Ingrid Babendererde und der Schüler Klaus Niebuhr verlassen kurz vor der Reifeprüfung Stadt und Land – sie flüchten mit einem Motorboot und überschreiten nach einer Zugfahrt die Grenze nach West-Berlin; sie

haben eine andere Prüfung zur Reife hin bestanden.
Uwe Johnson hat den Text im Winter 1953 »einer alten Frau« in die Maschine diktiert. Er vertraute ihr, denn er wußte, daß sein Text wohl nicht den Denkvorschriften entsprach. Das Original des Manuskripts und zwei Durchschläge wurden in der Art von Dissertationen gebunden. Es gab also drei Exemplare des ersten Textes, die der Autor an verschiedenen Orten aufbewahrt wissen wollte; zum einen sollte der Text nicht verlorengehen, zum andern mußte er befürchten, daß die Existenz von drei Exemplaren den Verdacht nahelegte, sie seien zum Weitergeben, gar zur Verbreitung bestimmt; der Autor wußte, daß manche Passagen der Erzählung als »dem Staat abträglich« gelesen werden konnten, und er wußte, daß für »planmäßige Boykott-Hetze« selbst bei mildernden Umständen mindestens sechs Jahre Zuchthaus drohten. Als der inzwischen von Rostock an die Universität Leipzig übergesiedelte Uwe Johnson das Manuskript wieder las, »versagte« sich ihm der Text: »Es war zu offensichtlich, daß er im Mecklenburgischen geschrieben war, von einem Neunzehnjährigen obendrein.« Und, so befand der Student in Leipzig, vielleicht unter dem Einfluß seiner Lehrer Ernst Bloch und Hans Mayer, daß »die Sache zwar fertig« war, doch allzu sehr jene These von Walter Benjamin zur Technik des Schriftstellers belegte, der besser widersprochen werden sollte: »Das Werk ist die Totenmaske der Konzeption.« Im Buche seiner Frankfurter Vorlesungen mit dem Titel *Begleitumstände* hat Uwe Johnson ausführlich jene Änderungen erwähnt, die zu einem zweiten, einem dritten und schließlich zu einem vierten »Versuch« führten. In einer »vierten Fassung« hatte der Autor »einen statistischen Spiegel« für den Gesamttext hinzugefügt und im Arbeitsbericht erwähnt, die einzelnen Stücke zusammengenommen ergäben eine »Primzahl«, die Primzahl 61, »darüber ist gelacht worden«, notierte er in den *Begleit-*

umständen. Nachdem Chruschtschow in einer Rede über Fehler und Irrtümer des großen Stalin auch »Rauchzeichen« für die ostdeutsche Kulturpolitik gesetzt hatte, glaubte der Student in Leipzig, »von dem Wahn besessen, aus einem abgeschlossenen Typoskript müsse zwangsläufig ein gedrucktes und erhältliches Buch werden«, einen legalen Weg zur Veröffentlichung finden zu müssen. Der erste Adressat war der Verlag, der in der DDR Bertolt Brecht verlegte, der Ostberliner Aufbau-Verlag. Im Juli 1956 bestätigte dieser Verlag den Eingang des Manuskriptes. Auf dem Umschlag der Bestätigung hatte der Verlag die Frankatur angebracht: »Die Literatur will den Frieden, die Freundschaft mit anderen Völkern, die Einheit unseres eigenen Volkes.« Gegen diese Erklärung hatten weder der Autor noch die Figuren seines Romans irgend etwas einzuwenden.

Dieser »legale« Weg der Veröffentlichung ist mehrfach beschrieben worden, Uwe Johnson und ich haben es 1965 getan in dem Almanach *Die Begegnung* des Berliner Buchhändlers Kurt Meurer. Uwe Johnson dann wieder 1968 in dem erwähnten Sonderband der Bibliothek Suhrkamp.

In den *Begleitumständen* von 1980 ist Uwe Johnson noch einmal gründlich auf seine damalige Suche nach einer Veröffentlichungsmöglichkeit eingegangen. Er beschreibt den Weg des Manuskripts zu den verschiedenen Verlagen der DDR, zum Aufbau-Verlag in Ost-Berlin, zum Carl Hinstorff Verlag in Rostock, zum List Verlag in Leipzig und zum Mitteldeutschen Verlag in Halle. Die Reaktionen der Verlage waren im wesentlichen die gleichen, man erkannte das Talent dieses Verfassers, doch man verlangte auch eine »Vertiefung des gesellschaftlichen Hintergrundes«; dazu war Uwe Johnson bereit, nicht bereit war er, weitergehende Änderungswünsche zu akzeptieren, denn diese gingen an die Substanz dessen, »was er als Wahrheit für vertretbar« halten mochte. Am 15. Juli 1957, also genau ein Jahr nach dem ersten Versuch beim Aufbau-Verlag, beschied ihn der Mitteldeutsche Verlag Halle, daß wegen der Prinzipialität der Einwände eine Umarbeitung nicht vorgeschlagen werden könne. Damit war für Uwe Johnson die Veröffentlichung in der DDR definitiv gescheitert. In den folgenden Jahren mußte er aber auch die Erfahrung machen, daß sein Land ihm keine Arbeitsmöglichkeit geben wollte, und so reifte in ihm der Entschluß, wie Ingrid Babendererde und Klaus Niebuhr eines Tages das Land verlassen und dorthin umsiedeln zu müssen, wo sich für ihn Arbeits- und vielleicht auch Veröffentlichungsmöglichkeiten ergeben könnten. Aber auch dies war, wie bekannt, ein weiter Weg.

Erst 1959, mit der Veröffentlichung der *Mutmassungen über Jakob,* trat das ein, was Uwe Johnson selbst so formulierte: »1959: Rückgabe einer Staatsangehörigkeit an die DDR nach nur zehnjähriger Benutzung und Umzug nach West-Berlin, mit Genehmigung eines dortigen Bezirksamtes.«

Heute, im frühen Frühjahr des Jahres 1985, veröffentlichen wir nun das Romanmanuskript *Ingrid Babendererde/Reifeprüfung 1953.* Damals, als Uwe Johnson es uns anbot, konnten wir uns zur Veröffentlichung nicht entschließen.

Am 22. Februar 1957, also noch während seines letzten Versuchs beim Mitteldeutschen Verlag, hatte Uwe Johnson an den »Sehr geehrten Herrn Dr. Suhrkamp« geschrieben: »Dieser Brief betrifft das Manuskript *Ingrid Babendererde/Reifeprüfung 1953,* über das Sie durch Herrn Professor Mayer gesprächsweise unterrichtet sind und das ich Ihnen nun übersende. Ich bitte Sie also nachzusehen wie Sie es lesen mögen und ob Ihr Haus ein Buch daraus machen will. Ich versichere Sie meiner außerordentlichen Hochachtung.« Uwe Johnson wußte, an wen er diesen

Brief richtete. Für ihn war Peter Suhrkamp der Verleger von Bertolt Brecht und Walter Benjamin, jener beiden Autoren, die auch theoretisch für ihn, für seine Entwicklung als Schriftsteller wesentlich waren. So mußte es in der Situation der Ablehnung der DDR-Verlage besonders einschneidend gewesen sein, als ihm Suhrkamp am 11. Juni 1957 versicherte: »Es juckt mich, ein Buch daraus zu machen, und zwar sollte das Buch möglichst noch im Herbst herauskommen. Wir haben also gar nicht mehr viel Zeit zu verlieren. Vor der endgültigen Entscheidung möchte ich aber doch eine Begegnung mit Ihnen haben. Läßt diese sich wohl ermöglichen? Vielleicht in Berlin? Ich kann natürlich auch nach Ost-Berlin kommen, beispielsweise ins Berliner Ensemble im Theater am Schiffbauer Damm oder auch ins Bertolt Brecht-Archiv in der Chausseestraße...« Uwe Johnson mußte es beeindrucken, daß der berühmte, durch sein Eintreten für Bertolt Brecht schon legendäre, durch seine aus Gefängnis- und KZ-Folterungen resultierenden Krankheiten »in der Nähe des Todes« stehende Verleger sich um ihn, den 22jährigen Autor, bemühte und ihm brieflich fast schon eine Zusage zur Veröffentlichung gegeben hatte.

Am 11. Juli 1957 fand diese Begegnung im West-Berliner Haus von Peter Suhrkamp statt. Uwe Johnson hat sie beschrieben, und ich werde nie den ersten Satz dieser Beschreibung vergessen: »Der alte Herr, der den Besuch begrüßte mit ausgesuchten, verschollenen Manieren, hielt ihn sogleich an, mitzuarbeiten an der Ablehnung seiner eigenen Arbeit.« Uwe Johnson konnte nicht wissen, welche Diskussionen über Monate hinweg sein Manuskript im Verlag ausgelöst hatte. Walter Maria Guggenheimer hatte als erster das Manuskript gelesen, und er war von ihm angetan, forderte zwar von dem Autor noch stilistische Änderungen und genauere Aufklärung, aber er hat es dringlich zur Annahme empfohlen; es sei das erste Mal, daß

Verhältnisse in der DDR von einem jungen Autor so präzise, konkret und mit souveräner Kritik dargestellt seien. Peter Suhrkamp nahm dann das Manuskript an sich, und bei einem seiner Kuraufenthalte las er es und war, wie er mitteilte, ebenfalls entschlossen, das Buch zu machen. Unter diesen Voraussetzungen begann ich die Lektüre. Wären die beiden vorausgegangenen Voten nicht so eindeutig gewesen, vielleicht hätte ich mich in meinem Widerstand nicht so versteift. Ich wußte ja aus fünfjähriger Erfahrung, daß Suhrkamp allein über Annahme oder Ablehnung eines Manuskriptes entschied, und nur er allein bestimmte die Buchprogramme des Frühjahrs und des Herbstes. Im Fall von *Ingrid Babendererde* hatte er sich festgelegt, und die Sache war somit entschieden. Ich habe mir in den 27 Jahren danach verständlicherweise öfters die Frage gestellt, warum ich mich damals so vehement gegen eine Veröffentlichung des Buches im Suhrkamp Verlag ausgesprochen hatte, und ebenso verständlicherweise stellte sich mir diese Frage jetzt bei der neuerlichen Lektüre. Sicher waren es außerliterarische Kriterien, die mir damals den Zugang zum Text versperrten. Das Fremde des Milieus, die vertrackte Provinzialität dieser Kleinstadt, die vielen Textpassagen im Mecklenburger Platt, mit denen sich die handelnden Personen als mit der Sache vertraut oder fremd erkannten: »Se sünd sche woll nicht de ›Schwanhavel‹ « oder »Bäde as Rägn. Un butn is ok Wind.« – Ich konnte damit nichts anfangen, nichts anfangen konnte ich auch mit der verschmockten Aufsässigkeit dieser Abiturklasse, mit der Backfischseligkeit der Beziehung von Ingrid zu Klaus, der »Ingridspott« und die »Ingridschönheit« waren mir unangenehm, die ganze, so kompliziert geschilderte Geschichte transportierte für mich, der ich in dieser Zeit die großen amerikanischen Erzähler, Thomas Wolfe, Faulkner und Hemingway, entdeckte, mit einem Wort zu wenig Welt. In *Ingrid Babendererde* war mir zu viel von der Freien

Deutschen Jugend die Rede, vom Ritual der Parteisitzungen und der Freundschaftsbegrüßungen, vom Symbolgehalt eines Mitgliedsbuches, kurz, ich wehrte mich gegen eine parteiliche Atmosphäre, der ich hoffte, für immer entronnen zu sein, und irrtümerlicherweise wurde mir diese Darstellung nicht als Kritik des Autors deutlich. Ich wehrte mich auch gegen die Voreingenommenheit der jungen Flüchtlinge, die mit ihren 18 Jahren nach West-Berlin übersiedelten, schon wissend, daß »sie umstiegen in jene Lebensweise, die sie ansehen für die falsche«. Ich konnte den Sinn dieser Flucht, zumindest damals, nicht erkennen, und ich hatte auch Einwände gegen das extrem stilisierte, eher vom »Neuen Deutschland« übernommene als an der Wirklichkeit gemessene Wissen von kapitalistischen Lebensformen.

Als Peter Suhrkamp an diesem 11. Juli 1957 zur Begegnung mit Uwe Johnson von Frankfurt nach West-Berlin flog, hatte ich ihm noch einmal meine Bedenken mitgeteilt. Sie ließen ihn völlig ungerührt. Meinen politischen Bedenken widersprach er, Suhrkamp hat später auch nie nur ein Wort darüber verloren, warum diese Unterredung so verlief, wie sie verlaufen sein mußte. Warum er sich letztlich entschied, das Buch doch nicht zu machen, wird sein Geheimnis bleiben; auch Uwe Johnson konnte in seiner Beschreibung des Gesprächs keine stichhaltigen Gründe für Suhrkamps Sinnesänderung geben: »Suhrkamp wurde laut und gab sich Mühe, den Jungen aufzubringen. Als der genug entrüstet war, ging der Alte über auf fürsorgliche Erkundigungen nach Berufsaussichten und Freunden, schenkte ihm Bücher, begann dann zu schweigen...« Uwe Johnson hat souverän auf diese Ablehnung reagiert. Aus den *Begleitumständen* kennen wir jetzt seine eigene Kritik an der erzählerischen Struktur des Textes: »Die Phasen der so erzählten Geschichte waren zu oft zerstückelt, umgestellt, verlangsamt, beschleunigt, überhaupt bearbeitet worden. Da waren Dialoge einer Sprechergruppe umgesetzt auf eine ganz andere Konstellation. Schauplätze waren ausgewechselt wie beliebig, sogar hatten Personen die Namen getauscht. Nun mochte die Geschichte funktionieren, aber sie hatte das Leben verloren.« Heute fragt man sich natürlich auch, ob Uwe Johnson mit dieser Kritik recht hatte, denn es waren ja eben die großen Erzählmeister des Jahrhunderts, Proust und Joyce, die auf die unbezweifelbare Einheit der Person, auf eine durchsichtige Fabel, Vorgänge, die fein säuberlich aneinandergereiht waren, und auf eine Psychologie verzichteten, die mit einer gewissen Konsequenz oder Kausalität bei uns vorwaltete.

Doch Uwe Johnson zog für sich eine ganz andere Lehre aus den Vorgängen der Diskussion und der Ablehnung. In den *Begleitumständen* hat er seine »Bilanz« festgehalten: »Die Veröffentlichung der ersten Arbeit ist gescheitert. Negativ. Positiv: Die Chance, anzufangen mit einer anderen Veröffentlichung als dieser. Vier Jahre Lehrzeit. Gewonnen: Den Auftrag, nach den Eltern der Brüder Niebuhr zu suchen. Erworben: Den fortdauernden Umgang mit ihnen ...« Rückblickend kann man die Einsicht dieses jungen Schriftstellers nur bewundern, und wie recht hatte er mit seiner Einsicht, daß er den »fortdauernden Umgang« mit seinen Figuren gewonnen habe. Nach vier Wochen des Nachdenkens schrieb Uwe Johnson an Peter Suhrkamp einen Brief, wonach er einverstanden sei, »wenn Sie aus dem Manuskript kein Buch machen möchten«. Im März 1959 traf dann ein zweites Manuskript in Frankfurt ein, es trug den Titel *Mutmassungen über Jakob.*

Am 14. März 1984, bei unserem ersten Eintreffen in Uwe Johnsons Haus nach dessen Tod, fanden Burgel Zeeh und ich über einem Bücherregal neben dem Arbeitszimmer ein etwas eingestaubtes Typoskript mit dem Titel »Ingrid«.

War es jenes Manuskript, das ich vor (übrigens genau) 27 Jahren in Händen hielt und das wir so heftig diskutierten? Bei einer zweiten Inspektion des Hauses, von Raimund Fellinger und Joachim Unseld vorgenommen, die der Sichtung und photographischen Aufnahme diente, wurde ein Leitz-Ordner mit der Aufschrift »Ingrid Babendererde« entdeckt, dessen Vorsatzblatt die beiden Zeilen trägt:

INGRID BABENDERERDE
Reifeprüfung 1953

Und es fand sich ein handschriftliches Manuskript ohne Titel von 310 Seiten. Der »Ingrid Babendererde«-Komplex war demnach komplexer als erwartet. Das Typoskript »Ingrid« ist nicht identisch mit jener Fassung, die Uwe Johnson »einer alten Frau« diktierte und in drei Exemplaren hatte einbinden lassen, diese Fassung ist mutmaßlich nicht überliefert. Sicher ist, daß die im Leitz-Ordner aufbewahrte Fassung jenes Manuskript ist, das Uwe Johnson 1956 und 1957 zum Druck vorbereitet hatte und das von den Verlagen in Ost und West abgelehnt wurde. Dies belegen Uwe Johnsons ausführliche Angaben in den *Begleitumständen* und seine Ausführungen im Sonderband der Bibliothek Suhrkamp. Aus der Fülle der Indizien seien drei Beispiele gegeben: In den *Begleitumständen* heißt es: »Indem die Erzählung bestand auf ihrer Veränderung verabschiedete sie Herrn Erichson... Das letzte Bild ist das der Wellen, die sie im Uferschilf hinterlassen... In der vierten Fassung gab es einen statistischen Spiegel für den Gesamttext. Darin waren die Verhältnisse der einzelnen Stücke penibel aufgeschlüsselt, und der Arbeitsbericht endet mit der Feststellung, die Stücke insgesamt ergäben eine Primzahl.« Diese Merkmale treffen bei den bis jetzt vorhandenen Manuskripten nur auf jenen Text zu, den wir hier vorlegen. Dietrich Erichson, der in den zwei vorhergehenden Fassungen als »Zeuge« figuriert, ist hier eliminiert; er taucht dann dreizehn Jahre später in den *Jahrestagen* als D. E. wieder auf, als Sohn eines Friseurs 1928 in Wendisch Burg geboren, Freund von Gesine Cresspahl, die er im Herbst 1968 heiraten will. – Das als Schluß der vierten Fassung erwähnte Bild findet sich nur hier. – Die Zahl der Kapitel ist 61, eine Primzahl.

Nun, 1985, liegt *Ingrid Babendererde/Reifeprüfung 1953* als »gedrucktes und erhältliches Buch« vor. Die Leser können die Welt des 19- oder 22jährigen Uwe Johnson kennenlernen, aus der sich die Welt der *Mutmassungen* und der *Jahrestage* entwickelte. Sie können Uwe Johnsons Blick auf das geteilte Deutschland erfahren. Sie können dieses Buch vielleicht als die erste literarische Chronik begrüßen, die den unübersehbaren Prozeß des Auseinanderlebens der Menschen in den beiden geteilten deutschen Staaten schildert. War deshalb dieser Text damals seiner, unserer Zeit voraus? Als die *Mutmassungen über Jakob* erschienen, da war sich die Kritik einig. Sie erkannte die ungeheure Provokation, sie sah in dem Buch so etwas wie eine »Abbreviatur aller modernen Erzählmöglichkeiten«, wie es Günter Blöcker formulierte, und es war ein Schriftsteller, Erhart Kästner, der bei der Lektüre in die »Träumerei« verfiel, »es habe sich der Atlas unseres derzeitigen Schrifttums durch den Auftritt dieses Jungen verändert«.

In dem Manuskript, das den *Mutmassungen* vorausging, arbeitet der Autor bereits mit seinem eigenen Erzählstil. Er verknüpft nicht die Fäden, er läßt alles offen, er versagt sich harmonischer Einheit, weil das Thema eben das Auseinanderleben, der Bruch ist, der sich quer durch Deutschland und noch einmal quer durch jenes Land zieht, in dem im Jahre 1953 die Schüler einer Abiturklasse sich mit dem »veränderten Lehrstoff« herumschlagen. Vielleicht können diese Brüche nicht anders als in einer schwerblütigen, fast wortkargen, im Detail schwelgenden komplizierten Prosa dargestellt werden. Heute sind wir in diese Prosa »eingelesen«, was damals fremd war, ist uns heute vertraut. Wir können erkennen, daß der damals 19jährige Autor durchaus Welt zu vermitteln imstande war. Wir sind aufgeschlossener für die Schönheit sprachlicher Bilder, etwa die Beschreibung jenes letzten Blickes, den die beiden Flüchtlinge, als sie mit dem Motorboot ihre Flucht antreten, noch einmal auf das werfen, was ihnen Heimat gewesen war. »Mit seinem bebenden springenden Bug vor gewaltsam hochgewürgten Kielwellen wühlte und wand sich der lange ungeduldige Leib des Bootes in den hellwandigen Hohlweg des Flusses im Weitendorfer Wald. Auf dem erregten Wasser schaukelte das Spiegelbild des Mondes, der Wind lärmte in dem dürren schwankenden Uferschilf.«

Im Motorboot auf »dem Fluss« fliehen Ingrid Babendererde und Klaus Niebuhr. In seinem Haus am Ufer der Themse ist Uwe Johnson in der Nacht vom 23. auf den 24. Februar 1984 gestorben. In den *Jahrestagen* beschwört er den Kamm des Heidberges in Güstrow, der dem Auge einen freien Weg eröffne »über die Insel im See und das hinter dem Wasser sanft ansteigende Land... Welch Anblick mir möge gegenwärtig sein in der Stunde meines... Sterbens.«

Am Ende der Selbstdarstellung »Ich über mich« aus dem Jahre 1977 können wir lesen – und ich weiß nicht, ist es eine meisterliche Verfügung über sich selbst, ist es eine schöpferische Prophetie: »Am Ende könnte man mir nachsagen, ich sei jemand, der hat es mit Flüssen. Es ist wahr, aufgewachsen bin ich an der Peene von Anklam, durch Güstrow fließt die Nebel, auf der Warnow bin ich nach und in Rostock gereist, Leipzig bot mir Pleisse und

Elster, Manhattan ist umschlossen von Hudson und East und North, ich gedenke auch eines Flusses Hackensack, und seit drei Jahren bedient mich vor dem Fenster die Themse, wo sie die Nordsee wird. Aber wohin ich in Wahrheit gehöre, das ist die dicht umwaldete Seenplatte Mecklenburgs von Plau bis Templin, entlang der Elde und der Havel, und dort hoffe ich mich in meiner nächsten Arbeit aufzuhalten, ich weiß schon in welcher Eigenschaft, aber ich verrate sie nicht.«